MW00585979

COLLECTION FOLIO

Romain Gary

LA COMÉDIE AMÉRICAINE, II

Adieu Gary Cooper

Gallimard

Né en Russie en 1914, venu en France à l'âge de quatorze ans, Romain Gary a fait ses études secondaires à Nice et son droit à Paris.

Engagé dans l'aviation en 1938, il est instructeur de tir à l'École de l'air de Salon. En juin 1940, il rejoint la France libre. Capitaine à l'escadrille Lorraine, il prend part à la bataille d'Angleterre et aux campagnes d'Afrique, d'Abyssinie, de Libye et de Normandie de 1940 à 1944. Il sera fait commandeur de la Légion d'honneur et Compagnon de la Libération. Il entre au ministère des Affaires étrangères en 1945 comme secrétaire et conseiller d'ambassade à Sofia, à Berne, puis à la Direction d'Europe au Quai d'Orsay. Porte-parole à l'O.N.U. de 1952 à 1956, il est ensuite nommé chargé d'affaires en Bolivie et consul général à Los Angeles. Quittant la carrière diplomatique en 1961, il parcourt le monde pendant dix ans pour les publications américaines et tourne comme auteur-réalisateur deux films, *Les oiseaux vont mourir au Pérou* (1968) et *Kill* (1972). Il a été marié à la comédienne Jean Seberg de 1962 à 1970.

Dès l'adolescence, la littérature va toujours tenir la première place dans la vie de Romain Gary. Pendant la guerre, entre deux missions, il écrivait *Éducation européenne* qui fut traduit en vingt-sept langues et obtint le prix des Critiques en 1945. *Les racines du ciel* reçoit le prix Goncourt en 1956. Son œuvre compte une trentaine de romans, essais et souvenirs.

Romain Gary s'est donné la mort le 2 décembre 1980. Quelques mois plus tard, on a révélé que Gary était aussi l'auteur des quatre romans signés Émile Ajar.

pour Diego

I

Il y avait Izzy Ben Zwi, le premier homme à descendre sur skis la Deuxième Cordillère, où les Indiens Pulas s'étaient réfugiés quelques siècles auparavant, fuyant ceux qui ou ce qui vous exterminait à l'époque, les conquistadores ou la vraie religion, allez donc savoir. Les Espagnols étaient incapables de respirer à cette altitude, et même la foi chrétienne ne se risquait pas si haut. Cinq mille cinq cents mètres au départ, vingt-cinq jours de descente, un sacré tracé, ce qu'on fait de mieux dans le genre rien, et personne. Izzy était un type qui foutait le camp continuellement, pour ainsi dire ; son regard avait l'expression avide et inquiète des gens qui ne vivent que pour quelque chose qui n'est pas là, et que tout ce qui est bien là pousse chaque année plus haut et plus haut vers les neiges éternelles. Au début, Lenny s'était pris d'amitié pour l'Israélien, qui ne parlait pas un mot d'anglais, et ils avaient ainsi d'excellents rapports, tous les deux. Au bout de trois mois, Izzy s'était mis à parler anglais couramment. C'était fini. La barrière du langage s'était soudain dressée entre eux. La barrière du langage, c'est lorsque deux types parlent la même langue. Plus moyen de se comprendre.

Izzy était un type bourré de psychologie. Dès qu'il acquit l'usage de la parole, il se mit à parler du racisme, du « problème noir », de la « culpabilité américaine », de Budapest. La psychologie, Lenny n'avait rien à en foutre.

Lenny s'était mis à l'éviter soigneusement. Pour que celui-ci ne s'imaginât pas que c'était quelque chose de personnel, Lenny avait laissé vaguement entendre qu'il était antisémite. C'est pas la peine de vexer un gars.

Il y avait aussi Alec, un cocu de Savoie, qui avait été guide là-bas, jusqu'au jour où il avait trouvé sa femme en train de s'envoyer en l'air avec son meilleur ami. C'était un gars de trente piges, mais apparemment, il n'était pas encore renseigné. C'est étonnant le nombre de vieux qui semblent être passés au travers, question documentation. Le plus marrant, avec le Français, c'est que cette histoire d'amour avait éveillé ses soupçons. Il passait son temps à faire des réussites avec les photos de ses enfants, essayant de se rappeler les têtes de tous les clients qu'il avait emmenés faire de l'escalade. Lenny ne comprenait vraiment pas ce que cela pouvait bien lui faire, qu'est-ce que ça fout que votre fils soit de vous ou pas ? C'était du nationalisme, une obsession comme ça, du patriotisme, enfin, tu vois ce que je veux dire, non ? Savoir si c'est de votre sang ou pas, c'est comme de Gaulle, quoi, du chauvinisme, un truc comme Jeanne d'Arc. Moi, je te dis, si je devais absolument avoir un fils, alors, il vaut même mieux qu'il soit pas de moi. Comme ça, on n'aurait rien l'un contre l'autre, on pourrait même être copains. Mais les Français sont tous patriotes, c'est même eux qui ont inventé ça. Le guide paumé passait des heures à regarder les photos de ses gosses.

« Je crois que l'aîné me ressemble.

— Sûr, c'est ton portrait tout craché. »

Quand il avait des doutes, Alec parlait de faire sauter sa femme, les gosses et lui-même au plastic, ce qui mettait Lenny en rogne, car enfin, du moment que c'étaient pas ses gosses à lui, pourquoi les tuer ? Enfin, vous voyez ce que je veux dire. Il y avait plus de raison d'être sentimental.

« Bon Dieu, c'est pas logique, ton truc. Maintenant que tu es sûr, comme ça, brusquement, que t'es pas leur père, qu'est-ce qu'ils peuvent te foutre ? Ça tient pas debout.

— Tu peux pas comprendre ce que c'est, d'avoir des gosses qui sont pas de toi. T'en as jamais eu.

— Hein ? Quoi ? Mais le monde en est plein, de gosses qui sont pas de moi ! »

Alec se calmait un peu. Il levait une des photos à la lumière.

« En tout cas, l'aîné est bien de moi. Regarde. On peut pas s'y tromper. »

C'était vrai, on pouvait pas s'y tromper. L'aîné, il avait pour père un Noir. Et personne n'avait jamais vu un Noir dans une cordée dans les Alpes, en train de grimper, ils ont déjà assez d'emmerdements comme ça, les Noirs, c'était donc pas un des clients d'Alec qui l'avait trahi, il s'indignait pour rien, l'honneur du sport était sauf. Mais il continuait à faire suer tout le monde avec son drame intime, et il n'y avait même pas moyen de le fuir, on ne pouvait pas sortir du chalet, il n'y avait plus de neige, l'été était là. Ils étaient tous tapis dans le chalet de Bug Moran, en attendant que ça passe. L'été. Un sale coup pour la fanfare. La terre vous crevait les yeux de tous les côtés, nue et sale, avec les rochers, les rochers qui sont ce qu'on fait de mieux et de plus lourd, dans le genre réalité. L'été, pour un vrai fana, c'est comme si l'océan s'était retiré en laissant les poissons dans la vase, démerdez-vous comme vous le pouvez. Quelques-unes des cloches allaient enseigner le ski nautique sur le lac de Genève, sur la Costa Brava, sur la Côte d'Azur, mais ils haïssaient tous le ski nautique ; se faire tirer par une corde, vous pensez. Tous les vrais *bums*, ceux du surf comme ceux de la neige, considéraient le ski nautique comme une insulte à la religion. S'il faut se faire tirer par une corde et un moteur, autant faire son service militaire et fréquenter l'université. C'est comme les gars qui ont besoin d'une puissante voiture ou d'une vedette Riva deux moteurs quarante chevaux, au lieu de ce que la nature aurait dû leur donner. Vous emmenez une fille en mer, dans une Riva, et la fille s'ouvre toute seule, Bug Moran a raison lorsqu'il dit qu'on vit dans une civilisation de godemichés, de sales trucs, contre nature, qui tiennent lieu, qui font semblant, l'auto, le communisme, la patrie, Mao, Castro, tout ça, c'est des godemichés, et Chicks, l'autre jour, était revenu de Zermatt complètement écœuré, il avait fait l'amour avec une fille qui portait un diaphragme distribué par les démocrates du Connecticut avec *I am for Kennedy* marqué dessus. Il n'y a plus où se fourrer. Lenny était descendu à Genève, une fois ou deux, parce que Bug Moran était en vacances à Cadaqués et ils commençaient à crever de faim. Il avait pu donner quelques leçons nautiques. C'était bien triste, mais ce qu'il faisait en bas, au-dessous de deux mille mètres, il s'en foutait, ça ne comptait pas. Chez lui, dans la neige, il avait son code à lui, comme tous les gars, mais en bas, il était capable de faire n'importe quoi. Il n'était plus chez lui, il était *chez eux.* Il fallait se conformer. La seule chose qu'il n'acceptait pas était les pédales, lesquelles lui couraient tous après, mais ses fesses, il ne laissait personne y toucher, ni Oncle Sam, ni le Vietnam, ni l'Armée, ni la Police, ni les pédales. C'est pas la peine d'avoir vingt ans et d'avoir foutu le camp des États-Unis pour se laisser faire par une tantouse en Suisse, alors que le plus grand et le plus puissant pays du monde n'y était pas arrivé. Deux semaines de ski nautique, pour gagner trois cents francs, et puis bien vite, il était remonté.

Il y avait encore des traces de neige, autour du chalet, et il n'y avait qu'à lever les yeux pour voir le vrai truc, les neiges éternelles, comme on dit. A trois heures de l'après-midi, tout le cirque de la Jungfrau devenait violet d'un seul coup, avec des coulées de vert et de rose, et le froid devenait tellement pur que c'était soudain comme si on était enfin arrivé. Il n'y avait plus de saleté nulle part. La nuit tombait alors très vite, mais seulement au milieu, parce que la neige tout autour se foutait de la nuit comme de sa première chaussette. Elle continuait à étinceler, et pour peu que la lune et les étoiles se mettent de la partie, vous êtes vraiment servi. C'est bien simple : il n'y a plus aucune trace de psychologie nulle part. Il ne faut pas être trop couvert, mais laisser le froid venir bien près, il faut même commencer à geler un peu, pour sentir que vous êtes vraiment à deux doigts de la propreté, même si vous avez déjà vingt longues années de vie derrière vous. Évidemment, il faut mesurer les risques, ne pas se laisser aller à geler tout à fait. Il faut savoir s'arrêter à temps, même dans les meilleures choses. Mint Lefkovitz, de San Francisco, s'était laissé aller et avait pris une dose trop forte, et cinq semaines après on l'avait trouvé gelé dans un coin perdu, un sourire con aux lèvres, et Bug Moran avait fait une empreinte du sourire et il le gardait sur sa cheminée et on l'avait continuellement sous les yeux, pour rappeler que cela existe, qu'il suffit de le chercher, on est sûr de trouver. On avait longuement discuté dans le chalet pour savoir s'il fallait envoyer le sourire con de Mint Lefkovitz à sa famille, qui bombardait Bug de câbles pour savoir « comment c'était arrivé », mais finalement Bug écrivit une lettre conformiste où il expliquait au père Lefkovitz que son fils s'était immolé par le froid pour protester contre la guerre au Vietnam. Ça ne coûtait rien et cela allait faire plaisir à la famille de savoir qu'ils avaient un fils qui était un héros de la guerre du Vietnam. Vous pensez bien si Mint, et nous autres, la guerre au Vietnam, on s'en foutait. Comment peut-on s'intéresser à un truc qui est tellement dégueulasse qu'il en devient tout à fait normal ?

C'est des histoires biologiques, les chromosomes, ils appellent ça, il n'y avait pas une cloche dans le chalet qui trouvait que la guerre au Vietnam le concernait, sauf lorsqu'il s'agissait de ne pas y aller. Stanko Zavitch avait drôlement raison lorsqu'il disait que la seule chose qui comptait, c'était de ne pas participer à la démographie universelle, laquelle était comme la monnaie : plus il y en avait en circulation, et moins elle avait de valeur. Un gars de vingt ans, aujourd'hui, c'est complètement dévalorisé, il y en a trop dans le monde, c'est l'inflation, c'est pas la peine de discuter avec la démographie, c'est bête, c'est aveugle, ça déferle, ça vous écrase. Lenny n'avait pas du tout envie d'être quelqu'un, mais il avait encore moins envie d'être quelque chose. Stanko Zavitch était un type bien. Il avait quitté la Yougoslavie dans des circonstances obscures qui n'avaient rien à voir avec la politique, on disait que c'était une histoire d'amour extraordinaire, une vedette de cinéma, la plus belle fille de son pays, un vrai tremblement de terre, une liaison tellement romantique qu'il avait fini par foutre le camp, c'était si beau que cela ne pouvait plus continuer. Il écrivait de longues lettres passionnées à la fille, parce qu'il avait du style, et par correspondance c'était plus facile, on pouvait vraiment faire de la poésie. La fille répondait, sur le même ton, des lettres mouillées de larmes. Ils essayaient vraiment de bâtir quelque chose ensemble, ces deux-là. La fille baisait à droite et à gauche et Stanko aussi, mais ils avaient vraiment réussi à sauver leur amour, à le mettre en lieu sûr, dans un sanctuaire. Même ce vieux cynique de Bug était soufflé, il reconnaissait que c'était quelque chose de très beau, et on dit que le grand amour ça n'existe pas, et Bug expliquait à voix basse en regardant Stanko jouer aux échecs contre le fils de l'aubergiste du Dorf qui avait huit ans et que ce salaud de Stanko laissait toujours gagner pour lui donner le goût des abstractions, Bug expliquait que des hommes comme Stanko allaient un jour bâtir un monde nouveau, tout à fait ailleurs, quelque part, dans une autre dimension, un monde vraiment socialiste, complètement à l'abri de la réalité, et quand on saura qu'une telle beauté existe quelque part, on comprendra toute la grandeur de Lénine. Bug Moran parlait toujours de Lénine, lorsqu'il était « aux anges ». L.S.D., un sale truc, Lenny s'était embarqué là-dedans une fois, mais tout ce qu'il avait vu, c'était la même chose, seulement en technicolor, et le seul moment différent fut lorsque sa verge s'était détachée de lui, avait mis son anorak et pris ses skis, et il s'était mis à hurler et à courir pour les rattraper, il tenait à ses skis comme à la prunelle de ses yeux. Se faire voler comme ça par un des siens... On ne peut vraiment plus compter sur personne. Le L.S.D., le haschisch, tout ça, c'est du yoga. C'est bon pour les paumés. Lenny, lui, n'était pas un paumé. Il avait les pieds solidement plantés sur les skis, quant à la terre dessous, il s'en foutait, c'était tout juste quelque chose qui soutenait la neige. Malheureusement, l'été était là, et la terre se rappelait à votre bon souvenir, salut les copains, on en avait plein les yeux, de la croûte terrestre, dès qu'on mettait le nez dehors. Lenny ne quittait plus le chalet. Bug, qui était très instruit, lui avait fait son horoscope, tout ce qu'il y a de plus scientifique, et il lui avait dit qu'il y avait du vilain, il devait se méfier des scorpions et des vierges, ce que Lenny savait déjà, mais que, par contre, il allait avoir de la chance, à condition d'être extrêmement prudent et, surtout, de ne pas aller à Madagascar. Madagascar, c'était un truc à éviter à tout prix. Bug était incapable de dire quel était le piège qui attendait Lenny là-bas, mais il était sûr que c'était quelque chose de tout à fait dégueulasse. C'était bon à savoir, parce que quand vous avez vingt ans et que vous êtes américain, vous essayez de foutre le camp aussi loin que vous pouvez, et on peut très bien se trouver à Madagascar, il était reconnaissant à Bug de l'avoir prévenu.

L'été avait commencé très mal. Le petit Cookie Wallace, de Cincinnati, s'était arrosé d'essence sur le glacier et s'était brûlé vif, en laissant une lettre où il priait les *bums* de tout expliquer à ses parents, il devait pourtant bien savoir que c'était impossible, ses parents devaient avoir près de cinquante piges, qu'est-ce qu'on peut leur expliquer ? Il n'y avait pas moyen d'expliquer un truc comme ça à des gens qui avaient pris la vie dans le baba depuis si longtemps qu'ils ne sentaient plus rien. Cookie avait fait quelque chose de tout à fait compréhensible, mais cela ne pouvait pas se communiquer. On ne peut pas mettre ça en mots. Les mots mentent comme ils respirent. Mais Lech Glass avait proposé qu'on explique aux parents de Cookie qu'il avait fait ça pour protester, sans dire contre quoi, parce qu'on ne connaissait pas les opinions politiques de ces gens-là. On a eu quand même un choc lorsqu'on a reçu en retour un télégramme réponse payée disant : *Contre quoi ce petit enfant de garce protestait-il ?* signé *Mr et Mrs Wallace.* « Tss-tss, avait fait Bug Moran, en relisant le télégramme. Ça sent le conflit des générations, ce câble. » Du coup, Bug prit l'affaire en main. Il était contre les générations. Il rédigea lui-même la réponse. *Votre fils s'était immolé par le feu pour protester contre le briquet de mauvaise qualité qu'on lui avait vendu stop Il est mort dans d'atroces souffrances ce qui explique pourquoi ses dernières pensées furent pour ses chers parents stop Prions chère maman venir recueillir pied gauche demeuré à peu près intact stop Vous assurons que le sacrifice de votre enfant sera pas inutile signé pour l'Association de Lutte pour l'Amélioration des Briquets, Bug Moran, pédéraste.* La poste suisse avait exigé de Moran qu'il supprimât le mot pédéraste. Cela les avait choqués.

Bug était d'avis que Cookie ne se serait pas tué s'il y avait eu de la neige, mais le printemps, avec la croûte terrestre qui montait de tous les côtés, l'avait démoralisé. On a tout de même tous été un peu surpris en trouvant dans les affaires de Cookie une photo de Marilyn Monroe. Le gars croyait encore en quelque chose. Il avait un lien solide avec la réalité. Bref, on tenait bon dans notre redoute, à deux mille quatre cents mètres, mais le moral n'y était plus. On n'avait pas le rond. Le seul qui se débrouillait, c'était Salter, l'Allemand, qui était venu à la neige après avoir joué pendant vingt-deux jours de la trompette contre le mur de Berlin. Le mur n'était pas tombé, mais c'était seulement une protestation symbolique. Finalement, de l'autre côté du mur, une trompette répondit, le vingt-troisième jour, à l'aube, et on avait vu un gars tout en blanc marcher dans le champ des mines, en jouant. Un blond. On ne lui avait pas tiré dessus tout de suite, et il avait pu finir le *Saint James Infirmary blues*, c'était ça qu'il jouait. Il faut dire qu'ils sont vachement en retard, en Allemagne de l'Est, pour ce qui est des blues et du jazz. Puis il a sauté sur une mine. C'était à six heures du matin, le vingt-troisième jour, il y avait un gars d'un côté du mur, un autre en face, séparés par le godemiché de pierre, et ils ont pu jouer un bon moment ensemble, juste le temps de se dire que rien n'était jamais tout à fait foutu. Il paraît que les meilleures trompettes sont fabriquées à Memphis.

On était début juin, et on s'était tous rassemblés chez Bug comme chaque année, parce qu'on pouvait y manger, boire et dormir à l'œil. On savait bien que Bug Moran était une pédale, mais il ne vous faisait jamais sentir son problème. Il se contentait de vous regarder de ses grands yeux liquides, comme un gros saint-bernard qui attend du secours, mais on n'était pas obligé de le secourir, et ce n'était pas gênant. Son chalet, c'était un sanctuaire, il ramassait des paumés de tout poil, il paraît que les églises servaient à ça, jadis, quand elles servaient encore à quelque chose. Le dernier venu était l'Italien, Aldo, qui avait le dos cassé et s'était fabriqué un style à lui, marrant, saccadé, de façon à pouvoir skier sans plier l'échine. Il pouvait faire de la descente, mais pas remonter, et il arrivait au chalet de Bug au début de la mauvaise saison, poussé par deux gamins de Dorf, lorsque la neige commençait à baisser, et que toutes sortes de types étranges commençaient à apparaître à la surface. La police de Dorf nous détestait cordialement, et expulsait les gars au moindre prétexte. Ils avaient fait des perquisitions au chalet pour y chercher du chanvre et du L.S.D., mais on avait laissé ces trucs-là loin derrière nous, chez papa et maman. Il y avait longtemps qu'on ne se branlait plus.

Même en pleine saison, c'était dur de gagner sa croûte dans le coin. Les instructeurs suisses ne pouvaient pas nous piffer, ils avaient un syndicat ; vous étiez considéré comme un touriste et défense de donner des leçons. On se débrouillait tout de même, à la sauvette, à des prix dérisoires. Lenny avait réussi à faire deux saisons entières, en gagnant assez pour ne pas crever de faim, et à se réserver au moins trois jours par semaine de neige propre, sans démographie dessus. C'était dur, mais cela valait la peine. Il connaissait des endroits où la neige était tellement lumineuse, d'une telle pureté, qu'on s'y sentait vraiment tout près de quelque chose ou de quelqu'un. Ces coins vides étaient pleins de vraie vie. Il fallait simplement faire attention de ne pas se laisser aller à geler complètement, dans un moment de satisfaction. Son vieil anorak était percé, il avait toujours un côté plus froid que l'autre. Les *skilehrers* locaux détestaient les cloches, parce qu'ils plaisaient aux femmes, lesquelles les trouvaient « désespérés ». Il flottait autour d'eux un parfum d'aventure, et les Suisses trouvaient cela dur à avaler. Parfois, le dimanche, en général, l'un ou l'autre de ces « aventuriers » se faisait rosser par les gars du pays. On se laissait faire, parce qu'on ne peut pas casser la gueule à un Suisse. C'est pas pensable. Quand Ed Storyk, d'Aspen, avait été enseveli sous une avalanche, alors qu'il skiait dans une zone *verboten* du massif de Helmutt, les *bums* avaient été chassés des pentes pendant trois semaines, et la presse locale avait mis en garde les touristes contre « ces soi-disant moniteurs inexpérimentés et irresponsables, qui ignorent les règles de sécurité les plus élémentaires ». Mais cela finissait toujours par se tasser. Pour Lenny surtout, parce que les femmes trouvaient qu'il avait un côté « poussin tombé du nid ».

Il n'y avait plus qu'à s'armer de courage, en attendant le retour des beaux jours d'hiver. Le petit groupe des habitués était au complet. Le dernier arrivé était Bernard Peel, le « noble Lord », comme on l'appelait, un Anglais aux yeux bleus qui avait appris à skier à Davos où il soignait sa tuberculose distinguée, et qui, depuis, refusait de descendre plus bas que deux mille cinq cents mètres, un vrai aristocrate qui avait le goût des hauteurs. On ne le voyait jamais, sauf en été, où il s'abaissait de trois cents mètres. Quand la neige arrivait, il disparaissait sur ses skis et on ne le rencontrait plus nulle part. On disait qu'il avait fait le parcours entre le mont Valli et le Stück, dans l'Oberland, soixante-dix kilomètres où il faut se glisser parfois sur des spirales de soixante centimètres de largeur au-dessus du vide et où les célèbres frères Mossen eux-mêmes avaient perdu la vie en 1946. C'est ainsi que se forment les légendes : quand personne ne vous voit. Lenny s'était risqué sur le parcours, une fois, mais il avait eu peur, juste à temps. La montagne blanche, c'est une vraie sirène. Ça vous appelle, ça vous promet. Les sommets. Le ciel. Pour un peu, on se mettrait à penser à Dieu. C'est une question d'altitude.

Chaque année, le paternel du « noble Lord », un duc ou un marquis, quelque chose de soigné, en tout cas, un vrai Kennedy, arrivait de son beau château ancestral et essayait de persuader son fils de rentrer à la maison. C'était le dernier du nom. Il fallait qu'il engendre. Le « noble Lord » venait au rendez-vous, avec son marrant petit chapeau à plume, type bersagliere, son pull-over rouge, et son pantalon vert. Il écoutait la voix émue de son sang qui lui parlait, mais n'entendait rien. Lorsque le père avait fini, le fils lui disait : « Eh bien, à l'année prochaine, content de vous avoir vu » et foutait le camp vers on ne savait où. Il devait bien avoir une cachette quelque part, mais même les contrebandiers ne la connaissaient pas. Il faisait penser à Grütli le légendaire, le premier homme à avoir marché sur des skis, et qui était adoré comme un saint par le Bureau de Tourisme suisse. Les *hobos* évitaient, en général, d'apprendre des langues, pour ne pas se laisser piéger par tous les trucs qui vont avec le vocabulaire, lequel est toujours celui des autres, une espèce d'héritage, qui vous tombe dessus. On parle toujours la langue des autres, quoi. Vous n'y êtes pour rien, rien là-dedans n'est à vous, les mots, c'est de la fausse monnaie qu'on vous refile. Il y a pas un truc qui a pas trahi, là-dedans. Bug Moran prétendait que le plus grand homme de tous les temps était un Français du XIXe siècle qu'on appelait le pétomane, parce qu'il pouvait s'exprimer entièrement en lâchant des pets d'une variété de modulation infinie, un peu comme Charlie Parker disait tout, en soufflant dans sa trompette. C'était un type qui pétait *La Marseillaise*, le *Star Spangled Banner*, *God Save the Queen*, un véritable prophète, on aurait dit qu'il avait tout prévu. Le « noble Lord », lui, pouvait parler en cinq langues, à cause de l'éducation qu'il avait reçue. C'était le plus silencieux enfant de pute que vous puissiez imaginer. Bien qu'il n'eût qu'un seul poumon, il avait en lui plus d'hostilité que le plus costaud d'entre nous. Vraiment sympa.

Les gens de Dorf parlaient le *schweizerdeutsch* et presque pas l'anglais, et cela vous facilitait drôlement la vie. Aux États-Unis, le problème du langage était terrible. N'importe qui pouvait venir vous parler, vous étiez à la merci de n'importe quel salaud qui se mettait soudain à vous avoir à la bonne. Les gens aimaient bien Lenny, Bug disait que c'était parce qu'il était beau et touchant, dans le genre blond et un mètre quatre-vingt-huit, les femmes se sentaient maternelles, avec lui, et aux États-Unis, où il n'y avait pas la barrière du langage, c'était pas facile de se défendre. Il s'était tapé trois saisons comme instructeur à Aspen, et ce fut vraiment dur, ils étaient tous, là-bas, comme une grande famille heureuse dont vous deviez faire partie, un vrai cauchemar. Finalement, il était toujours obligé de les vexer. Non, merci, je ne veux pas aller passer quinze jours chez vous en Floride, tout ce qui est au-dessous de deux mille mètres, je n'ai rien à en foutre, et ça veut dire vous aussi.

Mais en été, c'était la loi de la jungle, et les *hobos* mettaient leurs principes bien à l'abri, avec leurs skis. Là où il n'y a pas de neige, il n'y a plus de principes qui tiennent. Tout va. Il y en avait même qui allaient travailler, ou bien se mariaient avec une fille du pays qui avait une belle paire de fesses et un bon boulot, qui les aidait à passer la mauvaise saison et puis ne les revoyait plus jamais. Immoral ? Vous rigolez, non ? Un vrai vagabond des neiges, un *ski bum*, comme on nous appelle, un vrai fana se fout pas mal de ce qu'il fait quand il est en bas, sur terre. Vous êtes à zéro mètre au-dessus du niveau de la merde, tout va, il faut savoir se conformer. Au-dessous de deux mille mètres, la seule chose qui compte, c'est de ne pas se laisser piéger. Comme Ronny Shahn, qui était descendu à Zurich, en mai de l'année dernière, et on l'avait retrouvé mort six mois plus tard, dans une papeterie, debout derrière le comptoir, marié et en train de vendre des crayons. Un vrai crève-cœur. On l'avait porté disparu, et on n'en parlait jamais, sauf pour faire peur à un bleu. On avait trouvé dans ses affaires l'adresse de ses parents, à Salt Lake City, mais on leur avait caché la vérité, Bug leur écrivit simplement que leur fils avait trouvé la mort sur un passage clouté. Ce n'était pas la peine de leur faire de la peine. Lenny se demandait parfois pourquoi la plupart des vagabonds des neiges étaient américains : sans doute parce que, avec un pays tellement grand et puissant derrière vous, la seule solution, c'est la fuite. L'Amérique est un pays formidable, et vous n'avez aucune chance de vous en tirer, là-bas, mais alors aucune. En Europe, ça pouvait aller, d'abord, parce qu'étant américain, on vous prend pour un con, surtout en France, et il vous suffit d'avoir écrit sur votre figure que vous êtes un Américain pour qu'on sourie avec indulgence et qu'on vous foute la paix. Il y a tout de même quelque chose à dire en faveur du prestige. Ce qu'il y a de bien, en Europe, aussi, c'est qu'ils ont là-bas le « Rêve Américain ». Ils se battent pour avoir des machines à laver, une nouvelle auto, pour acheter des trucs à crédit. Et puis c'est très facile avec les filles aussi, là-bas, parce que les Françaises savent que les Américains sont des cons, alors, elles couchent plus facilement, elles ont un sentiment de sécurité. La première chose qu'une femme en France exige de vous quand elle s'est laissé baiser, c'est de la respecter. Pourquoi ? Lenny n'en savait strictement rien. Les Françaises font ça aussi bien que n'importe qui, mais elles vous disent après, « qu'est-ce que vous allez penser de moi », comme si vous aviez des critiques à formuler sur leur façon de faire l'amour. Dès qu'elles ont fini de faire l'amour, les Françaises se lèvent et courent se laver, ça doit être religieux, la France est un pays catholique. Elles n'ont pas de préjugés raciaux. Les Noirs américains à Paris expliquaient à Lenny qu'ils se tapaient toutes les filles qu'ils voulaient, parce qu'elles se justifiaient ensuite moralement qu'avec un Noir, c'était moins grave, ça ne comptait pas. Les Français deviennent fous de rage lorsque leur femme les trompe avec un autre Français, mais lorsque c'est un Noir, ils se marrent. C'est différent. Contrairement à ce qu'on dit aux États-Unis, les Français ne détestent pas du tout les étrangers, ils les tolèrent, ce sont des gens tolérants. Les Français ont toujours l'air un peu ironique, parce que vous êtes américain, et ils ont tous été tués à la guerre. Lenny n'avait jamais pu se faire aux stations de ski en France, et à la France en général. Pour donner satisfaction aux Français et ne pas les décevoir, il fallait faire des efforts terribles pour soutenir la réputation de connerie des Américains, et il en avait marre, il n'était pas l'ambassadeur des États-Unis, c'était son boulot, pas celui de Lenny, c'était d'ailleurs pour ça qu'on avait ouvert un Centre Culturel Américain à Paris. En Suisse, c'était beaucoup plus facile. Tous les Suisses se prenaient pour des cons solides et ils étaient complètement sûrs d'eux-mêmes, ils n'étaient pas comme des Français, qu'il fallait rassurer constamment. Lenny, en tout cas, était épaté par cette façon que les gens avaient de le trouver tout de suite sympathique. Dans une auberge, ils l'invitaient à leur table, lui offraient à boire, on aurait dit qu'il avait quelque chose qui leur manquait, à eux. Il mesurait un mètre quatre-vingt-huit, était blond, et on lui avait souvent dit qu'il ressemblait à un très jeune Gary Cooper. C'était le seul gars qui lui faisait quelque chose. Il avait même une photo de lui, qu'il regardait souvent. Les gars chez Bug Moran rigolaient, ils trouvaient ça marrant.

« Qu'est-ce que ça peut te foutre, Gary Cooper ? »

Lenny ne répondait pas et rangeait soigneusement la photo.

« Tu veux que je te dise, Lenny ? C'est fini, Gary Cooper. Fini pour toujours. Fini, l'Américain tranquille, sûr de lui et de son droit, qui est contre les méchants, toujours pour la bonne cause, et qui fait triompher la justice et gagne toujours à la fin. Adieu l'Amérique des certitudes. Maintenant, c'est le Vietnam, les universités qui explosent, et les ghettos noirs. Ciao, Gary Cooper. »

Les gars se taisaient. Lenny leur tournait le dos, faisait mine de fouiller dans son sac.

« Kennedy peut bien nous faire chier avec sa nouvelle frontière, c'est *bye-bye*, héros tranquille, sans peur, sans reproche, et solide comme un roc. Maintenant, c'est Freud, l'angoisse, le doute, et la merde. L'Amérique a rejoint. Gary Cooper est mort avec ce qu'il représentait, l'Amérique des certitudes tranquilles. On est tous paumés. La nouvelle frontière, c'est le L.S.D. Alors, toi et la photo... Pourquoi pas la Bible, pendant que tu y es ? »

Il prenait les autres à témoin :

« Vous vous rendez compte que ce mec a laissé l'Amérique loin, loin derrière lui, mais qu'il a tout de même emporté la photo de Gary Cooper ? C'est pathétique.

— Fous-lui la paix, Bug. On va finir par croire que tu es amoureux de lui. »

Ils attendaient que Lenny se défende. Mais Lenny se taisait. Il n'avait pas envie de s'expliquer. Il n'y avait rien à expliquer, d'ailleurs. Tout était parfaitement clair, il voulait dire, tout était parfaitement inexplicable.

Le fait extraordinaire était que, malgré toute la propagande, Lenny, partout où il allait, découvrait que les Américains étaient très populaires. Les gens de tous les pays lui tombaient dessus avec de grands sourires et de bonnes tapes dans le dos, et il fallait faire drôlement gaffe pour ne pas se faire récupérer.

« Pourquoi qu'ils aiment tellement les Américains, Bug ? C'est pas croyable. Qu'est-ce qu'on leur a fait ? »

Bug était allongé sur le divan, tous ses cent kilos, essayant de respirer. Cela faisait ch-ch-ch chaque fois que l'air rentrait là-dedans. L'air se défendait, c'était normal. Bug était allergique à tout. Les médecins disaient qu'ils n'avaient jamais vu un cas pareil. Par exemple, il était allergique au caca, ce qui ne s'était jamais vu dans toute l'histoire de la médecine. Tous les hommes qui ont jamais vécu, depuis les saints jusqu'aux autres, supportaient le caca formidablement, en toute amitié, mais pas Bug. Il se mettait tout de suite à étouffer. Ce n'était vraiment pas un coup à faire à un homme. Aldo disait qu'il y avait de la tragédie grecque là-dedans.

« Tu es marrant, Lenny, ch-ch-ch. C'est pas les Américains, ch-ch, que les gens aiment, ch, c'est *un* Américain, ch-ch-ch. Toi. Tout le monde, ch-ch-ch, te trouve sympathique. Ch-ch-ch, ah nom de Dieu, il y a parmi vous un salaud qui a de la merde sur lui, ch-ch. C'est pas possible autrement. J'étouffe.

— C'est toi, Bug, disait Aldo.

— Comment, moi, ch-ch-ch ? Qu'est-ce que ça veut dire ?

— Tu es allergique à toi-même. Tu peux pas te blairer. Tu es misanthrope.

— Ah, bon, ch. Ça doit être ça. Oui, Lenny, c'est toi que les gens trouvent sympa.

— Qu'est-ce que j'ai qui ne va pas ?

— Tu as quelque chose de pur dans la figure. Tu vois, je te regarde, je cesse d'étouffer. Il y a quelque chose d'angélique, dans ta petite frimousse, espèce de salopard.

— Ne t'excite pas, Bug.

— Tu sais bien que je ne touche jamais à la famille. La famille, c'est sacré. Vous êtes des frères, pour moi. »

C'était vrai, Bug avait des mœurs, mais pas à cette altitude. Et ce qu'il faisait au-dessous de deux mille mètres, ça ne regardait personne. En bas, il fallait bien se conformer, ça ne comptait pas.

Les parents de Bug lui avaient bâti ce chalet à deux mille trois cents mètres, parce qu'il n'y avait pas d'asthme à cette hauteur. Mais Bug trouvait moyen d'étouffer quand même, son psychiatre à Zurich disait que c'était de l'idéalisme. Il refusait de s'accepter. Il était contre-nature, mais c'était une contre-nature d'élite. Manque de pot total, quoi. Le chalet avait coûté les yeux de la tête. Chaque pierre devait être montée en traîneau. Il se dressait comme une forteresse sur un roc, et le village de Wellen était à sept cents mètres plus bas. On voyait l'Ebig, les nuages étaient à vos pieds et il y avait plus de neige autour que n'importe où ailleurs, sauf peut-être dans l'Himalaya. Tout était luxueux. Des salles de bains à vous couper la chique, des meubles farfelus, des tableaux de millionnaire, et les chiottes étaient tellement fanta qu'on avait des remords dès qu'on s'asseyait : on avait l'impression d'être un sadique. Bug Moran était riche à puer, mais il fallait reconnaître qu'il supportait ça très bien. Il y avait quelque chose de sain et d'optimiste à voir un gars qui était millionnaire et qui se foutait pas mal de la famine en Inde. La plupart des gens se foutent pas mal de la famine en Inde, et ils n'ont pas un radis.

Cet été, il était revenu de Zurich avec un paumé qui avait publié deux livres de poèmes et avait un de ces billets de chemin de fer qui vous permettent d'aller n'importe où en Europe, autant de fois que vous le voulez, si vous avez payé en dollars. Le type était devenu complètement dingue à force de changer de train, il voulait en avoir pour son argent. Il ne pouvait plus s'arrêter. Si Bug ne l'avait pas rencontré dans la pissotière de la gare de Zurich, qu'il fréquentait régulièrement, le gars serait remonté dans un train, il aurait continué, et à la fin, il aurait fallu l'abattre à coups de revolver. Il était affolé à l'idée que le billet n'en avait plus que pour quelques semaines, il était en train d'avoir une crise d'hystérie, et Bug avait dû l'assommer à moitié pour l'empêcher de remonter dans l'express Zurich-Venise, qu'il avait déjà pris quatorze fois. Bug l'avait ramené au chalet, et au début, on avait dû l'attacher, il hurlait qu'il allait manquer son train, et que le billet expirait fin août. Bug l'avait bourré de Valium dix, mais comme il ne vivait que de tranquillisants depuis neuf mois, au lieu de se calmer, il avait simplement dû rendre fou le Valium dix. Bug disait qu'on en était là dans le monde entier, et qu'on allait bientôt être obligé de donner des tranquillisants aux tranquillisants. Finalement, il s'était calmé, et après avoir demandé où il était — il se croyait au Danemark — il s'était tout de suite mis à parler poésie avec Bug. C'était dégueulasse. Le type s'appelait Al Capone, par-dessus le marché, et c'était même pas un pseudonyme, il s'appelait vraiment comme ça. Alors, vous vous rendez compte, Al Capone vous déclamant des poèmes à deux mille trois cents mètres d'altitude, là où on a vraiment le droit de respirer quelque chose de propre ? Lenny n'était pas pour les gangsters, et puis l'Amérique, il s'en foutait pas mal, mais Al Capone, tout de même, il y a des choses auxquelles on n'a pas le droit de toucher. Oui, des poèmes. Et ce n'était pas tout. L'affreux mec, qui était tout barbu, avec le signe rouge de Brahma peint entre les sourcils, et qui sentait encore le tunnel — tous ses vêtements étaient imbibés de suie — s'était aussitôt lancé dans la philosophie. Bug, sans le savoir, leur avait ramené un *hippy*, et s'il y avait une chose que les clochetons, les vrais de vrai, avaient en horreur, c'étaient les *hippies* qui étaient tous des fascistes, enfin, des types qui voulaient sauver le monde, bâtir une nouvelle société, chiasse de merde. Comme si celle qu'on avait n'était déjà pas assez jojo.

« Vous êtes tous des salauds, parce que vous voulez être heureux. Le ski, la fuite vers les hauteurs, l'air vierge, ça vous pue sa joie de vivre. Je n'accepte absolument pas le bonheur. Le bonheur, c'est bon pour les schnocks, les pedzouilles, les chiens, le prolétariat, et la bourgeoisie. Je suis un homme libre. Je refuse d'être l'esclave du bonheur. Tous les bonheurs se valent : on est heureux, on jouit de la vie, c'est la fin de la révolte. Là où il y a du bonheur, il n'y a pas de révolte, et je vous défie de me prouver que ce n'est pas vrai. Le bonheur, c'est l'opium du peuple, la stagnation, c'est le malheur qui fait le progrès, c'est l'aiguillon qui vous pousse en avant. Prouvez-moi que ce n'est pas vrai. »

Aldo a mis tout de suite les choses au point.

« Espèce de gland, nous, on est *heureux en Suisse.* On est heureux en *fraude.* Tu comprends ? On ne s'occupe pas du tout de rendre les peuples heureux. C'est pour les flics, les peuples heureux. On ne fait de mal à personne, nous, on s'occupe pas des peuples, on a les mains propres. Si tu nous montres un mec ici, parmi nous, qui a fait quelque chose contre le peuple, je veux dire, pour le peuple — c'est du pareil au même — on le fout dehors tout de suite. »

On se regardait, pas tellement rassurés, tout de même. Il y a des traîtres partout. Buddy Chicks était devenu tout rouge.

« Bon, moi, j'ai fait la guerre au Vietnam, mais je ne l'ai faite pour personne. Et j'ai déserté dès que j'ai pu.

— Ah, gueula Al Capone, triomphant, le doigt accusateur. Tu as déserté, tu étais donc contre, tu voulais pas tuer le peuple vietnamien, tu étais pour le peuple vietnamien !

— Mais non, pas du tout, j'avais peur de me faire tuer, c'est tout ! Le peuple vietnamien, je l'ai même pas vu, on bombardait de dix mille pieds ! »

Là-dessus, Capone devenait tout à fait profond.

« Moi, mes enfants, je suis pour la putréfaction, pour la corruption, pour la pourriture, et la mort. Autrement dit, je suis pour la réalité. La tragédie de l'Amérique, c'est qu'on est trop jeune, on ne pourrit pas assez vite, c'est pourquoi on n'a pas de grands hommes ; pour faire un grand homme, il faut des siècles de pourriture derrière vous, de l'engrais, en quelque sorte, et alors ça donne des fleurs inouïes, Gandhi, de Gaulle, les Beatles, Napoléon, ces grands hommes, ça sort des profondeurs de crasse inouïe, vingt siècles de pus, de sang, d'engrais historique, la culture ! Il faut que l'Amérique se mette à pourrir sur pied, il faut qu'on s'y mette tous, il y aura des poèmes inouïs, Rimbaud, des peintres de génie absolument formidables, alors, l'héroïne, le L.S.D., les tétrachlorites, et vite, qu'on devienne quelqu'un ! »

C'est alors que Lenny lui a cassé la gueule. C'était pas croyable, parce que l'Amérique, il s'en foutait, mais il avait quand même un gars qu'il respectait, bien qu'il fût mort, et c'était pour Gary Cooper qu'il avait cassé la gueule à cette espèce de petit spermatozoïde bifurqué. Personne n'avait jamais tapé sur personne, chez Bug, et Bug s'est trouvé mal, il a fallu lui faire du bouche à bouche, ce qui était écœurant, parce que la bouche de Bug, il valait mieux pas y penser, et puis brusquement, on s'aperçut que Bug n'était pas dans les pommes du tout, il avait un œil ouvert, il était à la fête, ce cochon-là, mais enfin, c'était tout de même un saint, Bug. Le plus farfelu, c'est qu'Al Capone jurait qu'il ne pensait pas un mot de ce qu'il disait, qu'il avait simplement fait de la provocation pour être contredit et faire naître une conversation élevée et fructueuse. C'était pas croyable qu'il pût y avoir dans un seul mec tant de connerie. Il y avait de quoi nourrir tout un peuple.

Les gars essayèrent de faire partir Al Capone en lui disant que son billet de chemin de fer était en train d'expirer et qu'il avait un train à prendre, mais ce nain barbu et venimeux s'était croisé les bras sur la poitrine et avait déclaré solennellement qu' « il était arrivé ». Pour le prouver, cette salope enleva le signe rouge de Brahma qu'il portait entre ses sourcils pubiques, lequel signe voulait dire, paraît-il : « Je suis un pèlerin à la recherche de la vérité. » Il l'avait enfin trouvée. Tu parles. Tout ce qu'il avait trouvé, c'était une bonne planque. Puis il s'était mis à leur lire à toute voix des pages de sa *Réalisation spirituelle.* On le regardait, et on en était venu à compter tous les trains qui partaient sans lui.

C'était l'été, quoi. La saison des coups durs. Il n'y avait absolument pas où aller. A Wellen, il n'y avait plus que des Suisses, et on pouvait même pas toucher à leurs filles, parce qu'ils les avaient bien comptées et savaient combien il y en avait. Heureusement, Bug recevait tous les jours de nouveaux disques, et les meilleurs, que personne ne connaissait encore, mais qui allaient devenir des géants, des types absolument prodigieux et sans précédent, Misha Boubentz, Arch Metal, Stan Gavelka, Jerry Lasota, Dick Brillianski, vous allez les entendre, ces noms-là, je vous jure, on les répétera encore alors que personne ne saura plus qui était de Gaulle, ou Castro, ou l'autre, le Chinois, comment s'appelle-t-il déjà.

La nuit, il s'en allait sur ses skis parmi les étoiles. On ne pouvait pas aller de jour sur les pentes du Heilig, c'était *verboten,* à cause des avalanches. Mais Lenny savait qu'il ne lui arriverait rien. Il le sentait dans tout son corps. Bug se faisait des cheveux, lui disait que c'était seulement la jeunesse qui parlait, il fallait se méfier de cette vieille pute, il n'y en avait pas comme elle pour vous jouer de sales tours. Mais Lenny était sûr de lui. Okay, il allait y passer, un jour, mais pas là-haut, la mort l'attendait quelque part en bas, avec les lois, la police, l'arme, la mort était le conformisme, évidemment, elle était une loi, elle aussi. Il partait, après avoir promis à Bug qu'il allait respecter son horoscope, et éviter les vierges, les poissons et Madagascar. Il glissait dans la nuit bleue sur les pentes du Heilig, et la montagne le regardait et retenait ses avalanches. Elle savait qu'elle avait affaire à un copain. Lorsqu'il skiait dans la nuit, il se passait avec Lenny quelque chose de bizarre. Après, il n'aimait pas y penser. Bien sûr, il ne croyait pas en Dieu, sans blague, tout de même, mais il avait l'impression qu'à la place de Dieu, il y avait quelqu'un, ou quelque chose. Quelqu'un ou quelque chose d'autre, de totalement différent, dont on ne s'était pas encore servi. Il le sentait si fortement et avec une telle évidence, qu'il ne comprenait pas comment les gens pouvaient encore croire en Dieu, alors qu'il existait quelque chose de tellement formidable et de vrai, quelque chose dont on ne pouvait absolument pas douter. Les gens qui croyaient en Dieu, au fond, c'étaient tous des athées.

Il disparaissait ainsi jusqu'au moment où les clochettes des chiens noir et blanc qui portaient le lait à Wellen commençaient à retentir là-bas, dans la vallée. Alors, il rentrait et il dormait, avec ses skis à côté de lui. Il ne se séparait jamais de ses skis. C'était de la compagnie, et il les aimait personnellement, en quelque sorte. C'était une bonne paire. Des Ziffen. Ils étaient un peu usés, mais il les connaissait bien, on s'arrangeait. On peut pas vivre avec quelqu'un sans se faire ces petites concessions.

Il y avait eu un temps, quelques mois auparavant, où il pouvait aller passer la nuit avec Tilly, la serveuse du bar de l'Hôtel Linden, une blonde qui cédait sous vos mains, tellement c'était frais partout, mais il avait commencé à éprouver des inquiétudes, quand il était avec elle, ça finissait par gâcher son plaisir. Ça commençait à se gâter.

Au début, tout allait très bien, avec Tilly, il avait passé avec elle quelques minutes formidables. Aldo disait que le vrai socialisme, c'est lorsqu'on jouit, avant et après, c'est sans intérêt, une sombre pagaille. C'était formidable, avec Tilly, mais il avait vite senti que ça allait mal tourner, parce qu'elle avait une façon de le regarder, de promener un regard sur son visage, sur chaque trait, de toucher son corps, comme si, déjà, elle faisait l'inventaire. La Suisse, il ne faut pas l'oublier, c'est le pays de la propriété. Le nez, les oreilles, le nombril, les doigts de pied, tout, il commençait à se demander si le matin, il n'allait pas se trouver bien rangé dans son armoire. Quant à son machin, c'était pas croyable comment elle le regardait, on aurait dit que c'était son carnet d'épargne. Tilly ne parlait que le schweizerdeutsch et le français, et Lenny ne connaissait ni l'un ni l'autre, alors, avec cette barrière du langage entre eux, ils s'entendaient très bien, on pouvait pas trouver mieux, dans le genre rapports humains. Mais elle lui avait joué un sale tour. Elle avait acheté des disques Linguaphone, elle les étudiait en cachette, et un jour, alors qu'il se méfiait pas du tout, elle s'était mise à lui parler en anglais, comme ça, pan ! en plein dans la gueule. C'était foutu. Les gens respectent rien, les rapports humains, ils cherchent même pas à les préserver. Bientôt, ce fut oui, Tilly, je t'aime aussi, mais bien sûr Tilly, oui, je t'aimerai toute ma vie, parole d'honneur, tu es une fille terrible, Tilly, mais oui, je sais que tu es prête à faire n'importe quoi pour moi, tu fais une fondue formidable, et maintenant excuse-moi, il fait drôlement chaud ici, j'étouffe, et puis il y a un type qui m'attend devant le Dorf pour sa leçon de ski, faut que je me tire, à bientôt, à très bientôt, c'est ça, mais bien sûr, je suis à toi, Tilly. Allez, au revoir. C'était fini, quoi. Plus moyen de s'aimer vraiment. Le gars qui avait inventé la méthode Linguaphone était un ennemi du genre humain, démolissant la barrière du langage, empoisonnant les rapports sentimentaux et gâchant les plus belles histoires d'amour. Le genre de mec qui ne respecte rien. Il devait se frotter les mains, à présent, il avait détruit encore un foyer. Finalement, il se résigna à plaquer Tilly. Il n'en pouvait plus, c'était comme s'il avait de la colle plein les doigts. Dommage. C'était vrai qu'elle faisait une fondue formidable. Il continuait à penser à elle, lorsqu'il avait faim. Elle était venue le voir sur les pistes, une fois ou deux, alors qu'il donnait ses leçons, et il lui dit que c'était fini, il y avait tout de même une limite au bonheur, il fallait pas exagérer.

« Comprends-moi bien, Tilly. C'est pas personnel. T'es une fille terrible. Jamais j'en trouverai une autre comme toi. Une fille comme toi, Tilly, ça se rencontre une fois dans la vie, alors, il suffit de l'éviter. Je veux dire, si on l'évite pas, on perd la tête complètement, on est fou d'amour, voilà. J'ai les jetons.

— Mais pourquoi, Lenny ? Je t'aime d'amour. Je suis à toi, complètement et pour toujours. »

Il en avait la chair de poule. Elle avait tout de même pas besoin de le menacer.

« Je peux pas l'expliquer, Tilly. Je suis trop con. Et puis, je sais pas parler. Je ne parle même pas à moi-même. J'ai rien à me dire.

— Mon Dieu, mais qu'est-ce que j'ai fait ? Jamais je n'ai aimé quelqu'un comme je t'aime, Lenny. Jamais.

— Écoute, ma mère, elle est devenue folle d'amour pour un mec quand j'avais dix ans, et qu'est-ce qu'elle est devenue ? Je n'en sais rien. Voilà ce qu'elle est devenue.

— Lenny, toutes les femmes ne sont pas comme ça, et...

— Ne pleure pas, Tilly, c'est mauvais pour les affaires. Personne ne va me louer, si on voit que je suis déjà pris. Les bonnes femmes, quand elles choisissent un instructeur, elles veulent quelqu'un de disponible.

— Tu peux coucher avec toutes les femmes que tu veux, ça m'est égal. Je sais que le boulot passe avant tout.

— Je ne couche jamais avec elles. Je suis pas un professionnel. J'ai pas mon permis de travail.

— Lenny... »

On pouvait rien lui expliquer. Il y avait un mot, pour ça, que Bug Moran avait inventé. L'aliénation. Un truc formidable. Ça veut dire que vous êtes avec personne, contre personne, pour personne, voilà. Bug disait que le grand problème de la jeunesse, c'est l'aliénation, comment y parvenir. C'est très difficile, mais quand on y arrive, c'est autrement mieux que tout ce qu'ils ont d'autre à vous offrir. Rappelez-vous ce mot : l'aliénation. Vous m'en direz des nouvelles.

Au début, le corps doux et brûlant de Tilly lui avait manqué, et il avait plus froid que d'habitude, dans son anorak percé. Mais il n'y avait rien, sur terre, pas même lui-même, dont il ne pût se débarrasser lorsqu'il avait mis ses skis, et il avait eu du pot, un couple allemand avec trois gosses qui l'avaient pris à la bonne, et après, il avait fait le parcours de Wellen à Broye, dans les Grisons, dormant dans les bergeries, où il n'y avait personne en hiver. Il avait passé quinze jours dans une telle solitude qu'il y avait des moments où il sentait qu'il avait réussi sa vie. Du côté de la Grande Mollasse, là où le ruisseau gelé, qu'on appelle le Mollasson, murmure sous la glace, il n'y a qu'à appuyer l'oreille et écouter, personne n'a jamais vu le Mollasson, pas même en été, et il rentre sous terre avant de sortir des neiges éternelles, mais on l'entend très distinctement, et on a l'impression qu'il a des choses à vous dire —, donc, près du Mollasson, c'était d'une telle beauté, que l'on était devant ça comme devant des espèces dommages-intérêts payés en nature. Ce n'étaient plus des couleurs et de la lumière, non, je vous jure, c'était quelque chose qui n'avait encore jamais servi. Bien sûr, c'était seulement scientifique, optique, atmosphérique, c'était démystifié avec tout le reste, mais c'était la plus belle chose qu'il avait vue dans le genre la-vie-vaut-la-peine-d'être-vécue. Ça n'avait duré que vingt minutes, la lumière était partie, mais cela avait suffi, il avait rechargé ses batteries. Il pouvait descendre. Il avait saisi ses bâtons et allait se lancer, lorsqu'il vit qu'il n'était pas seul. Il y avait un autre gars qui était venu se consoler. Le « noble Lord », avec son chapeau de bersagliere. Ils se firent signe, de loin, en s'évitant soigneusement. La vie privée de chacun, c'est sacré.

En revenant, il avait failli geler pour de bon. Au début, on a froid, mais peu à peu, c'est comme si vous étiez en train de nager sous l'eau, mais vous ne sentez plus ni l'eau ni vous-même, rien qu'une sorte de lenteur autour de vous, une sorte d'éternité. Heureusement, il reconnut ce que c'était : Madagascar. C'était ce fameux Madagascar, qui était dans son horoscope, et qu'il devait éviter à tout prix. Cet animal de Bug savait de quoi il parlait. L'horoscope, ce n'est pas de la frime. C'était donc vrai que Madagascar pour lui, c'était la fin. Il s'était secoué, il s'était mis à chanter et il était arrivé encore vivant à la nuit tombante au refuge de Benni, où un brave avocat barbu de Lyon lui avait offert du *cassoulett*, un truc français, et retenez bien ce nom, c'est moi qui vous le dis : *cassoulett*. C'était pour une fois quelque chose qui valait la peine.

L'avocat était vraiment sympa, chauve au-dessus de sa barbe : dès qu'il avait vu Lenny entrer dans le refuge, il l'avait saisi sous le bras pour l'empêcher de tomber, il s'était mis à le frotter, et puis il avait posé devant lui une gamelle fumante, il y avait des haricots, de la saucisse et du canard, et la gamelle était grosse comme ça, et pleine, c'était meilleur que tout ce qu'on peut s'imaginer, le *cassoulett*, un de ces grands noms de l'histoire de France, comme Jeanne d'Arc.

L'avocat lui parla de l'Amérique qu'il connaissait bien parce qu'il n'y était jamais allé, ce qui lui donnait de la perspective. L'Amérique, c'est un pays qu'on connaît sans y aller, parce que c'est entièrement exportable, on trouve cela dans tous les magasins. Lenny était d'accord : il avait pour principe d'être toujours d'accord, lorsqu'il n'était pas d'accord, parce qu'un gars qui exprime des opinions idiotes est toujours terriblement susceptible. Plus un type a des idées connes, et plus il faut se montrer de son avis. Bug disait que la plus grande force spirituelle de tous les temps, c'était la connerie. Il disait qu'il fallait se découvrir devant elle et la respecter, parce qu'on pouvait encore tout attendre d'elle.

« Comme je comprends bien les jeunes Américains de votre âge, qui fuient le matérialisme de votre pays... Vous êtes une génération perdue. »

Bug Moran disait : « Toutes les générations sont des générations perdues. C'est à ça que ça se reconnaît, une génération. Quand on se sent plus perdu, alors, on est vraiment foutu. Les générations qui se sentent pas perdues, c'est de la merde. Nous, mes enfants, on est complètement paumés, mais complètement, alors. Ça prouve qu'on a quelque chose dans le ventre.

— *Yes, Sir,* dit Lenny, en bouffant le *cassoulett.*

— Il vous faut refaire l'Amérique de fond en comble, alors, c'est normal que certains, comme vous, fuient cette angoisse et cette responsabilité, et que je vous rencontre à demi gelé, sur la Grande Mollasse. Mais vous allez rentrer un jour aux États-Unis et vous atteler à la tâche. »

Sainte merde ! pensait Lenny.

« C'est ça, Sir, j'ai l'intention de rentrer et d'en mettre un coup. »

Le barbu, un bout de beurre gelé au bout de son couteau, le regardait à travers ses lunettes d'écaille avec ce sourire bienveillant et un peu ironique que les Français ont toujours aux lèvres, lorsqu'ils parlent en tant que Français. C'est le genre de sourire qu'un gorgonzola vieux de mille ans aurait eu, s'il avait encore la force de sourire, au lieu de se contenter de puer en silence.

« Remarquez, ce n'est pas sans espoir. Jusqu'à présent, l'Amérique s'identifiait, dans ses présidents, avec l'image du père. De là, l'immense popularité d'Eisenhower. Avec Kennedy, pour la première fois, elle s'identifie enfin avec l'image du fils, du frère... Un changement immense. »

Jésus, pensait Lenny, ça y est. On y est. Psychologie. Sociologie. Analyse. Fais voir ton pipi, je te ferai voir le mien. Il y a pas moyen de les semer. C'est tout de même pas croyable. Ils ont bâti un monde tellement con et tellement dégueulasse que c'est un vrai Madagascar, bourré de vierges et de poissons néfastes, avec seulement l'aliénation qui a survécu par miracle, quand on arrive à la trouver, et à la garder, et les voilà qui vous font encore des leçons de psychologie, de politique, et vous expliquent ce qui ne va pas, comme si quelque chose allait à part la plus grande force spirituelle de tous les temps, comme disait Bug.

La politique, Lenny ne comprenait même pas qu'on pût encore en parler, étant donné que c'est fait par des fous, avec des Frankenstein dans tous les coins, mais il avait un faible pour Cuba et Castro, parce qu'ils l'avaient sauvé d'un sale pétrin. Quelques mois auparavant, il avait fait l'amour avec une petite Française dans un chalet à Wengen, et le matin, alors qu'il essayait de sortir sur la pointe des pieds, ses chaussures à la main, il était tombé sur la mère. Il n'y avait pas moyen de nier, alors, il avait essayé de s'en tirer par la politesse, en disant à la vieille quelque chose de gentil, en français, mais tout ce qu'il était arrivé à trouver fut *merci beaucoup*, à peu près les seuls mots qu'il connaissait. Apparemment c'était pas des choses à dire à une mère, vu les circonstances, seulement, c'était trop tard, il l'avait déjà dit, et la vieille s'était mise à hurler, il ne savait plus comment s'en tirer, mais finalement, il lui dit encore *à votre santé*, l'autre phrase en français qu'il connaissait, et attendit, très fier de lui, en lui faisant un de ces grands sourires innocents bien américains, qui sont censés vous aller droit au cœur. Mais pas du tout, la bonne femme était devenue vraiment furieuse et elle avait appelé son mari. Heureusement, il y avait Cuba. Apparemment, quelque chose se passait à Cuba, à cette époque, ou ne se passait pas, une guerre qui devait avoir lieu, mais ça n'avait pas marché, les Russes ne voulaient pas jouer, ils avaient repris leurs billes. Lenny s'en foutait pas mal, d'ailleurs. Il était prêt à ne pas faire la guerre n'importe où et pour n'importe quoi. Il se tenait dans l'escalier, les souliers à la main, la chemise dehors, il souriait américain, ce qu'il savait faire de mieux dans le genre « ce-sont-de-grands-enfants,-ces-gens-là », il souriait tellement qu'il en avait des crampes aux lèvres, qu'est-ce que ça doit être chez les putes, après une journée de travail. Mais la vieille continuait à hurler et le père finit par sortir, en pyjama, un petit mecton à petites moustaches noires et le nombril dehors, un de ces Français du genre arménien, et sa femme lui dit tout, et avec des détails, comme si elle y était. Un cœur de mère, ça sent ces choses-là. Elle sanglotait, et en général se comportait comme si c'était la première fois que ça lui arrivait, à la fille je veux dire, ce qui était absolument et délicieusement faux ; cette fille-là, ce n'est pas qu'elle avait seulement de l'expérience, elle avait plus que ça, elle avait de l'Histoire derrière elle, des siècles et des siècles, comme de Gaulle, elle n'avait rien à apprendre de personne. Là-dessus, la fille elle-même apparut, en haut de l'escalier, le visage défait, à moitié nue, c'était une vierge violée, c'était clair, il n'y avait qu'à la regarder. Elles deviennent toujours vierges après, ces pauvres violées, c'est comme ça. Du coup Lenny avait cessé de sourire, c'est-à-dire, il le croyait, mais en réalité, ses sphincters s'étaient paralysés de frousse, et le sourire restait là, en panne, un peu de travers. C'étaient les flics, la prison, la fin de l'aliénation. Lenny fit un effort intellectuel prodigieux pour leur dire en français quelque chose qui arrangerait tout, quelque chose de vraiment francophile, des mots flatteurs pour la France, mais tout ce qu'il arrivait à trouver c'était Albert Schweitzer et Maurice Chevalier, ce qui n'était pas un terrain suffisamment sûr et solide pour rencontrer un allié en des circonstances pénibles. Il fut sauvé par Castro. Il était en train d'essuyer discrètement le rouge à lèvres des pans de sa chemise, et il se sentait foutu, mais le père le regardait attentivement, d'un air terriblement inquiet, et puis il dit, sur un ton grave et plein de reproches :

« Vous êtes américain ?

— *Yes, Sir* », dit Lenny, tout en se disant, bon je l'ai sautée, la fille, c'est tout de même pas le Vietnam, quoi.

L'homme cligna des yeux un moment, puis il lui demanda, vraiment anxieux :

« Est-ce que vous croyez que nous allons avoir une guerre à cause des bases de lancement russes à Cuba ? »

Lenny aurait embrassé le *barbudo*, s'il avait été là. *Cuba si*, cette fois, il était vraiment pour. Il rassura tout de suite le vieux. Il lui servit une dose maison de ce vieil optimisme américain, qu'ils ont en Europe. D'abord, pas de guerre, à Cuba, et ensuite, on allait la gagner, parce que nous autres, Américains, on n'a jamais perdu une guerre. D'ailleurs, au Vietnam, c'est le dernier quart d'heure, on a pratiquement gagné, tous les généraux du Pentagone sont d'accord là-dessus, il suffit maintenant d'attendre que l'ennemi se rende à l'évidence. Le vieux l'avait raccompagné à la porte, il lui avait serré longuement la main, le Lenny avait même pu remettre ses souliers, comme ça, tranquillement. Il n'avait plus jamais revu la fille, tout de même, par délicatesse, maintenant qu'il connaissait les parents.

Cette aventure l'avait confirmé dans l'idée qu'il se faisait des hommes. Ou plutôt, cela avait confirmé l'explication que Bug lui en avait donnée. Les hommes étaient tous absolument *surréalistes*. Lenny n'avait pas très bien compris ce que c'était, le surréalisme, mais Bug lui avait confirmé que c'était justement cela, le surréalisme : il fallait pas essayer de comprendre. Les hommes, c'était tout à fait ça.

Quelqu'un, une fille, avait dit à Lenny qu'il était « a-social ». La vérité était que tout ce qu'on peut dire de vous ou de n'importe qui était toujours à côté. Tout leur truc, de *a* jusqu'à *z* — et encore, il fallait se méfier de l'alphabet — était absolument mystérieux, incompréhensible, avec seulement les montagnes qui dépassaient, et pour le reste, c'était un immense Madagascar, avec des vierges et des poissons qui vous guettaient au tournant, tout ce qu'on pouvait faire, c'était serrer les fesses et être extrêmement poli avec l'ennemi, pour qu'il vous foute pas votre aliénation en l'air, parce qu'ils aiment pas ça, l'aliénation, ça les vexe, ils veulent qu'on soit tous dans le même pétrin, qu'on barbote avec eux dans la démographie, qu'ils appellent « fraternité », sauf pour les Noirs. Bug disait que l'Amérique avait enfin découvert l'« absurde » et l'« angoisse de l'être ». Adieu, Gary Cooper. Lenny n'aurait jamais dû sortir la photo de Coop devant les gars. Ils l'emmerdaient sans cesse avec ça. Il ne savait d'ailleurs pas pourquoi il la trimbalait, cette photo. Peut-être à cause de la dédicace. « *A Lenny, son ami Gary Cooper.* » Lenny avait onze ans quand il avait reçu sa photo, après avoir écrit une longue lettre où il disait que lui aussi voulait être cowboy. Marrant.

Ce qu'il y avait d'embêtant c'est qu'ils avaient tous quelque chose de pathétique. On pouvait pas les détester vraiment. L'humanité, elle vous faisait penser à Al Capone, qui courait après tous les trains parce qu'il avait un billet pour nulle part, et il sautait d'un train dans l'autre, pour tirer le maximum du billet qu'il avait payé, et puis, l'humanité se retrouvait dans la pissotière de la gare de Zurich, en se croyant au Danemark. Une paumée. Un jour, on allait trouver dans la pissotière de la gare de Zurich Mao ou de Gaulle, avec leur billet demi-tarif pour nulle part dans la poche, en train d'attendre un nouveau rapide, celui qui n'avait pas encore déraillé.

Cela ne signifiait pas du tout que Lenny était contre la société. Au contraire, il était pour. Il la leur souhaitait de tout cœur. C'était bien fait pour leur gueule.

Il y avait un seul homme à qui Lenny avait un jour demandé une explication. Il s'appelait Ernst Fabricius, un Sud-Africain qui était en train de claquer au sana de Davos, un vieux skieur de l'époque d'Émile Allais, une époque légendaire, perdue dans la nuit des temps, lorsque la montagne n'avait pas encore été touchée par la démographie. Ernst n'avait pratiquement plus de poumons. Lorsque la rumeur que le vieux skieur allait mourir parvint au chalet, les clochetons avaient chargé Lenny de porter à Davos le Grütli, la petite statuette en bois que les paysans sculptaient à Dorf, où le premier homme qui avait jamais marché sur des skis était soi-disant né. C'était pas vrai, bien sûr, comme tout le reste, mais les gars trouvaient que c'était joli ; et puis, ce qui comptait, c'était non pas le Grütli à la con, mais ce qu'eux ils mettaient dedans. Lenny n'aimait pas ça du tout. Du sentiment, du romantisme, c'était comme les gars à l'université qui marchaient avec un drapeau noir. Un drapeau noir, c'était tout de même et avant tout un drapeau. Mais c'était une idée de Bug, et l'été arrivait, Bug devenait très important, avec son chalet et ses boîtes de conserve. Ils avaient tiré à la courte paille, et naturellement, Lenny avait gagné. Il avait dû porter la poupée ricanante à Davos, et la poser sur le lit d'Ernst Fabricius. Lenny ne s'était jamais senti aussi con de sa vie, il avait même des larmes aux yeux. Il s'était assis au chevet du mourant et il se sentait tellement indigné et malheureux que la seule chose à faire c'était d'essayer de sauver la face, défendre sa réputation. Il chercha quelque chose de vraiment cynique à dire, mais ça ne venait pas, le cœur n'y était pas. Par-dessus le marché, il avait l'impression d'avoir soudain douze ans. Pourtant, d'habitude, il savait se tirer à coups de mensonge de n'importe quelle saloperie.

« Ernst, est-ce que tu peux me prêter cent francs ? Je te les rendrai un jour. Parole d'honneur. Dans quelques mois. »

C'était un pauvre effort, et naturellement, ça avait raté. Fabricius avait souri. Il avait du poil gris dans les trous, là où il avait eu des joues.

« Ne te fatigue pas, fiston. Je m'en fous. Tu n'as pas besoin de me rassurer. Dans quelques jours je serai sous mes skis. Merci quand même.

— Ernst, tout ce que je veux, c'est un peu de fric. C'est pour ça que je suis ici. Allez, sois humain. Cent francs. Je te les rends dans un mois. »

Il avait l'impression de nager dans une mer de colle : les sentiments. Mais il savait que son sourire tenait le coup. Cynique.

« L'infirmière m'a dit que tu vas te tirer d'un moment à l'autre, Ernst. Ils te l'ont pas dit ? Je parie qu'ils te le cachent. Je parie qu'ils font des tas de petits bruits rassurants, hein ?

— Bien sûr. Ils comprennent pas. Ils connaissent rien à des gars comme nous, Lenny. Ils croient qu'on est comme eux. Ils s'imaginent que ça nous plaît d'être ici.

— Est-ce que je peux prendre tes chaussures, Ernst ? C'est juste ma pointure. T'en auras plus besoin, de toute façon.

— Prends-les. C'est des Hollsteg. Première bourre.

— Merci. Dis donc, quel effet ça te fait ? De pouvoir enfin te tirer pour de bon ?

— Formidable, Lenny. Tu verras ça un jour. Mais te presse pas trop. C'est meilleur, quand ça t'arrive sans que tu le demandes. L'effet de surprise.

— Tu dois avoir au moins quarante ans ?

— Cinquante, Lenny.

— Sainte merde ! C'était une sacrée génération, vous autres. Pas comme nous. Nous, on aurait pas tenu aussi longtemps. Mais tu dois avoir compris des tas de trucs. Tu as pigé quelque chose ?

— Rien.

— Tu as été heureux ? A part le ski, je veux dire ?

— Non, j'ai pu éviter ça. C'est pourquoi ça me fait rien de partir. Pas de regrets.

— Faut croire alors qu'il y a quelque chose dans ce truc qu'ils ont inventé en Orient. Le stoïcisme, ils appellent ça.

— C'est pas un truc oriental, Lenny. C'est un truc grec. Tu confonds avec le yoga.

— Bon, grec, Ernst, pour te parler franchement, on s'est foutu de nous. Il y a quelqu'un qui se marre, là-haut, là où il n'y a personne. Tu sais, le chat de Cheshire ? On m'a raconté ça, quand j'étais môme. Il n'y a qu'un sourire, et pas de chat derrière. C'est ça, là-haut. Un sourire vachement ironique, et personne derrière.

— Dis donc, Lenny, tu te mets à parler, maintenant ?

— Qu'est-ce que ça fout ? De toute façon, je risque pas de dire quelque chose. J'ai rien à dire. Ça m'embête de penser que tu pourras plus jamais skier, Ernst.

— Je vais m'y faire.

— J'aime pas la mortalité. D'un côté, tu as la démographie et de l'autre, la mortalité. Tout le monde y a droit. Pute de démocratie. Tu veux mon avis ? Il y a de la malhonnêteté là-dedans, Ernst. On est pas assez payés, si tu vois ce que je veux dire. On a été refaits.

— Par qui, Lenny ?

— J'en sais absolument rien. Il paraît qu'on est tous sortis de l'Océan, il y a des billions d'années. Mais avant, qu'est-ce qu'il y avait avant ? Et avant-avant ? Et avant-avant-avant ? Toujours cette espèce de sourire ? Tu le sauras dans quelques jours, Ernst. Mets-moi un mot. Des fois, je crois qu'on est là pour faire rigoler quelqu'un.

— Comment vont les gars ?

— L'été arrive, alors, tu vas pas rater grand-chose. Des papillons. Il y en a qui parlent de faire un hold-up contre une banque, à Zurich. C'est plein de banques, en bas. Mais il faut des semaines de travail pour réussir un coup comme ça, alors, autant aller travailler dans une banque. C'est l'affaire du train postal en Angleterre qui a excité tout le monde.

— Je les comprends. Quand on est jeune, on a besoin d'exemples.

— Qui paye la clinique ?

— Des Autrichiens d'ici. Il paraît que je leur avais donné des leçons à Kitzbühel, quand ils étaient gosses. Je m'en souviens pas. Les riches sont parfois rigolos. La philanthropie, quoi.

— Qu'est-ce que c'est que ça, encore ?

— C'est des riches qui veulent se sentir bien.

— Tu as quelqu'un, quelque part ? A qui il faut écrire où on t'a enterré ?

— C'est pas la peine de gaspiller un timbre. »

Ce fut alors que Lenny lui posa sa question.

« Ernst.

— Oui ?

— Qu'est-ce que c'est que tout ça ?

— J'en sais absolument rien, petit. Mais il y a du bon, là-dedans. Il faut le chercher. J'ai eu de bons moments. »

Il traîna autour de Davos jusqu'à ce que le vieux fût bien mort et ensuite, il continua à skier là où Ernst aimait aller, pour rester encore un peu avec lui. Peut-être qu'au début, Ernst avait besoin de compagnie. Il descendit vers la forêt du Grün Zahn, il descendit le Storm et l'Arlberg, et la Blasse Mädchen, et il se demandait parfois jusqu'où on pouvait aller nulle part. Il avait fauché la thermos d'Ernst, un truc plein de chaleur, marqué « d'U.S. Army ». Ce qui le faisait penser que l'Amérique continuait à lui envoyer des lettres, des petits bouts de papier jaune traître pour lui ordonner de rentrer faire son service militaire. Cela lui rappelait qu'il existait. Une jolie fille schweizerdeutsch prit une photo de lui alors qu'il méditait sur des saucisses, devant la vitrine d'une charcuterie à Davos, avalant sa salive, d'énormes grosses saucisses chacune cinq fois la taille d'un frankfurter ; c'était pas facile de voler, en Suisse, ils sont terriblement honnêtes et tout est vachement bien gardé. La fille vint lui parler, et il vit tout de suite qu'avec un peu de courtoisie, il pouvait avoir ses saucisses.

« D'où êtes-vous ?

— Montana, U.S.A. »

Ce n'était pas vrai, mais il mentait toujours, par principe. Il fallait couvrir sa trace avant tout. On savait jamais.

« Vous êtes de l'équipe américaine de ski ?

— Non, aucune équipe. Je marche toujours seul.

— Vous skiez drôlement bien. Je vous ai vu, tout à l'heure. Vous avez du style. C'était très beau, vraiment. Vous avez le pull rouge de l'équipe U.S.A., alors...

— J'aime le rouge. Mais pas celui qui va avec une équipe. J'aime pas les transports en commun. Vous connaîtriez pas quelqu'un qui voudrait prendre des leçons ? Je fais ça cinquante pour cent moins cher que les *skilehrers* d'ici.

— Ça tombe bien. Justement, je cherchais un instructeur. »

Tu parles.

« Mais je ne peux pas payer cher.

— Vous ne me payerez rien du tout. Vous n'avez qu'à nous acheter cette file de saucisses, et je vous donne huit leçons à l'œil. Je crève la faim. C'est le grand air. »

Elle était secrétaire à Bâle, en vacances pour quinze jours, c'était juste assez, pas trop long, pas trop court. Il aurait dû pourtant savoir qu'il n'y avait rien de plus néfaste, pour une belle histoire d'amour qui finit toujours bien, puisqu'elle finit, que de se faire ramasser mourant de faim dans la rue d'une station de ski. La fille avait senti une bonne affaire, un type sans personne pour s'occuper de lui, et au bout de trois jours, c'était et jure-moi ceci et promets-moi cela, et il fallait mentir sans arrêt comme un gentleman, il ne voulait blesser personne, et il n'y avait pas une saucisse au monde qui mérite qu'on fasse des efforts pareils pour elle. Malgré sa grande taille, il déchaînait chez les femmes des sentiments tellement maternels qu'elles vous auraient bouffé vivant, si on s'était laissé faire.

« Mais oui, Trudi, je te le jure. Je n'ai jamais aimé autant quelqu'un, jamais. C'est l'amour fou, Trudi, c'est même curieux, en Suisse. J'ai dû attraper ça ailleurs. C'est pour ça que nous devons nous quitter, Trudi, en pleine beauté, pendant que ça dure. Il ne faut pas faire durer les choses, Trudi, c'est inhumain. Il faut se quitter le cœur brisé. Ce serait dégueulasse, si on devait se quitter un jour tout tranquillement.

— Mais nous pourrions être si heureux ensemble, toute la vie, Lenny.

— Ne dis pas des choses comme ça, Trudi, vraiment. C'est pas des choses à dire. Je me sens pas bien.

— Je pourrais te trouver un bon job dans une agence de voyage.

— *Quoi ? Où ?* Qu'est-ce que tu as dit ?

— Je connais une place de libre à l'agence Cook à Bâle.

— Eh bien, qu'elle reste libre, Trudi. Ça fait du bien, la liberté.

— Tu ne m'aimes pas.

— Écoute, Trudi, lorsqu'on s'aime d'amour, comme toi et moi, il faut faire tout pour sauver ça. La première chose à faire, c'est de se quitter, crois-moi.

— Mais nous pourrions... »

Il lui sauta dessus, et se mit à l'embrasser comme un fou pour qu'elle la ferme, mais elle remettait ça dès qu'elle retrouvait son souffle. Il avait de la colle plein les doigts. Et elle avait cette calme, lourde, paisible obstination des Suisses qui le rendait dingue et c'était terrible, cette façon que tout le monde avait à présent de parler l'anglais couramment, on ne savait plus où aller.

« Trudi, je vais t'expliquer ça. Lorsqu'un gars et une fille se collent ensemble pour de bon, ils finissent par avoir une voiture, une maison, des enfants, un boulot, et ça, ça ne s'appelle plus l'amour, Trudi, ça s'appelle vivre.

— Je ne te demande pas de m'épouser, si tu n'y tiens pas. Je sais que tu as des principes. Mais je pourrais élever nos enfants sans être mariée. »

La Mongolie extérieure, pensa-t-il soudain. Il y avait quelque part un pays qui s'appelait la Mongolie extérieure.

« Trudi, aide-moi. Je suis le genre de type qui vit de regrets. C'est ma nature. Je vais te regretter tellement, que tu seras comme une vraie petite reine sur le trône de mes regrets... »

Holy Moses, pensait-il, où c'est que je trouve des conneries pareilles ? Je dois être un grand poète, au fond. *Le trône de mes regrets...* C'était quand même quelque chose. Et cet enfoiré de Bug qui prétendait qu'il était un illettré. Des trucs comme ça, on les apprend pas à l'école. Il faut avoir ça en soi.

Il se sentait triste et découragé. Pas de chance. Pour une fois qu'il trouvait une môme vraiment mignonne et sympa, elle devenait brusquement vache et se mettait à vouloir faire sa vie avec lui. Il devait y avoir en lui quelque chose qui éveillait les plus bas sentiments chez les bonnes femmes.

« Je prendrai bien soin de toi, Lenny. Tu manqueras de rien.

— Où est-ce que tu as appris à parler si bien l'anglais, Trudi ?

— A l'école Berlitz, à Bâle. »

Il lui prenait donc la main et il lui parlait Berlitz, tendrement, c'était pour ça qu'elle avait allongé cinq cents francs pour un cours de trois mois, à Bâle, en rêvant au bel Américain honnête et travailleur qu'elle allait rencontrer aux sports d'hiver. Il se sentait compris dans la garantie et les gars lui disaient qu'avec la belle gueule d'Américain qu'il avait, il aurait dû aller trouver Berlitz et leur demander vingt pour cent. Ils faisaient du pognon sur son dos, ces salauds-là. Merde, je vais les traîner en justice. Il était gentil avec Trudi. Vous faites souffrir une femme, et vous voilà en train d'avoir des rapports personnels avec elle. Il faut jamais faire de mal à personne, parce qu'on ne peut pas faire souffrir quelqu'un sans se rapprocher de lui, et c'est mauvais pour votre aliénation. C'est comme ça que commence la famille, la fraternité, la patrie. C'est le Vietnam, quoi. Vous êtes récupéré, et il n'y a plus qu'à ranger vos skis. Ainsi que l'avait dit le grand poète chinois Don Zysskind, du Bronx, le grand Zysskind lui-même, celui à qui le shah d'Iran avait offert un tapis bouffé par les mites, dans un de ses célèbres *tokhès,* qui sont la forme persane de ces perles de sagesse japonaises qu'on appelle *hokusai,* ou *sukiyaki :* « Il faut surtout pas aimer ton prochain comme toi-même, il est peut-être quand même un type bien. » Zysskind était contre le pessimisme. Lenny croyait aussi que les gens étaient très différents de lui, mais il y avait des moments où il avait des doutes sérieux là-dessus. Cela lui foutait le cafard. Peut-être que Jésus était quelqu'un de différent, malgré tout ce que les curés vous racontent là-dessus. Peut-être y avait-il aussi d'autres mondes habités par des créatures sans aucune trace d'humain. De vrais hommes. Il y avait un autre célèbre *sukiyaki* ou *harakiri* du même Zysskind, très populaire chez les clochetons, et qui disait simplement : *les femmes et les enfants d'abord.* Lenny trouvait ce *tokhès* trop macabre pour son goût. D'abord, c'était faux. On tuait pas du tout les femmes et les enfants d'abord, au Vietnam. Et puis, quoi, c'était pas la peine d'avoir déserté ou d'avoir brûlé son fascicule militaire pour penser encore au Vietnam. Le Vietnam, il y en avait marre. On pouvait tout de même pas souffrir tout le temps.

Zysskind gagnait pas mal sa vie, en vendant ses perles de sagesse japonaises ou persanes aux restaurateurs chinois, qui les mettaient dans ces petits gâteaux de riz que les clients cassent pour lire l'aphorisme qui est dedans. Puis il avait ouvert un restaurant chinois lui-même, pour devenir son propre éditeur, en quelque sorte, et il épousa une serveuse mi-chinoise, mi-noire, qui lui donna trois enfants, tous du même homme ; il réapparut donc dans le chalet, très démoralisé, et incapable d'inventer la moindre perle de sagesse pour la circonstance. Finalement, ce fut Bug qui en pondit une, vu que c'était Noël et qu'il avait le cœur en fête :

Les rois mages sont venus
Ont brûlé tout ce qu'ils ont vu.
Après se sont mis en piste
Les rois mages communistes.
Et voici mon sukiyak :
Les rois mages, j'en ai ma claque.

Tout le monde félicitait Bug chaleureusement, c'était un bon *sukiyaki,* ou *nagasaki,* ou comment qu'on l'appelle, surtout pour un débutant asthmatique à deux mille mètres d'altitude et pédéraste, à la veille de Noël. Il n'y avait pas un déserteur au monde qui ne pleurerait de beauté devant une perle de cette profondeur, même s'il n'était pas nourri et hébergé à l'œil. Seul le grand Zysskind n'était pas d'accord : il se sentait vexé, comme tous les Juifs, la veille de Noël. Il fit un effort immense, notre grand Zyss, il se ramassa, se concentra et déposa sur la table le *yokohama* suivant :

Pour changer vraiment le monde
Faut attendre que ça fonde.

Fahrenheit, cent mille degrés
Il sera changé après.

C'était pas mal, pour un Juif, la veille de Noël alors que Jésus est en train de naître quelque part, ce qu'on n'allait pas manquer de leur reprocher un jour. Lenny aimait bien le grand Zysskind, bien qu'en général il évitât d'avoir des amis juifs ; depuis qu'on les avait exterminés, ils traînaient toujours leurs morts avec eux partout où ils allaient, et certains venaient ici pour de mauvaises raisons : ils choisissaient l'aliénation pour ne plus être des Juifs. Naturellement, ils avaient honte d'être antisémites, et ils passaient leur temps à vous rappeler qu'ils étaient juifs. Toujours cette pute de psychologie, on n'a pas idée de ce que ça peut faire à un type, la psychologie. Ça pardonne pas. Mais Zyss était un bon petit mec, malgré ses troubles psychiques qu'il avait : la nuit, dès qu'il s'endormait dans le noir, il rêvait que la lumière était allumée et cela le réveillait. Il vous réveillait dans le noir en gueulant qu'il y avait encore un salaud qui avait laissé la lumière allumée : Bug disait que c'était prénatal chez lui, quand il était encore un fœtus, le médecin avait dû l'examiner avec une torche électrique à la main, ou bien son père avait laissé ses phares allumés, ou quelque chose comme ça. Zyss n'aimait pas qu'on parlât de son fœtus sur ce ton. Il se vexait pour un oui pour un non. Finalement, Bug eut une idée de génie. Il connaissait bien les Juifs, nous expliqua-t-il, et il les aimait bien, à cause de leur sensibilité écorchée, il fallait savoir les prendre. Et qu'est-ce qu'il a trouvé, ce salaud-là ? Il a fait dormir Zyss dans la salle de bains, et il a laissé la lumière allumée. Eh bien, Zyss a dormi comme un petit enfant. Les Juifs ont l'esprit de contradiction, c'est connu.

Pour le décompliquer, Lenny avait emmené Zyss faire le grand tour, huit jours, à travers le Thal, par-dessus l'Ebbert, et dans la vallée du Chien, et ils vécurent huit jours dans le chalet d'un marchand de diamants d'Amsterdam qui n'était jamais là, il n'y avait qu'à entrer par la cheminée ; il y avait dans le chalet des plumards formidables, on flottait, les riches ont de bons côtés, lorsqu'ils sont pas là. Après, les Grisons et la Pierre Lunaire, d'où l'on apercevait l'Italie, où Lenny se promettait d'aller un jour, pour voir les pyramides. Sur le chemin de Gründen, la nuit, sur la neige si bleue qu'on avait l'impression de marcher dans le ciel, Zysskind fut pris d'une crise mystique, il ajusta ses lunettes et il pondit son plus célèbre *hokusai*, celui qui allait sans aucun doute passer à la postérité, au cas où il y aurait des survivants :

C'est un monde d'une grande beauté.
Dommage de le faire sauter.
Et voici mon pamudjone :
Faites sauter le Pentagone.

Il s'était complètement déchaîné, ce salaud-là, comme tous les intellectuels quand on les met à l'air, un véritable Confucius sur skis, et avec l'altitude et les années-lumière qui étincelaient, il n'y avait plus moyen de le retenir. Avant d'arriver au chalet, il avait pondu soixante-quinze perles de sagesse, comme ça, l'une après l'autre, qui furent toutes perdues pour la postérité, sauf une, dont Lenny se souvenait, parce que c'était tout à fait son avis, bien qu'il ne se mêlât pas de ces choses-là, — il s'en foutait :

Le monde est vachement réussi.
Mais que font donc les hommes ici ?
Debout, les damnés de la terre
Foutez-vous tous bien vite en l'air.

Et la dernière, dans l'intimité du chalet, pendant que les gars le déshabillaient et le frottaient avec de la glace, pour essayer d'arrêter la circulation, avant de s'endormir pour vingt-quatre heures, il avait hurlé :

Je suis le grand Zysskind
J'ai bu la sagesse de l'Inde.
Et voici mon bodhisattva :
Plus ça va, et moins ça va.

Après quoi, il s'endormit, avec un beau sourire, très content de lui, les mains jointes, la barbe agitée par de doux ronflements.

Lenny était incapable de pondre une perle de sagesse, mais il essaya tout de même d'expliquer à Trudi ce que cela voulait dire, « non », un « non » catégorique et général, vraiment renseigné, un vrai « non » de *samouraï* ou de *koulibiak*, ou comment déjà, celui qui sait très bien qu'on ne peut pas bâtir un monde nouveau avec le monde. Mais les perles de sagesse orientales, pour Trudi, c'était du grec. Il en était au point où il commençait à avoir des cauchemars : il se voyait installé dans une jolie maison, avec des volets en forme de cœur, avec un petit jardin potager derrière, et il était en train de jouer avec ses deux adorables enfants, pendant que Trudi chantait en schweizerdeutsch à la cuisine et il avait même un bon chien schweizerdeutsch qui le regardait avec amour et il y avait une boîte aux lettres dehors, avec son nom écrit dessus suivi du numéro de la rue, et les cheveux se dressaient sur sa tête, il se réveillait couvert de sueur froide. Une adresse, une identité, c'était la mort du petit cheval. Ils savent où vous trouver, vous commencez à exister légalement, vous êtes récupéré. Les seuls types de son âge qui avaient des adresses fixes, c'étaient les copains allongés dans leurs caisses de plomb au Vietnam, Jongo Baxter, Phil Jerkin, Lou Pozzo, plus deux cent mille autres, la plupart des Noirs, c'était ça l'intégration. Il se fit tellement peur, en pensant à tout cela, qu'il sauta hors du lit en pleine tendresse, enfila son pantalon, et ce fut alors que son instinct de conservation lui glissa à l'oreille un mensonge plein de tact, une vraie perle de sagesse orientale :

« Écoute, Trudi, je vais tout te dire. Je peux pas rester avec toi. Je peux pas rester nulle part. J'ai tué un flic à Bâle, il y a deux mois. Trois balles dans le ventre. J'sais pas ce qui m'avait pris, il m'avait rien demandé, il savait pas que j'avais assassiné cette famille, trois jours auparavant. Tu te souviens, c'était dans les journaux. Adieu, Trudi, je ne veux pas te causer d'ennuis. Héberger un assassin, ça va loin. Dix ans. Et ne crains rien, je ne vais pas me laisser prendre vivant. »

Elle se calma tout de suite. Elle commença à tirer la couverture jusqu'à son menton, pour cacher ses niches et tout, parce qu'il était assassin, c'était de la logique suisse. Elle le crut tout de suite, c'était même flatteur. L'Amérique. Elle savait bien qu'ils étaient tous des tueurs pathologiques, là-bas.

« *Mein Gott*, Lenny, pourquoi tu l'as tué ?

— On a pas besoin d'un motif pour tuer un mec, Trudi. C'était pas personnel. Je suppose que le flic, c'est l'image du père. L'autorité. Je suis psychologique, Trudi. Je suis atteint d'hostilité. On est deux cents millions, en Amérique. Ça rend dingue. »

Il enfilait ses chaussettes et ses bottes, pendant qu'elle le regardait de ses yeux bleus épouvantés, la couverture ramenée sous le menton.

« Adieu, Trudi. Je viendrai te voir de temps en temps. Peut-être qu'un jour tu vas me trouver à ta porte criblé de balles, tu vas me faire entrer, on va se barricader, on va tenir jusqu'à la dernière cartouche, on va mourir ensemble, je te promets rien, mais j'essayerai... »

On peut miser à fond sur tout ce que les Européens connaissent si bien de l'Amérique, c'est du solide, on peut y aller. Elle avait les yeux pleins de Rêve Américain, il était là, devant elle, pas encore criblé de balles, mais déjà plein de Noirs qui vous violent au coin des rues et qui se font lyncher par les *Incorruptibles.* En Europe, ils l'ont partout, le Rêve Américain, c'est du gâteau.

Il lui dit « ta-ta », avec un petit geste de la main, et sortit, à la fois plein de tact et libre.

Seulement, il connaissait pas assez les Suisses. Le lendemain, alors qu'il traînait dans les rues de Zermatt, à la recherche d'Abe Slominski, de Pittsburgh, qui avait perdu la foi en rien deux ans auparavant, ne skiait même plus et avait ouvert un bar express derrière l'Hôtel Müller, qu'il avait appelé *Ye Old England Albert Einstein Memorial Bar Expresso et Hamburger,* lequel était aussi un atelier de poésie et le Q.G. du Comité de Désarmement antinucléaire de Zermatt et du Mouvement de soutien aux Nations Unies et Centre local de lutte contre la guerre au Vietnam et du Groupement suisse pour le contrôle des naissances en Inde, et où Lenny était toujours sûr d'avoir des œufs sur le plat à l'œil, parce qu'il leur avait dit une fois que son père était héros de la guerre de Corée et que lui, Lenny, son fils, n'osait plus regarder personne en face, — deux flics le prirent chacun par un bras. Cinq minutes plus tard, il était au poste de police de Zermatt, essayant de convaincre le commissaire qu'il n'avait jamais tué personne, ni à Bâle ni ailleurs, il avait seulement voulu être poli et gentil avec une fille et la quitter sans lui faire de la peine, parce que c'était une fille qui l'aimait d'amour, l'amour c'est un truc merveilleux, tout le monde sait ça. Sainte merde, il pensait, ça ne lui avait pas pris plus d'une minute, dès qu'il fut dehors, elle avait sauté sur le téléphone et tout dit aux flics, c'était la fille la plus honnête et sincère qu'il eût jamais rencontrée, on peut pas le nier, c'est bon de savoir que ça existe. Comment dit-on déjà, il y a un mot pour ce truc-là, il y a un mot pour tout, la conscience, voilà. Pas étonnant que les Suisses fassent les meilleures montres du monde, on pouvait compter sur eux.

« Vous avez reconnu, devant témoin, que c'est vous qui avez abattu à coups de revolver l'agent Schutz, à Bâle, il y a trois mois.

— C'était par gentillesse, monsieur. J'ai fait ça par bonté.

— *Quoi ?* Cynique, hein ?

— Mais non, je l'ai pas fait. Je veux dire, c'était tout un pieux mensonge, monsieur. Excusez-moi, je connais pas très bien votre langue.

— On vous parle anglais, non ?

— Oui, monsieur, bien sûr. Mais les mots, vous savez, ça me vient pas facilement, c'est pas à moi, les mots. On s'entend pas bien et on s'évite, eux et moi.

— C'est commode.

— Ah, ça oui, vous pouvez le dire, monsieur. C'est très commode. Ça peut même vous sauver la vie. »

Bug disait : « Prenez un mot comme *patriotisme.* Le gars qui sait pas ce que c'est, il a neuf chances sur dix de passer au travers. »

« Et vous pensez avec quoi, alors ?

— J'essaye de ne pas penser, monsieur. Mais il m'arrive de méditer.

— Parce que ce n'est pas la même chose ?

— Pas vraiment, monsieur. La méditation, c'est pour penser à rien. On est heureux. »

Le commissaire essayait de ne pas sourire. Le prestige de l'uniforme. C'était un type grisonnant, très bronzé, peut-être même qu'il skiait. Il y a des flics qui font du ski, aussi dégueulasse que cela puisse vous paraître. La police, ça respecte rien.

« Le témoin dit également que vous lui avez pris de l'argent. Que vous l'aviez battue et volée. »

Lenny avait l'impression qu'une montagne lui était tombée des épaules. C était formidable. Il se sentait gai et léger. Pas possible, cette fille a dû inventer ça exprès pour lui faire plaisir. L'intuition féminine. Elle savait qu'il se sentait tout merdeux de l'avoir laissé tomber, qu'il se faisait des reproches, alors, elle a fait ça pour lui. L'amour, tout de même, il n'y a que ça de vrai. Il avait des larmes aux yeux. De gratitude. Et puis, des fois, il en avait marre.

« Allons, ne pleurez pas.

— Je ne pleure jamais, monsieur. J'ai des yeux sensibles, qui se mouillent. La réverbération. Je suis tout le temps sur la neige.

— Vous ne l'avez pas volée ?

— Seulement son cœur, monsieur. Elle m'aime d'amour, alors elle essaye de me faire du mal. Je suis sûr que vous savez ce que c'est l'amour, monsieur. En tant que policier, je veux dire. C'est de l'assassinat. »

Le commissaire se laissa aller à sourire. Il avait même envie de rigoler. C'était toujours comme ça avec les Américains, Lenny en avait fait mille fois l'expérience. On les aimait bien.

« Enfin. L'assassin de Schutz a été arrêté. Il a fait des aveux. Nous vérifions, c'est tout. Vous avez un permis de travail ?

— Non, monsieur. Je ne travaille absolument pas. Je n'ai personne à nourrir, sauf moi, et j'ai des copains.

— Votre biche dit que vous donnez des leçons de ski. »

Lenny ouvrit la bouche pour protester, mais il changea soudain d'avis. Pourquoi ne pas donner une chance à ce type, même si c'est un flic ? Il ne nia pas. Le policier le regarda, puis saisit la chance au vol.

« Allez, filez. Il y a vraiment un peu trop de jeunes Américains comme vous, en Suisse. Qu'est-ce qui vous plaît tellement, chez nous ?

— Eh bien, d'abord le ski, bien sûr. On aime... je ne sais pas, vraiment. On aime être loin. C'est vraiment loin de tout, la Suisse.

— Merci.

— Je veux dire...

— J'ai compris, allez. J'ai un fils qui a votre âge. Il trouve que la Suisse, c'est épouvantable.

— C'est seulement à cause de la barrière du langage, monsieur.

— Je vous dis qu'il est suisse.

— Justement. Il parle la langue du pays, monsieur. Il peut pas se défendre. »

Le policier hocha la tête et lui rendit ses papiers. Il était devenu sombre. C'était le moment de déguerpir. S'il se mettait à penser à son fils, il était capable de le foutre au gniouf.

Lenny sortit de là assez déprimé. La terre était en train de devenir un endroit inhabitable où tout le monde parlait l'anglais, et tout le monde pouvait se comprendre. Pas étonnant qu'il y eût de plus en plus d'atrocités.

Par-dessus le marché, ils avaient remarqué que son passeport était périmé et lui avaient dit qu'il devait le renouveler ou quitter le pays, ce qu'il ne pouvait faire, parce qu'il avait l'armée américaine sur le dos. C'était une armée formidable, bourrée de démographie et qui donnait une telle impression de puissance que Lenny courait encore. Il avait une peur bleue de la puissance, c'était un sale truc, un godemiché, une saloperie pour impuissants. Ce n'était pas la peine de leur dire que vous étiez objecteur de conscience, ils trouvaient malgré tout moyen de vous faire faire quelque chose d'utile.

C'était une journée noire, un vrai Madagascar.

Le pire, c'était l'été qui traînait partout où vous alliez. La neige gelait la nuit et devenait molle et mourante le jour, les roches sortaient de partout, il y avait de plus en plus de terre autour de vous. La réalité, quoi. On était en plein dedans. Elle vous sautait toujours dessus, en été. C'était le bas qui remontait, en quelque sorte, se foutait pas mal de l'altitude. Ça commençait à sentir l'essence, même à

Dorf. Il n'y avait presque plus de touristes. Le groupe de jazz de Sidi ben Saïd, Jerry Guthrie, de son vrai nom, était parti, Sidi en tête, avec ses quarante paires de souliers bourrées de marijuana. Les hôtels fermaient pour un mois, pour se préparer à la saison d'été, où l'on allait voir arriver les « grimpeurs » qui ne trouvaient rien de plus délicieux que de se balader au bout d'une corde, pour se sentir vraiment libres. Par-dessus le marché, Bug allait partir pour l'Italie, où ses parents l'attendaient. Leur vue lui donnait des crises d'asthme épouvantables, quoiqu'il les aimât bien, mais il était fils unique et ils ne savaient pas qu'il était pédéraste comme un pot de chambre, et essayaient de le convaincre de se marier. Chaque fois, il se proposait de tout leur dire, il avait même réuni toute une bibliothèque sur la pédérastie, pour leur ouvrir l'esprit, mais son père avait déjà eu un infarctus sans même se douter que son fils était tantouse, et Bug ne savait plus quoi faire. Il s'était même glissé en lui un soupçon affreux : il se demandait si cette façon qu'il avait de ménager son père n'était pas quelque chose d'incestueux. La psychologie, quoi. Quelques-uns des clochetons commençaient à lâcher pied, se mettaient à laver la vaisselle dans les hôtels de Wellen, il y en avait même qui vous parlaient des transports de troupes qui partaient d'Amsterdam et acceptaient parfois de vous ramener en Amérique pour rien, les salauds ; certains avaient eu un coup de pot, comme Johnny Lipski, qui s'était fait ramasser par une Française qu'avait la fesse intellectuelle et adorait les œuvres que Johnny avait écrites sous le pseudonyme de Tennessee Williams. Marty Stevens avait décroché un job de chasseur dans une boîte de strip-tease à Lausanne et se tenait dans la rue en uniforme, tu parles d'un strip-tease. D'autres s'étaient simplement évanouis dans les airs, et on n'en entendrait plus parler jusqu'au jour où leurs corps gras et gonflés seraient découverts, flottant à la surface de quelque agence de publicité à Manhattan, achetant une maison à crédit, fondant une famille, pour couler enfin complètement et s'échouer dans la vase au fond de la démographie universelle. Il n'y avait plus que quelques irréductibles dans le chalet, les vieux de la vieille, les vrais de vrais, ceux qui préféraient crever plutôt que de descendre. Les jours étaient trop longs, beaucoup trop longs, ça manquait d'étoiles. Bug ne se décidait pas à partir, mais il n'étouffait pas, pour changer, il était simplement couvert d'eczéma des pieds à la tête. Il était en train de s'engueuler avec une fille qu'aucun d'entre eux n'avait jamais vue auparavant, une môme avec un visage mocheton, mais un joli petit corps sous-alimenté, du genre « oh-chéri-fais-moi-mal ». Bug l'avait trouvée en train de pleurer à la gare de Zurich, où il était allé faire ses frasques. Cette pissotière de la gare de Zurich, ça devait être quelque chose d'extraordinaire, un vrai sanctuaire. La môme n'avait pas un rond, elle avait perdu son passeport, elle voulait à tout prix aller à Rome voir le pape Jean XXIII, parce que quelqu'un lui avait dit que c'était un gars bien, et qu'apparemment, ça valait la peine de faire tout ce chemin pour en voir un. Bug avait estimé que la fille était un bout de démographie intéressant, et il l'avait ramenée avec lui. A présent il trônait sur son sofa tellement moderne qu'on se demandait s'il n'allait pas se désintégrer sous vous avec tout le reste. Bug analysait pour nous le « problème » de la môme, qui rougissait de plaisir, c'était la première fois qu'on lui disait qu'elle avait quelque chose, ne fût-ce qu'un « problème », c'était comme si d'un seul coup on lui avait offert une personnalité.

« Un cas typique de procréation indiscréminée », disait Bug, l'index braqué vers la gosse. « Des millions et des millions de spermatozoïdes qu'ils lâchent dans la nature, et après, ils appellent ça l'Amérique. Regardez-la. Complètement paumée. Les énormes conséquences de la copulation sont totalement ignorées par le couple au cours de l'acte. Cette fille n'aurait jamais dû être mise au monde, ça crève les yeux. Foutre des bébés n'importe où n'importe comment pour qu'ils deviennent n'importe quoi, c'est du génocide. Des naissances comme ça, c'est un assassinat du spermatozoïde. Vous vous rendez compte de ce qu'un spermatozoïde moyen devient aujourd'hui ? Regardez-moi ça ! »

On la regardait. Elle essayait de sourire.

« Ça vous brise le cœur, gueulait Bug. Si son spermatozoïde se voyait là-dedans, il s'arracherait les cheveux. La défense de l'homme, c'est d'abord la défense du sperme. L'homme et le sort de l'espèce se jouent là-dedans. Sans ça, le sperme humain va suivre le sort de l'Empire romain, c'est connu. Tu sais dire ton nom ?

— Lizzy Schwartz.

— Ah, tout de même. Elle a reçu tout de même une éducation. Qu'est-ce que tu fous dans la vie ?

— Je vais à Rome, voir le pape Jean XXIII.

— Pour quoi faire ?

— C'est quelqu'un de bien. »

Bug levait le doigt.

« Observez, elle a traversé les océans, sans un rond, crevant de faim, parce qu'on lui a dit qu'il y avait quelque part quelqu'un de bien. Et ce type, qui c'est ? Le pape. Vous vous rendez compte, comme sujet de méditation démographique ? Où sont tes parents ?

— J'ai été élevée par une tante.

— A mort, la tante, tout de suite ! A fusiller ! Et tes parents ?

— Ils pouvaient pas me blairer.

— Pourquoi ça ?

— Vous savez comment c'est, parfois, avec les parents, quand ça va pas entre eux. Ils me regardaient, et ça leur rappelait qu'ils avaient couché ensemble. »

Bug était devenu livide. C'était épouvantable, avec

l'eczéma par-dessus. Les clochetons étaient inquiets pour lui.

« Écoute, Bug, fous-lui la paix, dit Lenny. C'est rien de nouveau, tout ça. C'est pour ça qu'on est ici. Laisse tomber. Tu vois bien que c'est une paumée. Alors, laisse-la comme ça. Si elle commence à se rendre compte...

— L'adresse de tes parents, tout de suite ! gueulait Bug. Je vais te leur mettre ça noir sur blanc... »

La môme commençait à s'inquiéter légèrement. Elle devait commencer à se dire que peut-être ça la concernait, cette conversation. Si ce sale con de Bug la réveillait intellectuellement, il lui faudrait sept ans de psychanalyse pour se remettre.

« J'connais pas leur adresse, qu'est-ce que vous croyez ?

— Et la tante ?

— Elle est morte.

— Ah, tout de même. Voilà une bonne chose de faite. Tu sais faire quelque chose ? »

Elle se taisait. Elle battait des cils. Artificiels. Du rimmel où il fallait. Elle savait se maquiller.

« Je t'ai demandé si tu sais faire quelque chose. Tu m'as compris. C'est pas la peine d'avoir honte. Le pape, c'est encore loin.

— Enfin, Bug, fous-lui la paix, gueulait Zyss. Tu vois bien qu'elle sait se maquiller. Elle sai se faire une beauté. Elle sait se tenir propre. Elle a des ongles manucurés. Qu'est-ce que tu veux d'autre, bon Dieu ? Elle est civilisée.

— J'étais dans un ascenseur », dit la môme. Elle avait des larmes dans les yeux. On commençait à être drôlement inquiets, gênés. On avait l'impression qu'elle allait dire quelque chose.

« Tu faisais marcher un ascenseur ? Où est-ce que tu as appris ça ?

— J'ai suivi des cours par correspondance à U.C.L.A.

— U.C.L.A., hein ? Bande de saligauds. Comment tu faisais, pour payer tes cours d'ascenseur ? »

Ça y était. La fille chialait. De vraies larmes, intelligentes. Les larmes, c'est toujours intelligent. Ça vient de la compréhension.

« Ne pleure pas. Tu faisais ça par téléphone ? »

La fille ne se défendait même plus à présent. Au contraire. Elle avait envie de tout dire.

« Non, comme ça. Dans des endroits. Des bars, dans la rue. Je voulais mettre de l'argent de côté.

— Pour aller voir le pape ?

— Bug, gueulait Zyss. Tu sais ce que tu es en train de faire ? Tu fais une crise de pédérastie.

— Possible. Seulement, moi, je fous pas mes spermatozoïdes n'importe où. Je choisis pour eux un endroit qui va très bien à leur genre de beauté. Ne pleure pas. Je te paye ton billet pour le pape, aller-retour, et je te donne un chèque de deux mille dollars, que tu toucheras aux U.S.A. Tu vas aller trouver mon père, qui a des ascenseurs partout, même en Afrique. Tu en choisiras un, le plus beau. On te fera voir des photos. Il vaut mieux que tu regardes bien, puisque tu vas faire toute ta vie avec lui. Il y en a qui sont air-conditionnés. Toute la vie dans un ascenseur, sainte merde, et cela s'appelle une civilisation. On a pas le droit de traiter un spermatozoïde comme ça. La pilule, tout de suite ! Si l'Église ne marche pas, pédérastie obligatoire. »

La petite essuyait ses larmes. Izzi ben Zwi se déclarait prêt à l'épouser. Tous des héros, ces Israéliens. Les autres réfléchissaient. Il n'était pas question de faire quoi que ce soit, bien entendu. Ils étaient contre la bombe, puisque, de toute façon, c'était l'ennemi qui l'avait, les Américains, les Russes, les Chinois. Et ils étaient contre la révolution, parce que, dès qu'une révolution est réussie, cela veut dire qu'elle est foutue.

« Avant de lâcher vos spermatozoïdes dans la

nature, il faut leur organiser des comités d'accueil ! gueulait Bug.

— Moi, je suis contre, dit Al Capone... Cent pour cent contre. Pas de comités d'accueil. Je suis pour la fin du monde. »

Ça leur fit tout de suite de l'effet, un mot comme ça. Il y eut un silence religieux, c'est le cas de le dire. Même Bug était soufflé.

« Comment la fin du monde ? C'est du fascisme.

— M'en fous. La fin du monde, un point, c'est tout. Après, on aura une poésie formidable.

— Quoi ? gueulait Bug. Tu es fou, non ? La fin du monde, et *après*, une poésie ? Quelle poésie ? Avec quoi ?

— M'en fous. La fin du monde, c'est toujours merveilleux pour les arts. Chaque fois qu'il y avait la fin du monde, après, c'était la naissance des formes archaïques.

— Ah, bon, dit Bug, qui aimait les camionneurs.

— Il nous faut une nouvelle fin du monde, c'est la première chose à faire. Ceux qui sont pour, levez la main. »

Personne n'a levé la main, sauf Capone lui-même. Ils pensaient tous à leurs skis. Ils y tenaient.

« Ah, bon, si c'est comme ça, je m'en vais, dit Al Capone, vexé. Si vous êtes pas pour la fin du monde, vous êtes tous des réactionnaires.

— Attends, dit Bug. On va peut-être s'arranger.

— Bug, dit Lenny, tu pourrais pas me prêter cinquante francs, puisque tu t'en vas ? Il faut que je descende à Genève.

— Tu es fou ? C'est vachement bas, Genève. Il n'y a pas d'air. Zéro mètre au-dessus du niveau de la merde.

— Qu'est-ce que tu veux, faut que je bouffe. C'est l'été. Et comme tu vas sûrement passer trois mois dans une clinique, après avoir vu ton père, à cause de ta psychologie, il faut bien qu'on trouve quelque chose.

— Qu'est-ce que tu vas foutre à Genève, pauvre malheureux ? Ski nautique ?

— Ah, non, plus jamais. Mais on m'a dit qu'il y a un truc pour moi.

— Quel truc ?

— Est-ce que je sais, moi ? Un mec qui s'appelle Ange. Il m'a laissé un message au *Müller.*

— Qu'est-ce que c'est que ce type qui s'appelle Ange ? Ça sent le coup foireux, un nom comme ça.

— Bien sûr. Qu'est-ce que tu veux que ce soit d'autre ?

— Il t'a rien expliqué ?

— Rien. Seulement que c'est un truc fait pour moi.

— Parce que tu sais faire quelque chose, Lenny ? Raconte-moi ça. Étonne-moi.

— Fous-moi la paix, Bug. Tu nous fais vivre, alors, t'as pas le droit de nous faire chier. Sans ça, ça devient de l'autorité.

— D'accord. Mais qu'est-ce que tu sais faire, Lenny ?

— Je serais sensationnel, dans une île déserte, Bug. Trouve-m'en une, tu verras. »

Bug observait Lenny sévèrement, suçant sa pipe. « Bien. Tu auras tes cinquante francs. Mais tu vas d'abord essayer de trouver une réponse à une grande énigme philosophique.

— Ah, merde.

— C'est pas ça. Ça, c'est la réponse qu'Œdipe a donnée au Sphinx. La naissance de la tragédie, Nietzsche.

— Qu'est-ce que c'est encore que ce mec-là ?

— Voilà ma question, Lenny. *Qui a fauché le gâteau dans la boîte à gâteaux ? Who took the cookie from the cookie jar ?*

— Tu devrais faire un tour à la pissotière de Zurich, Bug. Ça a l'air urgent.

— Tu te souviens, Lenny, quand on était petits ? On

se tenait tous par la main, on marchait en rond, et on se demandait ça. Qui a fauché le gâteau, Lenny ?

Who took the cookie from the cookie jar ?
Not I took the cookie from the cookie jar.
Then who took the cookie from the cookie jar ?
He took the cookie from the cookie jar.
Not I took the cookie from the cookie jar.
Then who took the cookie from the cookie jar ?

— M'en fous, Bug. Parole d'honneur. M'en fous complètement. Si tu veux mon avis, il n'y a jamais été, le gâteau. Ils avaient oublié de l'y mettre, dans leur pute de boîte à gâteaux U.S.A.

— *Who took the cookie from the cookie jar,* Lenny ? Il paraît que c'était le plus beau gâteau du monde.

— Sûr. Les plus beaux gâteaux, Bug, ce sont ceux qui n'existent pas. Dieu. Le communisme. La fraternité. L'Homme, avec un H grand comme ça.

— Qui c'est qui a volé le beau Rêve Américain, Lenny ? *Who took the cookie from the cookie jar ?*

— Bon, tu peux garder tes cinquante balles. »

Mais Bug lui donna l'argent et Lenny descendit à Genève.

II

Le canard se faisait appeler Lord Byron, sous prétexte qu'il était boiteux, lui aussi. Il était d'un orange superbe, et chaque fois qu'elle le prenait dans ses bras, il disait « *Quoi ? Quoi ?* » en français, et puis il s'enfonçait dans ses plumes et s'endormait, et elle était obligée de rester là pendant des heures, à le tenir. Elle avait d'excellents rapports avec tous les canards boiteux, c'était sa spécialité, dans la vie. Il y avait aussi des mouettes sur le lac, et des cygnes qui ressemblaient à de la crème Chantilly, et d'autres oiseaux noirs, d'aspect vaguement prolétarien ; elle venait souvent les nourrir ; à Genève, c'était de loin son coin préféré. Elle travaillait également deux jours par semaine à la Société protectrice des animaux. On ne pouvait pas résoudre tous les problèmes du monde d'un seul coup ; il fallait un commencement à tout.

Elle devait aller chercher son père à la clinique dans une heure et elle n'avait pas encore trouvé l'argent pour payer la note. Par-dessus le marché, la Triumph allait tomber en panne d'essence. Personne ne croirait que la fille du consul des U.S.A. à Genève n'avait pas déjeuné faute d'argent, ce qui était exactement comme cela devait être : personne ne devait le soupçonner. C'est pour cela que les U.S.A. paient leurs consuls : pour le prestige. Son père avait si bien servi son pays qu'il en était devenu alcoolique : ceci malgré son immunité diplomatique. C'est quand même drôle, cette sacrée immunité diplomatique. Elle vous met si bien à l'abri de tout qu'elle finit par vous détruire intérieurement. La cloche de verre qui vous protège finit par vous briser. Les idéalistes ne devraient pas avoir le droit de représenter leur pays à l'étranger : ils ne peuvent absorber que des doses très limitées de réalité, de préférence avec du gin. Au cours de ces dernières années, la carrière jadis pleine de promesses de son père avait été une descente discrète mais régulière d'un poste mineur à un autre. Il était de ces diplomates rarissimes qui étaient incapables d'écouter les salves des pelotons d'exécution et de se rendre ensuite en smoking pour assister à un dîner officiel avec les bourreaux. Cette faille fatale chez un représentant américain à l'étranger était désignée dans les registres de la Direction du Personnel au Département d'État par les mots « manque de caractère, instabilité ». C'était encore un bel homme, malgré ses cinquante-trois ans : les hommes vivent vraiment vieux, maintenant, grâce aux antibiotiques. Des yeux sombres, qui vont si bien avec l'humour, parce que cette petite lueur de gaieté se remarque mieux que sur du bleu. Très élégant, extrêmement intelligent, mais faible. Ce n'était pas la peine de le nier. Elle l'aimait surtout parce que c'était un faible. Ce sont les hommes forts qui ont bâti le monde.

Elle reposa l'infirme dans l'eau, remonta les marches, et se mit au volant. La Triumph voulut bien démarrer, mais la bonne volonté ne suffit jamais. Il faut encore de l'essence. Elle mit *le Messie* de Hændel sur le pick-up dans le vague espoir de faire oublier à la Triumph son problème personnel. Elle savait que si la voiture la lâchait au milieu de Genève, elle se mettrait à pleurer. Il y avait une limite à tout, même à votre détermination de regarder les choses bien en face. Les choses n'avaient qu'à s'adresser ailleurs. Elle réussit à atteindre le café. Elle s'était toujours doutée que la

Triumph ferait n'importe quoi pour pouvoir écouter un peu de bonne musique, comme toute la famille. Les arts. Les concerts. Les Muses. La culture : on pouvait dire tout ce qu'on voulait, il y avait sûrement là de quoi faire oublier à l'humanité ses problèmes d'essence.

Au moment où elle sortait de la voiture, un type qu'elle n'avait jamais vu, grand, très bronzé, avec des cheveux dorés et sauvages, du genre « pleins de soleil », comme dirait *Elle*, et qui tenait une paire de skis sur l'épaule, lui sourit. Elle n'avait jamais vu le zèbre, mais le sourire, elle le connaissait par cœur. Il y a de l'ironie, parce qu'ils sont des durs, de la timidité, parce qu'ils ont le trac, et de la virilité, parce qu'ils ont besoin de se rassurer. Et puis, il n'y avait qu'à voir les jambes et les hanches. Américain. Les Américains, pour les jambes et les hanches, c'est imbattable. C'était un plaisir de les voir marcher. Elle regarda ses jambes froidement, pour le faire rougir.

« Qu'est-ce que ça veut dire, CC ? Les plaques, sur votre bagnole ?

— Corps Consulaire. Vous avez de jolies jambes.

— Ça veut dire quoi ?

— Ça veut dire que j'ai l'immunité diplomatique. Okay ? »

Il se mit à rire, mais elle était déjà entrée dans le café. Immunité diplomatique, tu parles. Elle était drôlement bien foutue. Quant à l'immunité, on verra ça. Lenny se sentait un peu mieux. Avec une belle gosse, c'est toujours plus facile. Les moches se font toujours prier, pour vous montrer qu'elles sont extrêmement recherchées.

Il vit Ange sortir d'une grosse Ford parquée en face et marcher vers lui, en allumant une cigarette. Avec un briquet en or, s'il vous plaît. Une proclamation de foi.

Visage couleur olive, du genre pas réussi. Petit

chapeau poil de quelque chose, souliers de daim noir, shantung noir, lunettes noires. De l'imagination, quoi.

« T'es passé à côté. Elle t'a même pas regardé.

— L'instinct de conservation, Angie. »

Le gars remit son briquet en or dans sa poche et, du coup, parut perdre quatre-vingt-dix pour cent de sa valeur. Tout en noir, même la cravate. Il avait l'air tout prêt pour ses propres funérailles.

Dès qu'il avait vu cette tête d'olive poindre à l'horizon deux jours auparavant, Lenny s'était immédiatement senti en forme. Il aimait les gens qu'il ne pouvait pas blairer. C'était bon pour son moral. On a beau avoir des opinions, on aime bien les voir confirmées. Lenny ne pouvait pas piffer tous ceux qu'il trouvait sympathiques. Ils vous faisaient douter de vos idées. Ils faisaient mollir votre fibre. C'était mauvais pour votre stoïcisme. Ils essayaient de vous foutre votre monde en l'air. Des révolutionnaires. Bug disait qu'il fallait avoir des certitudes, dans la vie, quelque chose à quoi on pouvait se fier. Ce mec, Ange, c'était une certitude.

« T'as déjà fait du ski, Angie ?

— Non. Pourquoi ?

— Je sais pas. T'as l'air d'un gars capable de tout. »

Le type sourit. Du coup, ce fut comme s'il avait sorti un autre briquet de sa gorge. C'était plein d'or, là-dedans.

« Très drôle, Lenny. Vous autres, Amerlocks, vous aimez bien les bonnes blagues. C'est comme ça que vous vous êtes retrouvés au Vietnam. De blague en blague. »

Lenny était impressionné. On pouvait dire tout ce qu'on voulait, la morale faisait des progrès formidables. Même des ordures comme Angie vous reprochaient le Vietnam.

Il fit le tour de la Triumph, s'accroupit et regarda les plaques. CC. L'immunité. Tu parles. Il n'avait jamais vu une môme aussi vulnérable. Il allait falloir faire drôlement gaffe. Les mômes vulnérables, ça peut vous démolir complètement.

Il la chercha à travers la vitre, mais ne vit que des joueurs de billard.

« Va lui parler. »

L'immunité. C'est bon de savoir que ça existe. On devrait vous en foutre une dose maison dans les fesses dès que vous venez au monde.

« Vas-y, je te dis.

— Je sais conduire, Angie. Pas besoin de leçons. J'ai été sur la route avant toi. Dis donc, pourquoi tu te mets toujours en noir ? " L'Ange Noir ". Il y avait un catcheur qui s'appelait comme ça. C'est pas un parent ?

— Je te donne vingt-quatre heures. Après, je prends quelqu'un d'autre.

— Vingt-quatre heures ? C'est trop. Je te rendrai la monnaie. »

L'ordure haussa les épaules et se dirigea vers sa Ford. Ce mec-là lui répugnait tellement, que Lenny faillit le rappeler. Il avait besoin d'une présence humaine à ses côtés.

III

Le *Louis d'Or* était le centre de la vie intellectuelle de Genève, où se réunissaient tous les boursiers. Il était également le lieu favori des étudiants, qui venaient là pour observer l'ennemi. Les murs étaient couverts de portraits de quelques-uns des plus célèbres buveurs de café de l'histoire. Karl Marx, le premier, pas le coureur cycliste, Kropotkine, Paderewski, et il y avait même une photo de Lénine en train de lire le journal à la même table où Chuck était assis à présent, plongé dans le « petit livre rouge » de Mao, qui venait d'être inscrit au programme de la licence de lettres. Chuck était un Noir d'aspect fragile, le cadet de onze enfants d'un chauffeur de taxi de Birmingham, Alabama. Il suivait les mêmes cours que Jess, et la regardait toujours par-dessus ses lunettes avec cet air d'indifférence que les Noirs prennent toujours pour regarder une fille blanche. Le père de Chuck avait été condamné à cinq ans de prison en 1957 pour avoir « regardé une femme blanche avec concupiscence ». La loi n'avait pas été changée depuis, mais elle était tombée en désuétude. Le législateur n'avait pas prévu le cas des Noirs qui regardaient les femmes blanches comme s'ils avaient envie de vomir.

« Chuck, tu peux me prêter deux cents francs ?

— Pourquoi s'en prendre à moi ? Tu essayes d'être gentille avec les gens de couleur ?

— Chuck, j'ai tout le monde sur le dos. Le loyer. Le garage. Le boucher. La clinique. C'est un cauchemar.

— Demande à Paul. Il est riche à crever.

— Je ne peux pas lui emprunter de l'argent, il est amoureux de moi. Question d'éthique. Tu devrais le savoir. L'éthique. Tu sais. C'est inscrit au programme en deuxième année.

— Je n'arrive tout simplement pas à comprendre comment la fille d'un consul des U.S.A. peut être fauchée à ce point. J'aurais cru que nous payions assez d'impôts pour vous permettre de vivre tous les deux dans le luxe, ton père et toi. »

Chuck évitait soigneusement de parler argot. C'était la seule trace qui lui restait de son complexe d'infériorité. Jess avait remarqué que les Noirs francophones parlaient un français tellement raffiné et faisaient de telles voltiges grammaticales avec des « eusse » et des « eussé-je » à double tour, qu'on avait toujours peur qu'ils ne ce cassent une jambe.

« Je ne sais pas du tout où va le fric des contribuables, mais je peux t'assurer qu'il y a six mois que je ne me suis pas acheté une nouvelle robe. Quant à mes dessous...

— Tais-toi, tu veux qu'on me mette en prison ? Tiens, voici cent francs. C'est tout ce que je peux faire pour une compatriote, en ce moment. J'ai dix frères et sœurs qui suent sang et eau pour me permettre de faire mes études en Suisse.

— Ça ne fait rien, Chuck, je ne leur en veux pas.

— Merci tout de même de m'avoir choisi, Jess. Tu es une vraie libérale. »

Il reprit son bouquin.

« Dis donc, ce nouveau pape, il n'a pas l'air mal. Tu as vu les journaux ? Il a interrompu une messe et il a obligé le curé à retirer ce passage sur les " Juifs perfides ". C'est quelqu'un, j'ai l'impression. L'Église ne s'en relèvera pas. Tu sais quoi, Jess ? J'aimerais bien être élu pape, un jour. »

Elle jeta un coup d'œil sur ce gentil visage noir, et respira profondément.

« Il faut être italien pour être élu pape », dit-elle, avec tact.

Elle mit une pièce dans le juke-box.

« Je crois que je vais laisser tomber mes études, dit Chuck. J'ai l'impression de blanchir. Au fond, ici, c'est la grande fuite, tout le monde cherche à s'évader. Comme nos amis qui parlent d'aller travailler dans un kibboutz en Israël. C'est la chose chic à faire en ce moment. Ça se porte beaucoup cet été, le kibboutz. L'année dernière, c'était le festival de la Paix à Moscou. Il y a deux ans, c'étaient les Brigades de la Jeunesse, en Yougoslavie, après un petit tour en Angleterre, avec les marcheurs pour le Désarmement nucléaire. Le guide bleu de l'Europe du parfait jeune idéaliste. Je te parie que l'année prochaine, ce sera le petit livre rouge de Mao, après un week-end chez Che Guevara, à Cuba. Le nouveau *jet-set*. La croisade de l'air pur. Quinze jours à la mer. J'ai envie de rentrer à Birmingham pour me replonger dans la merde. J'ai besoin de recharger mes batteries. »

Elle écoutait une fugue de Bach jouée par les Crafty Dead. Le trombone était tout simplement majestueux. Puis quelqu'un s'en mêla, et ce fut du Wagner. Elle fit la grimace. Wagner, c'était le Puccini de la musique.

« Tu ne trouves pas que les Crafty Dead sont formidables ? Le trombone, en particulier. Jamais entendu rien de pareil.

— Tu as vu qu'ils ont assassiné encore trois des nôtres dans le Mississippi ? On a même arrêté les assassins. J'espère qu'ils seront acquittés. L'indignation, il y en a jamais assez. C'est l'indignation qui fera tout sauter. »

Elle demeura un moment à le regarder tendrement, continuant à sourire, et puis soudain ses yeux s'emplirent de larmes, et le sourire devint une sorte de tremblante grimace.

« Tu veux que je te dise, Chuck ? Parfois, je rêve de devenir enceinte, uniquement pour avoir enfin un peu de soucis, moi aussi. Allez, au revoir. Je te verrai au cours. Et merci. »

Elle se dirigea vers le bar. Il lui fallait encore trouver trois cents francs pour payer la clinique, mais il n'y avait là personne qu'elle connaissait, sauf un ancien diplomate espagnol de l'époque préhistorique, d'avant Franco, qui vous parlait toujours de la guerre civile espagnole comme si personne n'avait fait mieux depuis. Il discutait avec l'ancien leader de la Résistance polonaise. Ils devaient comparer leurs cadavres. Il y avait aussi un Roumain, l'ancien quelque chose d'un ancien parti disparu sans trace. Genève était pleine d'anciens ceci ou cela. Le jeune homme au piano jouait un air de *My Fair Lady*, mais avec un tel public, il aurait mieux fait de jouer la *Sonate des Spectres* de Strindberg. Tous les anciens régimes venaient en Suisse, ils avaient pris la relève des tuberculeux. On avait envoyé son père en poste à Genève parce que c'était une façon polie de le mettre là où il y avait les meilleurs spécialistes des dépressions nerveuses. Cela avait commencé en Bulgarie, en 1948, avec la pendaison du libéral Stavrov. Son père avait donné l'assurance au Parti Agraire que les U.S.A., qui siégeaient alors à la Commission Alliée de Contrôle, ne permettraient jamais que l'opposition démocratique soit supprimée. Le Département d'État ne lui avait donné aucune instruction dans ce sens. Il avait agi de sa propre initiative, selon l'idée qu'il se faisait de son pays. Il fut immédiatement réprimandé et rappelé à Washington. Il avait quand même eu le temps de mettre son smoking et de se rendre à un dîner officiel avec les assassins de Stavrov. Le protocole. Il ne s'en était jamais remis.

Elle avait vécu dans trop de pays différents et

connaissait trop peu sur trop de choses. A part ça, elle avait le genre de corps dont son père disait en riant qu'il était « explicite », si bien qu'elle n'osait même plus porter un pull. Elle parlait cinq langues couramment et connaissait un peu d'hébreu et de swahili ; pendant les six derniers mois, elle avait travaillé à un roman, intitulé *La Tendresse des pierres ;* il y avait un éditeur qui s'y intéressait, mais il voulait qu'elle vienne le lui lire chez lui, et son corps de strip-teaseuse du *Bataklan* ne faisait qu'ajouter à la confusion générale. Elle avait toujours les meilleures notes à l'université, mais dans la rue, apparemment, ce n'était pas cela qui se remarquait. Jess sentait parfois qu'il y avait trop de Jess, à tous les points de vue. La sexualité était un problème absolument impossible, de toute façon. Personne n'était jamais parvenu à le résoudre.

Sa mère les avait quittés alors qu'ils étaient en poste en Arabie Saoudite : on ne pouvait évidemment trouver mieux, dans le genre pays à laisser loin derrière soi, quitte à plaquer mari et fille. Elle s'était depuis remariée avec une Cadillac dernier modèle. Le jour de la Fête des Mères, Jess avait toujours une pieuse pensée pour elle. Pour la Cadillac, c'est-à-dire. Nous cachons tous en nous une petite place réservée à la tendresse.

Elle commanda un Bloody Mary, qu'elle détestait, mais qui vous donnait droit aux délicieux hors-d'œuvre sur le comptoir. Elle n'avait rien eu de vraiment solide à manger depuis le dîner chez le consul général d'Italie, l'avant-veille. Après le dîner, il avait insisté pour la raccompagner jusqu'à sa voiture, et, dans l'ascenseur, il s'était livré sur elle à une véritable attaque à main armée. Et il habitait au second, par-dessus le marché. Deux étages pour réussir sa vie. Il la prenait vraiment pour du Nescafé instantané.

Elle mourait d'envie de demander un verre de lait, mais ce n'était pas ce genre d'endroit.

Ils avaient le taux de suicides le plus élevé, en Suisse. Tout le monde avait le taux de suicides le plus élevé, la Suisse, le Danemark, la Suède, San Francisco. C'était un effet de la prospérité.

Il y avait dans tout cela une chose qu'elle n'arrivait pas à comprendre. Bon, elle était d'accord, pour le diaphragme. Mais si vous êtes, enfin, intacte, quoi, comment mettez-vous le diaphragme ? C'était la quadrature du cercle.

Elle prit son verre et s'approcha du pianiste, Eddie Weiss, de Los Angeles. Les jeunes Américains avaient envahi l'Europe. *Weltschmerz. Sehnsucht.* Le Vietnam. Ils foutaient le camp comme de jeunes taureaux affolés qui se foutent pas mal de Blasco Ibañez et de ses *Arènes sanglantes.*

« Comment ça va, Ed ?

— Je ne sais pas, Jess. J'évite de regarder. Ce type, au bar, est vachement intéressé par ton derrière. Il ne lui manque qu'une foreuse électrique. En Amérique, c'est les seins, mais en Europe, c'est toujours les fesses. Pourquoi ?

— C'est une civilisation différente, en Europe, Ed. Ils n'ont pas le même sens des valeurs que nous. »

Elle se rendit aux toilettes pour sortir du champ et lorsqu'elle revint, elle eut enfin un coup de chance. François était accoudé au bar et elle était à peu près sûre qu'elle l'avait remboursé, la dernière fois.

« François, je suis vachement pressée, est-ce que tu peux me prêter trois cents francs ? »

Il porta un doigt aux lèvres, chut. Il écoutait un bonhomme en train de gueuler dans le téléphone. Un type du genre « ce qui manque aux jeunes, monsieur, c'est une guerre ». Il parlait d'art, naturellement.

« Bon, moi, je me tire. Je me méfie du marché. Tout est trop haut, ça ne peut pas tenir. Vendez tout. Ne discutez pas, mon vieux. J'ai dit : vendez. Bazardez les Picasso, les Braque, les Hartung et les Soulages. Dubuffet aussi. Je sais, je sais, il marche très fort, mais il va se casser la gueule. Achetez-moi du dix-huitième. Des dessins, n'importe quoi. Et des livres rares. Quels livres? *Rares,* je vous dis. C'est le moment de se planquer. Des valeurs refuge. »

Il raccrocha. François regardait le vieux, le scalpait, plutôt.

« Combien tu as dit, Jess ?

— Quatre cents. Je te les rendrai.

— Ne me rends rien, mais ne m'évite pas non plus. Tiens, voilà cinq cents francs. Tu sais que je suis toujours amoureux fou de toi.

— Ne dis pas ça, ou alors, je serai vraiment forcée de te rembourser.

— Tu as vu les journaux ? Josette Launier, arrêtée comme call-girl. Une des familles les plus riches de Suisse. Tu comprends ça ?

— Elle veut être indépendante, je suppose. Bon, je me sauve. Merci.

— Je t'aime.

— François, vraiment !

— Bon, bon, fous le camp. »

Elle se battit comme d'habitude avec la porte tournante, se retrouva enfin dehors et s'arrêta, tout de même impressionnée. « Dents blanches, haleine fraîche », était toujours là, encore plus blond qu'avant, si possible. Mais vraiment blond, alors.

— Dites donc, ça doit faire une demi-heure que vous souriez. C'est une crampe ? »

Il devint soudain sérieux.

« Écoutez, c'est vous le consul U.S.A., ici ? Les plaques CC, je veux dire ? Qu'est-ce qui vous fait rigoler ? Je suis en panne. Mais alors, ce qu'on appelle en panne. Je suis fauché, je connais personne ici. Vous pourriez pas me rapatrier ? Bon Dieu, il n'y a pas de quoi rire, enfin ! On m'a dit que les consuls, ça rapatrie.

— Il faudra aller à la chancellerie et leur prouver que vous êtes sans ressources.

— Le prouver ? Ils n'ont qu'à regarder à l'intérieur. C'est vide depuis trois jours. Je ne suis même plus affamé, je suis indigné. »

Ils rirent tous les deux.

Le pauvre, il était vraiment beau garçon. Elle prit cinquante francs dans son sac.

« Tenez. »

Elle marchait déjà vers sa Triumph et il était là, l'argent à la main, et c'était foutu. Il sentait Ange sur son dos, comme s'il eût été là, en train de s'user les ongles sur son briquet, des grands nerveux ces Arabes, pas du tout comme leurs chameaux. Il la laissa faire encore quelques pas, trente mètres, bonne distance de tir ; les filles qui savent dire « non » fermement, comme celle-là, après, il n'y a pas moyen de s'en dépêtrer.

« Hey ! »

Elle s'arrêta tout de suite, tout net. N'attendait que ça.

Il s'approcha. Maintenant, à bout portant, il ne pouvait pas la louper. Un vrai massacre.

« Pourquoi faites-vous ça ?

— Quoi ? »

Toujours de dos. Elle sentait le danger, la pauvre môme. Le plus fort, c'est qu'il sentait le danger, lui aussi, et c'était probablement le même. Il avait le cœur dans la gorge. Il avait préparé son fameux sourire de putain, mais il n'arrivait plus à l'assembler. Brusquement, il comprit ce que c'était. Le manque d'altitude. Il avait perdu l'habitude. Il était descendu trop bas, voilà.

« Pourquoi m'avez-vous donné cet argent ? C'est pas ça que j'ai demandé. Allez vous faire foutre. Je vous ai pas encore baisée, alors, c'est pas la peine de me remercier. »

Il ne reconnaissait même plus sa voix. Il croyait

pourtant qu'elle avait déjà mué. Il n'allait pas se mettre à chialer uniquement parce que papa lui défendait d'aller jouer dans la rue, et qu'il n'y avait rien à la télé ?

Elle se retourna.

« Ne vous fâchez pas. Vous me rembourserez un jour. »

Elle regarda ses skis et lui sourit.

« C'est le Vietnam ?

— Pas spécialement. C'est plutôt l'affiche.

— Quelle affiche ?

— Vous savez, celle que Kennedy a fait coller partout. *Ne demandez pas ce que votre pays peut faire pour vous, demandez : qu'est-ce que je peux faire pour mon pays ?* Dès que j'ai lu ça un matin à sept heures trente sur un mur, j'ai foutu le camp. Aussi vite et aussi loin que j'ai pu. »

Elle riait.

« Je ne sais pas si vous vous en doutez, mais c'est très américain, comme réaction. Individualiste, comme on disait autrefois.

— Oui, autrefois. C'est fini, maintenant. J'ai même un copain qui a écrit une chanson comme ça. *Adieu, Gary Cooper.* Vous savez, le gars qui marche toujours seul, qui n'a besoin de personne et qui gagne toujours à la fin contre les méchants. »

Elle le regardait attentivement.

« C'était vrai, dit-elle. On devrait en faire notre nouvel hymne national. Eh bien, adieu, Gary Cooper ! »

Elle lui donna une tape sur l'épaule, et monta dans l auto. Certains de ces jeunes Américains étaient terriblement beaux garçons, il fallait le reconnaître. C'était dû, paraît-il, à la nouvelle façon dont on les nourrissait quand ils étaient bébés. Elle avait appris quelques notions de puériculture et avait même travaillé dans une pouponnière au Congo lorsqu'ils étaient en poste là-bas.

Elle n'arrivait pas à trouver les clés, qu'elle avait à la main.

« Je vais vous rendre cet argent. Où est-ce qu'on vous voit ?

— Oubliez ça. Je suis riche à crever. Enfin, si vous y tenez, vous pouvez me trouver sur le lac, là-bas. J'y vais tous les jours, au débarcadère. Là où il y a les oiseaux. Vous pouvez y passer, si ça vous chante. »

Elle avait une leçon d'hébreu cet après-midi-là avec un étudiant israélien, mais elle pouvait la décommander. De toute manière, elle n'avait plus l'intention d'aller travailler dans un kibboutz. C'était l'année dernière. Elle n'avait pas non plus l'intention de rester sous le pont à l'attendre tout l'après-midi. Il ne viendrait pas, d'ailleurs, ce qui n'avait strictement aucune importance. Pauvre garçon, complètement déboussolé. On avait envie de l'envoyer à la S.P.A. Il vaut mieux que je parte, maintenant, il va s'imaginer Dieu sait quoi. Elle attendit encore un moment, mais non, rien, trop timide. Elle se décida enfin à trouver ses clés et démarra, en lui faisant un petit geste amical de la main. Le pauvre était vraiment ce qu'on faisait de mieux, dans le genre tombé du nid.

Lenny s'assit sur le trottoir. Ange ressortait de la Ford. La Ford n'était d'ailleurs pas noire. Verte. Elle devait pas être à lui.

« Bien joué. »

Lenny essaya sa voix. Prudemment. Avec un type comme ça, il fallait de la virilité.

« T'as vu, hein ? »

Ce n'était pas encore ça, mais ça fonctionnait. Il accepta une cigarette et eut droit au briquet.

« Il faut que ça marche, Lenny.

— Ça marchera.

— *Inch'Allah.* »

Lenny fut épaté. Il savait pas que l'autre était juif.

« T'es quoi, au juste ? Comme pays, je veux dire ?

— Algérien.

— Algérien ? »

Il eut un doute soudain. Un pressentiment. C'est toujours mauvais, le pressentiment, c'est même curieux. Personne n'a jamais eu un bon pressentiment. L'horoscope, pensa-t-il. Nom de nom.

« Dis donc... Madagascar, tu connais ? Ce serait pas en Algérie, des fois ?

— Non, pourquoi ?

— Pour rien. T'es sûr ? Parce que si, des fois, Madagascar, c'est en Algérie, je te rends la fille.

— Qu'est-ce que tu as à en foutre, de Madagascar ?

— Mettons que je suis interdit de séjour, là-bas.

— C'est pas en Algérie.

— T'es sûr ?

— Bon Dieu, va demander à un flic, il te dira où c'est. »

C'était tout de même un souci de moins.

IV

Toque d'astrakan gris, une énorme moustache noire cirée et pointue genre cafard montagnard, un visage éclatant de mauvaise santé, grêlé — il était rassurant de voir qu'il avait laissé la petite vérole derrière lui — une poitrine coffre de lancier du Bengale, tout cela dans le viseur de la caméra polaroïd, avec, au-dessous de l'astrakan, l'auréole *Banque autonome suisse.* Feu !

« Tu l'as eu, *bwana ?*

— Entre les yeux, mon vieux. Pile.

— Bien visé, *bwana.* »

Ils auraient dû introduire ça en Suisse depuis longtemps : la chasse au gros gibier. Ce n'est pas tellement pour le trophée, c'est simplement parce que le bestiau me dégoûte. Le père de Paul était du reste chasseur de gros gibier en Suisse, mais de l'autre côté : il était banquier.

« Tiens, il y en a encore un. Égyptien ? Tunisien ? Belle fourrure, en tout cas. Vas-y. On verra après l'espèce exacte.

— Bien, *bwana.* »

Le polaroïd immortalisa un petit homme aux yeux de velours, l'air inquiet, au moment où il entrait dans le refuge bancaire, une lourde serviette sous le bras.

Dix minutes plus tard, les deux sciences po retiraient les trophées tout chauds du polaroïd. Le Levantin aux yeux doux, le terrible Gunga Din, un Indien de rose enturbanné, plus trois Arabes du type genevois pur. Paul décida de laisser les Arabes de côté, il en avait marre :

> « *Il y avait un mec à Balbec*
> *Qui gérait les couilles de son cheik.*
> *Il gardait la plus lisse*
> *Dans un coffre suisse*
> *Oui, mais l'autre allait à La Mecque...*

« Je propose Gunga Din.

— Entendu, *bwana*... Hey, Jess !

— Je vous cherche depuis ce matin, mes chéris, dit Jess.

— Tu as accompli une bonne action aujourd'hui, Jess ?

— Oui. Je me suis offert un déjeuner. Quoi de neuf ? »

Paul ouvrit la portière.

« Monte. Tu es invitée à faire partie de la Résistance du peuple suisse. Le maquis. La guérilla. Tu vois ce gros bestiau qui sort de la banque ? On vient de l'abattre. Il ne reste plus qu'à ramasser le trophée. Viens.

— Qu'est-ce que c'est que ce nouveau jeu ?

— Ça s'appelle la contestation. C'est tout nouveau. Tu vas voir. »

Le Pathan, le Gurkha, enfin, Gunga Din marchait tranquillement sur le trottoir et la voiture rampait discrètement à quelques mètres derrière lui.

« Je ne comprends pas. Remarquez, rien de plus stimulant pour l'intelligence que de ne pas comprendre.

— C'est ce qui rend la vie tellement intéressante. Regarde. »

Gunga Din venait de pénétrer dans un café. Ils furent bientôt installés à une table voisine et commandèrent trois verres de lait.

« Je me demande si notre génération n'est pas en train de devenir terriblement puritaine, dit Paul. Toi, Jess, par exemple. Tu ne me laisses même pas coucher avec toi.

— Je suis une inadaptée.

— Ça devient pathologique. Permets-moi de te dédier un *limerick* :

> *Il y avait une vierge à la fac*
> *Qui était vraiment un peu braque.*
> *Chaque fois qu'on voulait*
> *Elle disait « non, jamais,*
> *J'ai le trac, j'ai le trac, j'ai le trac ».*

— Idiot. »

C'était d'autant plus idiot que c'était vrai.

« Allons-y. »

Ils s'approchèrent de Gunga Din. Jean tenait la photo encore fraîche à la main.

« Excusez-nous, monsieur.

— Je vous en prie.

— Est-ce que vous seriez intéressé par des photos pornos ? »

Les yeux de l'homme parurent vouloir aller faire un tour dehors, sa moustache se hérissa. Pauvre type, pensa Jess. Il a l'air vraiment pittoresque. J'adore l'exotisme. Ce doit être un Pathan. Ce sont toujours des Pathans. Sauf quand ce sont des Gurkhas. Comment c'était déjà, ce poème ? *Il y a un guerrier sur l'autre rive, il a un derrière doux comme une pêche...* Ça doit être du Kipling. C'est toujours du Kipling.

« Excusez-moi, je ne comprends pas du tout.

— Nous avons là une très jolie photo de vous, prise au moment où vous entrez dans une banque privée suisse. Naturellement, il n'y a aucun mal à avoir un compte secret dans une banque suisse. Sauf que c'est puni de la peine de mort, dans votre pays. Pendaison, je crois. »

L'homme parut s'enfler tout d'un coup. Ses yeux ressemblaient à des yoyos. La moustache dressait toujours vaillamment ses baïonnettes, mais on n'y croyait plus.

« Cette photo ne prouve rien.

— Bravo, le moral avant tout. N'avouez jamais. Même lorsqu'on publiera la photo dans les journaux de votre pays. Dans le *Times*, pour être précis. »

C'est risqué, mais ils ont toujours un *Times*, là-bas. *Bombay Times, Karachi Times, Bagdad Times.*

L'homme était terrifié. Il y avait des gouttes de sueur sur ses tempes. Ce n'était manifestement pas un Pathan. Ou peut-être, depuis qu'ils ont perdu l'Angleterre et Kipling, l'héroïsme, ils s'en foutent.

« Je présume que c'est le général Hakim qui vous envoie ?

— C'est p... p... plus grave que ça », dit Jean.

Jess adorait son bégaiement. Les gens qui bégaient sont presque toujours des tendres.

« Nous faisons partie du Front national suisse de Libération. Première division puritaine, s... sous le commandement du général C... Calvin. »

L'homme suait abondamment. C'était tout à fait curieux de voir Gunga Din suer ainsi à Genève.

Jess eut un éclair de génie.

« Le général Calvin, vous savez. Le célèbre Juif.

— Juif ? »

Il avala quelque chose.

« Je suis disposé à acheter cette photo.

— Parfait. Vous allez nous donner tout l'argent liquide que vous avez sur vous, ainsi que votre montre. Et votre rubis. Voici la photo et le négatif, avec les compliments du général Calvin. Bon, vous êtes libre. »

L'homme se leva.

« Qui est le général Calvin ?

— Moïse Calvin. Notre chef spirituel. Le grand mufti de Genève. C'est notre Gandhi, quoi. Che Guevara, si vous péférez. Bref, Dayan. Il vous donne vingt-quatre heures pour quitter Genève, sans quoi, c'est Tel-Aviv. »

Elle se rendit soudain compte que Paul avait bu. Son visage était très pâle, d'une pâleur fanatique, ses narines pincées. Un jour, il allait vraiment faire sauter quelque chose, il avait la tête pleine de plastic. Il en parlait sans arrêt. Tout cela, parce qu'il détestait papa. Elle avait un jour trouvé dans un gâteau de riz, un de ces *fortune cookies* de tous les restaurants chinois, un aphorisme qui l'avait amusée, parce que cela prouvait que même les restaurants chinois n'étaient plus les mêmes. L'aphorisme disait : *Tu ne dois pas tuer ton père sauf si c'est une bonne affaire.* Elle avait donné le petit bout de papier à Paul.

Le malheureux Bagdadois ne comprenait plus rien. Elle prit Paul par le bras : il serrait les poings. Gunga Din n'y était pour rien. Il fallait bien reconnaître que les vieux bons rapports entre causes et effets étaient foutus. Les parents avaient eu de la chance, ils avaient eu Hitler et Staline, on pouvait leur mettre tout ça sur le dos, mais aujourd'hui, ce n'était plus ni Hitler ni Staline, c'était pratiquement tout le monde. Si vous étiez un Noir aux États-Unis ou un intouchable en Inde, vous saviez très exactement de quoi il s'agissait pour vous, mais si vous étiez des jeunes Blancs, bourrés de diplômes et bien informés, c'était beaucoup plus difficile. Paul disait que la « révolution permanente » était comme la peinture-action de Jackson Pollock et des « spontanés », une création continue. Oui, mais de quoi ? Faire quelque chose et le défaire ensuite pour créer et dé-créer aussitôt quelque chose de nouveau, c'était une vision esthétique de la société. Peut-être, comme l'écrivait Hossémine, que l'anarchie et l'art allaient vers une coïncidence absolue, mais cela posait surtout la question de la mort.

Ils quittèrent le café et aidèrent même un Gunga Din un peu fatigué à monter dans un taxi.

« Un homme sympathique, dit Jess. J'ai vu dans *Time* des photos de gosses en train de crever de faim dans son pays.

— Attention, Jess. Surtout, rien de sacré. C'était une farce d'étudiants, rien d'autre. Pas d'objectif social. Un jeu. Dans tous les asiles d'aliénés, le jeu est considéré comme ayant une valeur thérapeutique incontestable.

— Qu'est-ce qu'ils disaient à Prague, en réhabilitant Slansky, après l'avoir pendu ?

— Ils disaient : jeu de cons. Ceci dit, le fascisme ne passera pas. Ils trouveront quelque chose d'encore plus dégueulasse. Le romantisme fasciste, c'est comme le réalisme socialiste : une simple manifestation de la plus grande puissance spirituelle de tous les temps, la Connerie. »

Le garçon sortit en courant du café et les regarda avec une expression de veau qui fait une prise de conscience et se rend brusquement compte avec horreur que sa mère est une vache.

« Excuses... Vous avez oublié quelque chose... »

Il tenait dans ses mains les dollars, la montre-bracelet en platine et le rubis. Paul fit la grimace.

« Eh bien, quoi ? Foutez-moi ça aux ordures. »

Le Suisse était pulvérisé. Son visage avait une expression intéressante, il semblait compter des soucoupes volantes en train d'atterrir.

« Qu'est-ce q... que vous a... avez ? s'informa Jean. On a toujours dit qu'il y avait des créatures intelligentes dans d'autres systèmes solaires. Quant aux détritus, à la poubelle.

— Vous ne pouvez pas faire une chose pareille, dit le citoyen, avec un puissant accent vaudois. Cela représente une fortune.

— Il a raison, c'est de l'athéisme, dit Jess.

— Mademoiselle, je pourrais être votre père, dit le garçon.

— Cochon, dit Jess. Vous voulez que j'appelle les flics ?

— Vous ne pouvez pas faire des choses pareilles en Suisse.

— Pourquoi pas ? C'est le Réarmement Moral. Le Réarmement Moral, c'est en Suisse. »

Ils montèrent dans la Porsche et roulèrent tout doucement vers le lac.

« Enfin, on a f... fait quelque chose de c... constructif, dit Jean.

— Ça va, ça suffit, lança Paul, entre les dents. Des petits jeux de gosses de riches. A fusiller. Malheureusement, si on me permettait de choisir, je ne vois absolument personne par qui j'aimerais être fusillé. Vous remarquerez dans tout ce que je dis un caractère exquis et sophistiqué à vomir. Le marxisme a quand même réussi une chose : nous sommes condamnés à nous branler. C'est ce qu'on appelle " l'absurde ". »

Albert Camus, prophète de l'absurde, se faisant tuer dans un absurde accident de voiture, ce qui semble prouver qu'il se trompait, et qu'il y avait une certaine logique dans la vie. Finalement, *Un certain désespoir* était peut-être un meilleur titre que *La Tendresse des pierres*. Jess Donahue, prix Nobel d'aspiration à quelque chose. Enfin, tout cela était là bien avant nous. Raskolnikoff, déjà, avait « le mal du siècle », ensuite, *Weltschmerz*, ou « nihilisme », le voyage du vocabulaire à travers les âges. Même les sonnets de Shakespeare étaient sans trace d'espoir. Il est vrai qu'ils avaient la syphilis, à l'époque. La profonde tristesse des sonnets de Shakespeare et de toute la poésie lyrique de son temps était due au fait que l'amour, alors, était presque toujours associé à la syphilis. Sept hommes sur dix l'avaient. C'était pourquoi les poèmes d'amour avaient un tel accent de tristesse. Ça rendait fou ou aveugle, et il n'y avait pas de remède. L'amour était alors quelque chose de terriblement important, une question de vie ou de mort, littéralement. Aujourd'hui, l'amour avait complètement disparu de la littérature moderne, il était dépourvu d'importance et de caractère tragique, parce qu'il avait perdu la vérole. Il y avait là un bon sujet de chronique pour la *Revue vétérinaire suisse,* où elle était chargée de la page littéraire. On se moquait d'elle, parce qu'elle écrivait dans cette revue : les hommes détestent les intellectuelles.

Elle savait encore se foutre d'elle-même, ce qui était une condition indispensable de survie psychologique. Les Français ne comprenaient pas l'humour : ils avaient toujours l'impression que c'était une manœuvre antigaulliste.

« Je ne te dis pas que de Gaulle soit antisémite. Il ne l'est absolument pas. Tous les hommes se valent pour lui. Il n'est pas antisémite, mais il veut que les Juifs lui soient reconnaissants de n'être pas antisémite. C'est de l'antisémitisme. »

Elle avait failli laisser faire Paul, au début, mais ils avaient pris part ensemble à la « longue marche » de protestation contre la Bombe, en Angleterre, en 1962, ils faisaient tous les deux partie du Comité de Genève contre les discriminations raciales, ils s'étaient fait matraquer aux côtés de Karl Böhm lors de l' « opération Jéricho » contre le Mur de Berlin, et tout cela avait déteint sur leurs rapports, lesquels étaient devenus purement platoniques, eux aussi. Il était difficile, à présent, de se mettre brusquement à poil et de passer vraiment à l'action. Il y avait dans tout cela du reste une part de propagande masculine. Ils s'efforçaient de démystifier l'amour et le « sentimentalisme bourgeois » uniquement pour vous baiser plus facilement. C'était bien la peine de gueuler contre la société de consommation, alors qu'on essaie à tout prix de faire de la jouissance sexuelle un bien de consommation courante. Bref, j'y pense tout le temps, voilà.

« ... Ce qu'il y a de particulièrement ignoble, c'est leur façon de vouloir noyer le poisson, disait Paul.

Qu'on matraque les *provos* à Amsterdam, c'est parfait. Mais le paternalisme matois qui consiste à dire : " Il faut comprendre les jeunes, il faut faire confiance aux jeunes ", c'est comique. On essaye en ce moment d'inventer une classe nouvelle : la jeunesse. Dans quel but ? Pour introduire un élément de diversion dans la *vraie* lutte de classes, la seule vraie. On invente une classe-jeunesse, à l'intérieur de laquelle la bourgeoisie et le prolétariat devraient fraterniser. La neutralisation, quoi. »

Elle avait connu Paul à l'Université, et Jean en Arabie Saoudite où son père était le chargé d'affaires suisse. L'Arabie Saoudite était un des postes diplomatiques les plus pénibles qu'elle eût jamais occupés, des mouches, et on ne vous laissait même pas entrer dans les mosquées. Les enfants des diplomates menaient une vie totalement irréelle, on jouait au tennis sur les courts des ambassades et on discutait des pendaisons et des famines comme si cela se passait sur une autre planète ; l'histoire bourdonnait autour de votre court de tennis, mais n'avait pas le droit d'entrer ; à force d'être extra-territorial, vous finissiez par vous sentir extraterrestre. Il vous était interdit de vous identifier avec la souffrance du pays où vous vous trouviez, c'était contraire aux bons usages diplomatiques. Vous viviez dans une sorte d'état d'apesanteur ; il était défendu de vous indigner, d'exprimer des opinions ; il fallait être poli avec la dernière canaille du jour qui s'était emparée du pouvoir, il fallait approuver le nationalisme comme « une étape indispensable », applaudir le « droit sacré des peuples à disposer d'eux-mêmes », lequel n'était que le droit à disposer des peuples par des élections truquées. McCarthy, jadis, avait obtenu la purge des « communistes » et des homosexuels du Département d'État, mais même lui n'avait pas touché aux alcooliques. C'était tout de même curieux. Les hommes vulnérables étaient ceux qui étaient le moins capables de supporter l'immunité.

Ils la laissèrent près de la Triumph, elle se mit au volant et alla chercher son père à la clinique.

V

C'était un beau parc aux arbres tranquilles, aux roses jaunes et blanches ; des moutons erraient sur des pâturages qui n'avaient rien à envier à ceux de Virgile, et il n'y avait pas un endroit au monde où un schizophrène fût mieux nourri. Apparemment, le but était d'intéresser les malades à la réalité par toutes sortes d'astucieux petits stratagèmes. La dernière fois, elle avait surpris une conversation entre un malade atteint de manie dépressive et un paranoïaque, qui discutaient des mérites respectifs d'une sole aux bouchées à la Reine et d'un esturgeon farci à la Vatel. Drôle de réalité. La réceptionniste, une gousse grisonnante en tailleur Chanel, tenait la note prête sur son bureau, mais c'était le genre d'endroit où on ne pouvait pas se permettre de garder vos bagages, même si on savait que vous ne pouviez pas payer. Trop chic. De toute façon, ils acceptaient les diplomates, même fauchés, c'était une question de prestige. Elle avait vendu le vieil étui à cigarettes russe en or auquel son père tenait particulièrement, mais il leur restait encore quelques beaux tapis. On disait d'ailleurs que le Département d'État allait augmenter l'indemnité de logement. Il fallait en tout cas de l'assurance, et beaucoup d'allure, le Corps Diplomatique, c'est nous, allons-y.

« Pouvez-vous envoyer la note au Consulat ? Je ne

crois pas que mon père ait son carnet de chèques sur lui. Comment va-t-il ?

— Une très nette amélioration, Miss Donahue. En fait, bien que nous n'aimions guère ce genre d'affirmation ici, nous croyons qu'il est complètement guéri.

— Vous l'avez déjà dit la dernière fois. J'ai vingt et un ans et je n'ai encore jamais vu un alcoolique invétéré *vraiment guéri.* Tout ce qu'on peut arriver à faire, c'est d'apprendre à vivre avec ça. »

Le sourire de la bonne femme se fit un peu crispé.

« Évidemment, il faudra attendre quelque temps avant de se prononcer. »

L'un des clichés les plus idiots de la psychiatrie consiste à affirmer que les alcooliques boivent parce qu'ils n'arrivent pas à s'adapter à la réalité. Mais un homme qui peut s'adapter à la réalité n'est qu'un enfant de pute.

Son père descendait l'escalier, un très bel homme, encore, d'allure jeune, au regard rieur, et l'on était immédiatement frappé par l'impression de force tranquille et d'assurance qui émanait de lui ; on se sentait en présence d'une autorité intérieure, d'un self-control absolu ; toute sa personnalité semblait vous dire : allons, racontez-nous ça, je crois que je pourrai résoudre tous vos problèmes. Il méritait vraiment un premier prix de l'art de l'étalage, rue du Faubourg-Saint-Honoré. Dommage seulement qu'il n'y avait en stock aucune des marchandises qui faisaient un si bon effet dans la vitrine. Cette assurance souriante, c'était celle avec laquelle il travaillait à sa propre destruction. Peut-être y avait-il à cela des raisons profondes que Jess ne connaissait pas, mais elle ne croyait pas à ces abîmes secrets où la psychanalyse allait chercher ses propres œuvres. Et qu'est-ce que cela veut dire, « profondeur » ? La banalité prodigieusement superficielle de l'homosexualité ou du complexe d'Œdipe ? C'est ça, l'abîme ? Pas étonnant que les jeunes ne puissent plus entendre parler de Freud sans rigoler. Il aurait pu avoir les épouses les plus riches, les postes diplomatiques les plus recherchés, les plus belles maîtresses ; heureusement, il était faible, vulnérable, et adorable, et il n'avait donc qu'elle. Il passa son bras autour d'elle et l'embrassa sur la joue.

« Vite, Jess, dehors. On meurt de soif, ici. »

Elle rit, mais il y avait tout de même du progrès : ses mains ne tremblaient plus. Il garda son bras autour d'elle, jusqu'à la voiture. Une allure folle, et la preuve, c'est que la vieille lesbienne ne souffla mot de la note. C'était tout de même un établissement de classe, il fallait le reconnaître. Nous reviendrons.

Il attendit, pendant qu'elle mettait la valise sur le siège arrière. Pour qu'il la laissât faire ainsi, sans l'aider, il fallait qu'il fût physiquement vidé. Ce n'était pas le traitement : c'était l'absence d'alcool. Un jour, elle allait écrire quelque chose là-dessus.

Ils roulèrent doucement sous les vieux marronniers en fleur.

« Bon, Jess, j'écoute. A quelle vitesse sombrons-nous ?

— Rien de bien grave, pour l'instant. Les fournisseurs ont vaguement menacé de se plaindre au Protocole, mais ils font toujours ça. Les Suisses détestent les privilèges diplomatiques, alors, quand ils peuvent mettre la main sur un de nous, c'est l'hallali. Vraiment, l'argent, parfois j'en ai assez... Enfin, tu vois ce que je veux dire. »

Il rit. Elle adorait les petites rides qui se formaient autour de ses yeux, lorsqu'il riait. On disait évidemment qu'elle était amoureuse de son père. Et qu'il était amoureux de sa fille. Cela faisait partie du bagage intellectuel du con moyen. Mais c'était beaucoup plus grave que ça. Elle l'aimait comme on aime son enfant.

« Tu sais, je regrette parfois que tu sois comme tu es. »

Il prit un air scandalisé.

« Jess !
— Oui, je regrette que tu ne sois pas un salaud. Nous aurions pu être si tranquilles. Et ma mère ne t'aurait pas quitté.
— Peut-être parviendrai-je un jour. Moi aussi, j'ai mes rêves de grandeur.
— Où en es-tu ?
— En pleine forme. Parfois, je me réveille au milieu de la nuit, et je ne sens rien. Absolument rien. Un vrai triomphe. Une sorte de merveilleuse absence de tout. Bref, je peux dire que moi aussi, j'ai connu le bonheur. Ou bien, m'asseoir au bord du lac par une belle nuit sans lune, et n'éprouver rien. Oui, je crois que je suis guéri.
— Tchekhov, dit-elle.
— Probablement. Fin de quelque chose. Mais une hirondelle ne fait pas le printemps. Je veux dire, un décadent ne fait pas une décadence. On doit encore travailler beaucoup. Et toi ?
— Toujours la même chose. Les copains deviennent doucement dingues. C'est terrible, pour les Suisses : ils sont protégés contre tout. Ils sont devenus un immense Corps Diplomatique. L'immunité. Sous cloche, complètement. La cloche est solide, à toute épreuve, mais ça se fêle à l'intérieur. Karl Böhm est arrivé de Berlin. Il cherche des fonds pour leurs nouveaux Comités d'Action. Il jure que les étudiants sont prêts à tout faire sauter, en Allemagne. Paul Jammet passe de l'anarchie au nihilisme, en faisant des arrêts-buffet chez Castel et à Saint-Tropez. Il essaie de changer le monde et de coucher avec moi, il a vraiment le goût de l'échec.
— Rien de nouveau... dans ce domaine ? »
Elle hésita. Debout, dans sa tête, avec ses skis, souriant, beau comme seuls peuvent l'être les Américains, lorsqu'ils s'y mettent. Mais elle n'allait tout de même pas lui parler de quelque chose qui n'existait

pas. Avec les cinquante francs qu'elle lui avait donnés, il devait être en train de remonter vers la neige.

« Rien.

— Et à part ça ?

— Un journal a écrit que ce qui nous manque, aux jeunes, je veux dire, c'est une guerre, ce qui ne nous apprend rien sur les jeunes, mais en dit long sur les vieux. Ta fille devient terriblement raffinée, des aspirations exquises, une langueur d'âme d'une telle qualité et un *Weltschmerz* si délicat et subtil qu'on devrait me coller trois étoiles dans le guide Michelin. Ceci dit, les Français tiennent toujours le coup, et ils sont décadents depuis des siècles, alors, je ne m'inquiète pas trop... Comment va ton insomnie ?

— Je deviens plus astucieux. Auparavant, je restais tout simplement sans dormir. Maintenant, je me laisse aller, je m'endors, mais je me reprends en main aussitôt, et je me réveille. »

L'humour déguisait mal la vérité. Pourtant, même s'il n'avait pas assuré Stavrov que « le gouvernement des États-Unis ne permettrait jamais qu'un coup de force stalinien mette fin aux institutions démocratiques », Stavrov aurait été pendu de toute façon, comme Traitcho Kostov, Rajk et Slanski. Le remords devait venir de plus loin que ça. Un homme digne de ce nom se sentira toujours coupable, c'est à cela que l'on reconnaît un homme digne de ce nom.

« Comment ç'a été, cette fois ? le sevrage, je veux dire ? Atroce ?

— Moins que d'habitude. Ils ont ménagé une transition. Des piqûres d'alcool hépatisé... Pas d'hallucinations. »

Il rit.

« C'est curieux. Le premier syndrome de sevrage, dès qu'ils vous coupent l'alcool, ce sont des hallucinations... C'est le premier contact avec la réalité. Cela en dit long sur quelque chose, je ne sais au juste sur quoi. J'y ai rencontré quelques amis. Harbois, entre autres, l'ancien ambassadeur de Suisse à Moscou. Trente ans de carrière. Il passe son temps à lire l'annuaire du téléphone, pour essayer d'établir un contact avec la réalité et des gens réels. Il a une très belle collection de ces annuaires, du monde entier, y compris Moscou. Il prétend que c'est un des plus beaux livres jamais écrits, bourré de vérité, plein de gens qui existent vraiment. Il m'a même lu à haute voix quelques belles pages de New York, et parfois, il demande des communications téléphoniques avec Buenos Aires ou Chicago, pour s'assurer que le livre ne ment pas, que ce n'est pas mythologique, que tous ces gens existent vraiment. Trente ans de vie diplomatique, quoi. De temps en temps, en général au milieu de la nuit, il s'appelle au téléphone lui-même, pour s'assurer qu'il existe réellement, qu'il n'est pas en train de se mentir. Un monsieur très soupçonneux. Se méfie terriblement des miroirs, aussi, ils ne prouvent absolument rien, à son avis, des illusions d'optique. Voilà. Vous voyez trop de réalité horrible autour de vous, sans qu'elle ait le droit de vous toucher, vous êtes en dehors de tout, sous votre cloche de verre, l'immunité diplomatique, et vous finissez par vous appeler au téléphone au milieu de la nuit pour vous assurer que vous avez encore une existence réelle, que vous êtes encore là. Je crois que je vais démissionner. En feuilletant des magazines, il m'est apparu que je pourrais gagner assez bien ma vie comme mannequin, ils semblent rechercher les hommes mûrs et distingués, genre " tempes grisonnantes ". Schweppes, Camel, Bourbon, ou quelque chose comme ça. Ne serait-ce que pour prouver qu'Allan Donahue est encore capable d'étonner le monde. Tu trouves peut-être que j'ai un peu trop confiance en moi-même...

— Quand tu auras enfin fini de chercher à te débarrasser de toi-même, papa chéri... Je crois que l'humour est comme tout le reste. Pour l'essentiel, il échoue.

— En attendant, j'ai pris une décision capitale. Je me suis laissé un peu aller, sur le plan professionnel. Je n'ai pas servi, ces temps derniers, les objectifs de notre politique étrangère assez résolument. Nous allons donc donner un grand cocktail, comme cela se fait d'habitude dans ce cas-là. Si j'ai bonne mémoire, notre dernier cocktail était pour le Mur de Berlin. Je veux dire, contre. Rien d'extravagant, une centaine de personnes, pour montrer que nous existons. Nous pouvons vendre notre étui à cigarettes impérial en or. Cela devrait nous remettre à flot. »

L'étui à cigarettes en or était parti.

« Je voudrais tout de même savoir ce que la diplomatie américaine compte faire pour mettre fin à cette horreur du Mur de Berlin.

— Elle ne va pas inviter les Russes à notre cocktail, voilà ce qu'elle va faire.

— Le cercle des Étudiants est tapissé de photos de ce gosse qu'ils ont laissé crever sur le champ de mines.

— Les gosses resteront toujours des gosses. C'est l'avis des Russes, semble-t-il.

— Et après, on est censé aller au cours de littérature pour étudier Mallarmé !

— Hé oui, il faut avoir du caractère.

— Est-ce que l'Amérique ne peut vraiment *rien* faire ?

— J'ai promis aux médecins de ne plus toucher à l'alcool. C'est la seule déclaration que je suis prêt à faire en ce moment. »

Il jouait avec un prospectus qu'il avait pris dans la boîte à gants.

« Samson Dalila et ses pussy-cats... Qu'est-ce que c'est que ça, encore ? Jess, pourquoi pleures-tu ? Si c'est le Mur de Berlin, alors là, vraiment...

— J'ai vendu ton étui à cigarettes il y a une semaine. L'épicier menaçait vraiment d'aller se plaindre au Protocole... Mais nous avons encore le tapis persan... Oh, c'est une nouvelle formation de rock, tu sais, comme Les Chaussettes noires ou les Crafty Dead... C'est une telle pagaille, une telle pagaille... Je n'en peux plus. C'est une opération de sauvetage après l'autre, ce n'est plus une vie.

— Samson Dalila et ses Chaussettes noires... je veux dire, ses pussy-cats... Vraiment ! Mais qui sait, ils ont peut-être raison, après tout. Ils relèvent vaillamment le défi lancé aux jeunes par l'insanité universelle... Je crois que nous devrions aller les écouter, ces pussy-cats. Ils semblent avoir vraiment quelque chose à dire.

— Ils ne valent rien. Ray Charles revient la semaine prochaine et Paul m'a promis des billets. Les Noirs sont les seuls qui tiennent encore le coup, malgré la concurrence.

— Tu sais, leurs sourires paraissent plus grands uniquement parce qu'il y a plus de place sur leurs lèvres. Mes illusions sudistes sur la race noire sont en train de foutre le camp. J'avais l'espoir qu'ils étaient vraiment différents, mais je ne sais plus.

— Tu ne me prends jamais au sérieux, n'est-ce pas ? Tes yeux ont l'air de bien s'amuser, chaque fois que tu me regardes. Je sais que je suis une bonne blague, mais c'est *ta* blague, après tout. C'est toi qui l'as faite. Et il ne faut jamais rire de ses propres plaisanteries. En français, on dit *zut*.

— Il y a une chose qui m'échappe, Jess. Nous demeurons de l'autre côté de la frontière, en France. Vingt minutes de voiture et nous voilà à Genève. Ce qui nous donne deux pays pour accumuler des dettes, au lieu d'un seul dont les diplomates disposent habituellement. Situation idéale, donc. Comment se fait-il que nous ayons touché le fond si vite, ici aussi ?

— La combinaison de la Suisse avec la France, il n'y a rien de plus mauvais. On ne peut pas se fier à eux. Ils ont tout vu. Vous pouvez vous promener habillée par Balenciaga, ils savent que vous êtes fauchée. Ce sont les deux peuples les plus sensibles et les plus perceptifs du monde, lorsqu'il s'agit de pognon. Une très vieille civilisation, voilà.

— Oh et puis, je leur dis " Samson Dalila et ses pussy-cats " à tous. Tu te débrouilleras, Jess. Je te fais confiance. Le tapis persan, je l'ai assez vu, de toute façon. Qu'il vole à notre secours. »

Les cerisiers et les pommiers étaient en fleur tout le long du chemin de Genève à la frontière et c'était aussi la saison des papillons blanc et ocre, des milliers et des milliers, la danse nuptiale, ou son équivalent papillon, et elle avait horreur de les voir s'écraser contre le pare-brise, leurs corps minuscules écrabouillés, collés au verre, mais elle n'allait tout de même pas se faire des soucis pour les papillons aussi, il fallait savoir s'arrêter quelque part. Elle s'endurcissait, quoi. Plus question d'être une sorte de Marie Bashkirtseff fin-de-siècle, « le vase où meurt cette verveine d'un coup d'éventail fut fêlé », Sully Prudhomme, au diable toutes les sensibilités exquises et crépusculaires, donnez-nous les Crafty Dead et Les Chaussettes noires. Ils eurent droit au « Bonjour, mademoiselle Donahue, bonjour, monsieur le Consul » habituel des douaniers, et passèrent la frontière en priorité, sous le regard haineux des automobilistes suisses qui considéraient avec juste raison que les privilèges diplomatiques appartenaient à une époque révolue, comme eux-mêmes.

La maison était au fond d'un jardin à cent mètres de la route et Jess fut accompagnée par le parfum des lilas et des roses jusque dans la cuisine où elle alla déposer le panier de provisions, l'omble chevalier de chez Monnier, le meilleur traiteur de Genève, tout allait s'arranger, d'une manière ou d'une autre, mais dès qu'elle entra dans le salon et vit ces épaules voûtées — il lui tournait le dos, lisant le courrier dans la pénombre jaune des rideaux — son cœur se vida, et elle dit avec colère, avec cette note aiguë et presque hystérique qui se faisait entendre dans sa voix lorsqu'elle avait peur :

« Qu'est-ce qu'il y a encore, bon Dieu ? Qu'est-ce que c'est ? »

Il se tourna lentement vers elle. Mais il était impossible de lire quoi que ce fût sur son visage. Son visage était la seule chose au monde qu'il était capable de contrôler. L'expression d'ironie cachait tout, et c'était un de ces visages typiquement américains aux traits forts et à toute épreuve, qui savent faire illusion jusqu'au bout. Peut-être était-ce seulement une lettre disant que sa mère était morte. Non, c'était le papier jaune des communications officielles. Peut-être étaient-ils renvoyés au Congo, ou quelque chose comme ça. Bon, elle allait collectionner des masques africains. Elle essayait désespérément de conclure un marché avec le destin.

« Quel genre de catastrophe, cette fois ?

— Désolé, Jess. Je suis révoqué. La retraite anticipée, plus exactement. Ils sont polis. »

Elle se laissa tomber dans un fauteuil.

« Bon Dieu, de toutes les sales petites entourloupettes... J'ai dîné avec Hobbard il y a seulement deux jours, il ne m'a rien dit.

— Il a du tact.

— Oui, je sais. Ces salauds sont pourris de tact.

— Soyons justes. Mon utilité n'était pas d'une évidence éclatante.

— Tu vas encore défendre le Département d'État ? C'est vraiment du masochisme.

— Pourquoi veux-tu qu'un contribuable américain paye pour un alcoolique invétéré ?

— Parce qu'il est le contribuable américain, voilà pourquoi. Il a déjà payé pour tout le reste, non ? »

Il rit, Dieu merci. C'était la seule ressource qui lui restait : l'humour. Elle se laissa tomber dans un fauteuil, se demandant d'où allait venir la prochaine plaisanterie. Même si c'était une plaisanterie d'une drôlerie irrésistible, elle n'allait pas pleurer. Ils se souriaient à présent d'une manière tout à fait convaincante.

« Désormais, nous ne sommes plus responsables de la politique étrangère américaine, Jess. Le monde peut voler en poussière, cela ne nous concerne plus.

— Enfin libres. Ça s'arrose. »

Elle alla déboucher une bouteille de cidre à la cuisine et tomba sur un billet de la bonne, posé bien en évidence sur la table. « Mademoiselle, je veux être payer ou je vai ailleurs. » Deux fautes d'orthographe, un point, c'est tout. Elle porta le plateau dans le salon.

« Tu sais ce que Napoléon a dit, lorsqu'il revint de la campagne de Russie, le désastre absolu, un million de morts, et trouva sa femme au lit avec un type ?

— Non, Jess.

— Il a dit : " Eh bien, enfin un problème personnel, pour changer ! " C'est dans le bouquin de Taller. Il ne vous reste plus qu'à étudier la vie de Napoléon pour éviter de commettre les mêmes erreurs. *Cheers !* »

Et puis zut, les hommes forts et durs sont partout. Mais ce sont des hommes comme toi, bons, généreux, inefficaces, incapables de faire du mal, et, disons le mot, faibles, ce sont ces hommes qui sauvent l'honneur. Ce sont les héros des pots cassés. Ils payent le prix.

Elle ramassa les verres et les mit sur le plateau.

« Je retourne à Genève. Tu connais un certain comte von Altenberg ? Monocle et château au Liechtenstein. Il m'a offert un job. J'ai dit non, d'abord, mais il paraît que ce n'est pas du tout un play-boy, mais un affairiste de grande envergure, alors, c'est peut-être sérieux. Je vais voir Hobbard. Deux mots à lui dire.

— Il n'y peut rien.

— Je sais. Mais j'ai besoin de vider mon sac. C'est de l'agressivité pure et simple.

— C'est naturel, chez ma fille. »

Oui, je sais, mais apparemment, on peut très bien se

moquer de soi-même, pratiquer le détachement, et avoir quand même besoin de deux bouteilles de whisky par jour. Elle eut une bonne crise de larmes dans la voiture, puis essaya de mettre au point un discours cinglant à l'intention du consul général, mais lorsqu'elle arrêta la voiture devant la chancellerie, elle demeura au volant, à quoi bon, il va simplement me jouer *Le Consul*, de Menotti : je suis désolé, mais la décision vient de Washington, ils ne m'ont même pas consulté...

Ils ne peuvent quand même pas congédier un homme après trente ans de services, dix-sept postes...

Allan n'a pas été congédié. Il a été mis à la retraite. Cela nous attend tous.

Il avait encore huit ans devant lui et...

Jess, vous connaissez la raison aussi bien que moi.

Bon, il boit. Et les autres ?

Au cours de ces dernières années, Allan a dû passer six mois dans diverses cliniques. Ce sont des choses qui finissent par se savoir. Le Département d'État était obligé de le déplacer sans arrêt d'un poste à un autre...

Assise au volant de sa Triumph, elle était en train de régler son compte à Hobbard, au Département d'État, à la Carrière. Jim, citez-moi le nom d'un seul ambassadeur des États-Unis qui n'a pas un *drinking problem*. Ils boivent tous. Le métier n'est pas supportable sans ça. Vous voulez des noms ?

Jess, je vous en prie. Il y a boire et boire...

Vous avez eu combien d'infarctus, Jim ? Deux, je crois. Pourquoi votre femme ne vous suit jamais dans les postes que vous occupez ? Pas même à Karachi ? Comment s'appelait déjà cet ambassadeur des États-Unis à Tokyo, un homme remarquable, du reste, et un nom illustre, qui faisait une petite tentative de suicide, de temps en temps ? Vous savez très bien ce que c'est, l'immunité. Vous êtes sous votre cloche de verre en train de regarder le niveau du sang monter autour de vous, et vous traversez de temps en temps le sang dans votre Cadillac pour faire une visite protocolaire au doyen du Corps Diplomatique ou remettre aux assassins une « note verbale » dans laquelle « le gouvernement des États-Unis a l'honneur d'informer le gouvernement d'Irak que... ». Vous êtes de retour juste à temps pour la réception que vous donnez en l'honneur d'une délégation commerciale venue pour faire des affaires avec les bourreaux...

Je sais, Jess, je sais tout cela. Mais nous ne sommes que des observateurs...

Des voyeurs...

Si vous voulez.

Au revoir, Jim.

Au revoir, Jess. J'espère que vous viendrez dîner la semaine prochaine.

Merci.

Dites-moi si je puis faire quoi que ce soit pour vous.

Quel salaud, tout de même. Ce n'était même pas la peine d'aller lui parler. Elle démarra et roula sans but le long du lac. La seule chose qu'elle pouvait faire était d'aller nourrir les oiseaux. Elle arrêta sa voiture et descendit. Lord Byron vogua vers elle immédiatement. Le réflexe de Pavlov, rien d'autre. Elle le prit dans ses bras, lui jeta une à une des miettes de pain dans le bec. Tôt ou tard, il faudra te rendre à l'évidence, ma fille. Pour parler comme Victor Hugo, « mon père, ce héros au sourire si doux », n'est plus qu'un sourire. Il n'y a plus d'homme derrière.

« Comment ça se fait qu'il y a des mouettes en Suisse ? »

Elle ne s'attendait pas à le trouver là. A peine un vague espoir, une curiosité, plutôt. Viendra, viendra pas ? Il était venu s'accroupir près d'elle, une mèche blonde sur l'œil.

« Je veux dire, aussi loin de la mer ? Et les montagnes ? Elles ne peuvent pas voler aussi haut. Pas les mouettes, en tout cas.

— Toutes sortes d'oiseaux étranges viennent en Suisse.

— Merci. Je m'appelle Lenny, à propos. Non, sérieusement. J'ai même vu des goélands. C'est loin de tout, pour un goéland, la Suisse. »

N'ose même pas me parler. La gorge nouée. Il vaut mieux qu'elle dise quelque chose bon Dieu, c'est son tour, moi, j'ai tout donné.

« Il paraît que les mouettes dorment sur l'eau. Ça, c'est la vraie vie. Vous vous laissez porter par le courant, vous touchez jamais terre... »

Bon, si j'arrive même pas à faire de la concurrence à un canard, c'est pas la peine d'insister. Peut-être n'aurait-il pas dû parler du tout. On se tait ensemble. Le silence à deux. Ça vous rapproche tout de suite. Par-dessus le marché, il avait vraiment envie de se taire avec elle. Il se sentait bien, rien qu'à se tenir là, à la regarder. Une belle gosse. Dommage que ce soit moi. Elle mérite mieux que ça. Pas de chance. Enfin, je l'emmènerai peut-être faire du ski, un jour, comme ça, ce ne sera pas une pure perte sèche pour elle, tout ça. Il y avait des moments où il avait envie de crever.

« Vous ne vous séparez jamais de vos skis ?

— Jamais. C'est du solide. »

Elle sourit.

« C'est tout de même un peu drôle, à votre âge.

— Expliquez-nous ça.

— C'est un peu drôle, à votre âge, traîner encore partout Nounours avec vous.

— Nounours ? Connais pas. Qui c'est, ce gars-là ? Mais pour les skis, je vais vous dire. Quand vous avez vos skis avec vous, les flics ne vous touchent pas. Même si vous dormez sur un banc, ou sous un pont. Les flics voient les skis, et ils savent que vous n'avez rien à vous reprocher. Pourquoi, je n'en sais rien. Mais c'est comme ça. Ça vous protège.

— Vous cherchez du travail ?

— Non. J'abandonne pas aussi facilement.

— Drôle de vie, tout de même.

— Moi, je dis la même chose quand je vois un gars qui va au bureau le matin et rentre le soir. Chacun sa façon de rigoler.

— Vous ne voulez pas rentrer chez vous ?

— Chez moi ? Où c'est ?

— A la maison, je ne sais pas, moi. Vous devez bien avoir quelqu'un, aux U.S.A.

— Vous ne lisez pas les journaux ? Ils sont deux cents millions, aux U.S.A. C'est ça, chez moi. Plutôt crever. Ici, en Europe, au moins, ils n'ont pas de problèmes.

— Comment, pas de problèmes ?

— Le Vietnam, c'est pas ici, et ils ont pas de Noirs.

— Vous pensez bien qu'ils ont d'autres problèmes.

— Sûr, mais tant qu'ils parlent pas anglais, leurs problèmes, ça va. Je sais trois mots de français, alors, ils peuvent toujours essayer. »

Elle se mit à rire. Il en eut le souffle coupé. Quand elle riait, c'était comme si on était soudain remonté là-haut, d'un seul coup, deux mille mètres au-dessus du niveau de la merde.

« Vous avez vraiment mis tout ça au point ?

— En hiver, oui. Mais en été, ça se détraque.

— Alors, vous descendez ?

— Il faut bien bouffer. C'est par là qu'ils vous tiennent. Vous savez, il paraît que dans les pays communistes, il y a partout des pancartes qui disent : " Ceux qui ne travaillent pas ne mangent pas. " Ça doit être l'influence américaine.

— Mais vous cherchez tout de même du travail, non ?

— Je peux faire ça pendant quelques jours, le couteau sur la gorge, mais c'est dégueulasse de forcer un type à faire ça. »

Il pensait à Ange. Il devait se ronger les ongles, et faire le voyeur, là-haut. Il avait horreur de ce mec-là.

Toujours en noir, comme s'il portait le deuil de sa pauvre mère, qu'il venait de tuer.

« Vous pouvez rire. Être forcé à travailler pour bouffer, c'est au-dessous de tout. C'est absolument crapuleux. C'est comme ça qu'ils ont fini par bâtir le monde, ces salauds-là. »

Elle le regardait avec étonnement. Il ne plaisantait pas du tout. Sa voix tremblait même un peu.

« Regardez autour de vous. Moi, j'ai regardé. C'est le travail qui a donné ça. Je veux dire, les gens qui travaillent pour bouffer et le reste, ils s'en foutent. Ils bouffent, ils sont contents. Ils travaillent à n'importe quoi, pourvu qu'ils puissent bouffer, et le résultat, c'est ce que vous voyez. Voilà ce que ça a donné.

— Dites donc, dites donc. Ça bouillonne, là-dedans.

— Pas du tout. Le monde, je veux surtout pas le changer. Vous pouvez pas faire un monde différent avec le monde. C'est pour ça que j'ai mis mon truc au point, comme vous dites.

— Le ski ? Tout de même...

— L'aliénation. C'est la seule chose qu'ils ont inventée qui tient le coup. Il paraît même que c'est inscrit dans la Déclaration d'Indépendance, l'aliénation, mais jusqu'à présent, il y a que les Noirs qui en ont bénéficié. Je savais même pas que ça existait. Le mot, je veux dire. Moi, le vocabulaire... C'est l'ennemi public numéro un, le vocabulaire, parce qu'il y a trop de combinaisons possibles, comme aux échecs. Les idéalogies, qu'ils appellent ça.

— Idé*o*logies.

— Merci. C'est un copain, là-haut, Bug Moran, qui m'a expliqué que ce que je faisais c'était de l'aliénation. Première médaille d'or aux Jeux Olympiques d'hiver d'aliénation, c'est Lenny, d'après Bug. Vous devriez rencontrer Bug un jour. Il est pédé comme un pot de chambre, mais de tous les autres côtés, c'est un type bien. Comme il est vicelard, il est très fort, question idéologie. Il comprend vraiment ça. Il dit qu'il y a là-dedans plus de positions que dans ce bouquin, vous savez... Pas la Bible, l'autre.

— Le *Kama-soutra*.

— Quelque chose comme ça. »

Ils regardaient attentivement Lord Byron, tous les deux, mais jamais canard ne reçut moins d'attention.

« Vous êtes allé au Consulat ?

— Non. J'ai la frousse.

— Pourquoi ? C'est leur métier, de veiller sur les citoyens américains en difficulté.

— Je ne me considère pas comme un citoyen. J'ai encore de l'amour-propre. Vous savez, je vous l'ai dit, je n'oublierai jamais cette affiche que Kennedy a foutue partout : " Ne demandez pas ce que votre pays peut faire pour vous, demandez : que puis-je faire pour mon pays... " Je cours encore.

— Ils ne vont pas vous bouffer.

— Si. Ils ont des trucs contre moi, au Consulat.

— Quels trucs ?

— Des papiers. Le service militaire, vous savez. Ils veulent reprendre mon passeport. Ils essayent toujours de vous prendre quelque chose, de vous récupérer. L'autre jour, je descendais la piste de Kirchen, sans penser à mal, et il y a un type, un chronomètre à la main, qui m'arrête. Est-ce que je vous connais ? Je lui jure que non, que c'est pas moi. Eh bien, je devrais vous connaître. Vous avez fait ce parcours plus vite que Kidd lui-même. J'ai pas fait exprès, je l'assure, faites mes excuses à Kidd. Je n'aimais pas cette façon qu'il avait de me regarder. Rêveusement. Vous voyez ce que je veux dire. Vous êtes américain ? Un peu, oui. Eh bien, venez me voir. Votre place est dans notre équipe olympique. Voilà ma carte. C'était Mike Jones, vous savez, l'entraîneur. Je lui dis, écoutez, moi, je suis contre les équipes. Je me vois pas là-dedans. Je n'ai rien à en foutre, des équipes. Ça me rend malade rien que d'y penser. Je vous dis, ils essayent toujours de vous récupérer. Ils ne respectent même pas la neutralité suisse, ils essayent de vous recruter. Il y a un pays qui s'appelle la Mongolie extérieure. *Extérieure,* c'est ça qui me plaît là-dedans. Ça a l'air d'un truc intéressant. »

Il aimait la voir rire, vraiment.

« Alors, qu'est-ce que vous allez faire ?

— Je vais peut-être me faire arrêter. Il y a un an, j'ai été arrêté par la police à Gstaad, et la famille du flic m'a gardé ensuite quinze jours chez eux, logé nourri. Ils n'ont pas souvent l'occasion de donner à manger à un Américain, en Europe. Ça les flatte. Et puis, j'ai l'air qu'il faut. Le genre cow-boy paumé. Vous n'allez pas me croire, mais l'autre jour, à Dorf, des gosses sont venus me demander des autographes. Je leur ai demandé s'ils savaient qui j'étais. Ils ont dit non, mais qu'ils m'avaient déjà vu au cinéma. Ils adorent les Américains, en Europe, voilà. Et vous ? Qu'est-ce que vous faites à Genève ?

— Des études.

— Des études de quoi ?

— Des études. »

Elle ne voulait pas l'effrayer. Et puis, qu'il aille au diable. Je ne vais tout de même pas rester ici toute la journée à tenir ce maudit canard.

« Une licence de littérature. Un peu de sociologie.

— Sociologie, hein ?

— Rassurez-vous. Ce n'est pas moi qui ai rédigé ces affiches pour Kennedy. »

Ça y est. Il la regardait avec méfiance, à présent.

« Et la psychologie aussi, peut-être ?

— Non. »

Il poussa un soupir de soulagement.

« Ouf. J'ai eu peur, un moment.

— Qu'est-ce que vous avez contre la psychologie ?

— Rien. J'ai jamais dénoncé personne. C'est pas mon genre. Mais quand je vois venir la psychologie, je traverse, c'est tout. »

Elle remit le canard à flot.

« Il faut que je parte. Bonne chance. »

C'était sans espoir. L'inviter à prendre un café, un sandwich ? Oh zut, et ensuite ? Il n'habitait nulle part. Il aurait tout de même pu faire un effort, un geste, quelque chose...

« Pourquoi ne venez-vous pas à la maison ? Vous pourriez rester quelques jours chez nous, en attendant. Mon père sera enchanté. »

Il hésita. Il voyait presque cette ordure d'Ange joindre les mains d'un air suppliant, prêt à se jeter à genoux et à prier Allah pour qu'il dise oui.

« Quel genre de père c'est ? Ils me rendent nerveux.

— Ce n'est pas ce genre-là. »

Il ne comprenait pas du tout pourquoi il se sentait tellement nerveux. Il n'était même pas obligé de coucher avec elle. Ça pouvait très bien s'arranger sans ça. Et puis quoi, de toute façon, elle s'en remettra vite. Deux jours après, elle n'y pensera plus. Aujourd'hui, on fait le tour du monde en trois jours, l'Inde, l'Afrique, alors...

« Formidable. Et ne vous inquiétez pas. Je ne suis pas du genre qui s'incruste. Je ne reste jamais nulle part. Vous restez un jour de trop, quelque part, et ça vous tombe dessus.

— Quoi ? Qu'est-ce qui vous tombe dessus ?

— Je ne sais pas. Vous vous faites coincer. J'ai connu un type qui est entré dans une papeterie à Zurich pour acheter un crayon, et il est en captivité, maintenant. Père de famille. On s'est vu il y a deux semaines et il a pleuré. Ça vous fend le cœur, ces tragédies familiales. Pourquoi riez-vous ?

— Vous ne risquez rien, rassurez-vous. De toute façon, nous allons probablement être mis à la porte nous-mêmes, cette semaine. Nous avons jusqu'à mercredi pour payer le loyer et nous sommes complètement fauchés.

— Sans blague ? Comment ça se fait ? Je croyais que vous étiez quelqu'un.

— Je vous expliquerai cela un jour. »

Qu'est-ce qu'elle voulait dire par là, « un jour » ? Elle faisait des plans d'avenir, ou quoi ?

« Vous venez ? »

Mais il fallait récupérer la valise.

« Vous pouvez m'attendre dix minutes ? J'ai laissé ma valise dans un café, sur le port... Remarquez, si je reviens et vous trouve partie, c'est okay. Je comprends ces choses-là.

— Je vous attendrai dans la Triumph. »

Elle n'avait jamais vu quelqu'un d'aussi confiant : il n'avait même pas osé laisser ses skis dans la voiture. Ou alors, il n'avait pas l'intention de revenir. Elle lui avait fait peur. Il avait dû sentir qu'elle était complètement désemparée, qu'elle était en train de se noyer, et il avait saisi ses skis et fuyait à toutes jambes. Elle allait attendre un quart d'heure, vingt minutes, pas plus. Cela lui était parfaitement égal, qu'il revienne ou pas. Elle lui donnait une demi-heure, pas une seconde de plus.

Le yacht était vraiment beau, tout noir, et grand avec ça, on se demandait ce qu'il foutait sur un lac. Il avait l'air en captivité. Se trouver au milieu de l'océan sur un machin comme ça, ça devait vraiment être quelque chose. Tout ce qu'il vous faut alors, c'est personne à bord, pas de moteur, pas de voile, presque pas de bateau. On se sentirait vraiment chez soi.

Il traversa le pont et descendit dans la cabine. La porte était ouverte. Ange était allongé sur la couchette, tout habillé, le chapeau sur la tête. Une fille, une Noire, était assise à ses pieds. Un Arabe, une Noire, un Américain. C'était ça, Genève. La fille tenait une mouette morte sur ses genoux.

« Elle est venue s'écraser sur le pont, dit-elle.

— La prochaine fois, frappe à la porte, dit Ange.

— Ça y est, dit Lenny. Je passe la nuit chez eux. Tu peux dire ça au patron. Qui est-ce, à propos ?

— Qui est le patron, Lenny ? Ça c'est une drôle de question. Il n'y a pas de patron. Toi et moi, c'est tout.

— Elle s'est écrasée à mes pieds, comme ça, dit la fille.

— Je sais que tu ne l'as pas tuée, dit Lenny. T'en fais pas.

— La prochaine fois, frappe à la porte, dit Ange. Je ne viens pas ici uniquement pour faire l'amour. Ça peut être quelque chose d'important. »

La Noire s'était mise à pleurer.

« Oh, ça va, ce n'était qu'une mouette, dit Lenny.

— C'est pas seulement ça, dit la fille. C'est tout, quoi. Tout.

— Alors, c'est encore plus facile, dit Lenny. Si c'est tout, tu n'y peux vraiment rien. Tu t'en fous.

— Je ne sais même pas pourquoi je suis venue en Europe, dit la fille. C'est même marrant. Là-bas, à Chicago, je croyais que c'était seulement parce que j'étais une Noire. Mais à présent, je ne sais même plus pourquoi c'est. J'aime encore mieux me sentir comme je me sens aux U.S.A. Au moins, il y a une raison : la couleur de ma peau. Vous avez un problème, vous le connaissez. Mais ici, c'est bien pire. Vous ne pouvez même pas vous dire : bon, c'est parce que je suis une Noire. Ici, c'est pas ce problème-là. C'est quelque chose de plus... je ne sais pas, moi, c'est beaucoup plus général. Ça n'a rien à voir avec la couleur de votre peau. Alors, vous n'y comprenez plus rien. Il n'y a plus de raison du tout, vous ne savez plus pourquoi ça. C'est comme si on vous avait enlevé vos illusions.

— Tu devrais te déshabiller quand tu fais ça, dit Lenny. Tu te sentirais moins dégueulasse. Plus importante, quoi. Angie, la prochaine fois que tu te fais venir une call-girl, au moins, laisse-la se déshabiller. C'est bon pour leur moral.

— T'occupe pas. »

La fille se balançait en sanglotant, la mouette morte sur les genoux.

« Elle a poussé un cri, elle a battu des ailes, et c'était fini.

— Et puis quoi, il paraît qu'ils ont fait passer une nouvelle législation au Congrès, dit Lenny. Les Noirs vont avoir les mêmes droits que les Blancs, chez nous. Comme ici. Comme partout.

— Il vaut peut-être mieux que je rentre à Chicago, dit la fille. Au moins, là-bas, je sais de quoi il s'agit. Je sais que c'est à cause de ma peau noire.

— Elle est sous la couchette », dit Ange.

Lenny prit la valise.

« Ici, la couleur de votre peau n'y fait rien. Alors, on ne comprend plus. On ne sait plus. Vous voyez ce que je veux dire ? »

Elle se mit à rire. Un rire aigu, les yeux fixes.

Héroïne, pensa Lenny.

« Et là-dessus, cette mouette, dit la fille. Elle s'est écrasée à mes pieds, comme ça, boum ! boum ! boum !

— Allez, salut, dit Lenny.

— Je te verrai demain, dit Ange. Fais pas de conneries. Ou tu te retrouveras tu sais où.

— Tiens, où ça ?

— A Madagascar.

— Boum, comme ça, dit la fille, en sanglotant. Boum !

— Allez, boum tra la la ! » dit Lenny.

Il remonta sur le pont, resta un moment à respirer, les yeux fermés. Quelle conne, cette fille. Pas permis de se tuer comme ça. Mais elle avait raison. La couleur de la peau n'y était pour rien. C'était autre chose. Oui, mais quoi ? La peau tout court, probablement. On était pas chez soi, là-dedans.

VI

Elle avait mis la radio dès qu'ils furent dans la voiture, ils n'avaient de toute façon rien à se dire. Il avait l'air maussade, embêté. On aurait dit un cow-boy pris au lasso. Elle n'aurait jamais dû l'inviter. C'était affreusement humiliant. Il n'ouvrait pas la bouche, regardait droit devant lui. Elle avait envie de lui dire : écoutez, mon petit vieux, James Dean, c'est démodé, donnez-nous autre chose. Elle avait surpris son regard une ou deux fois dans le rétroviseur, et il lui sourit, tout de même, et puis se referma aussitôt, à double tour. Il avait des yeux absolument verts, les yeux de sa mère, probablement, bien qu'il n'eût pas l'air d'avoir eu beaucoup affaire à une mère. C'est fou ce que les mères s'éloignent, elles sont sur le point de disparaître dans la nuit des temps. Il ne devait pas se passer grand-chose dans cette belle tête. Il parut un peu surpris lorsque la police, côté suisse et côté français, leur fit signe de passer sans leur demander leurs papiers.

« Ils vous laissent toujours passer comme ça ?

— Droit international. Immunité diplomatique.

— Ils ouvrent même pas le coffre ?

— Ils n'ont pas le droit.

— Ça alors ! »

Il répéta encore une fois :

« Ça alors ! »

Elle fit un détour, à travers les champs. Comme ça, sans aucune raison. Il faisait beau. C'était à se demander s'il n'était pas pédé. Ça se multipliait, en ce moment. Mais non, c'était tout simplement la virilité. La pudeur virile, si vous préférez. Ils en arrivent au point où ils restent assis en serrant les genoux et attendent que la fille fasse le premier pas. Il a dû entendre parler du matriarcat. Qu'est-ce qu'il attend, bon Dieu, que je lui mette la main au panier ?

« Vous aimez le jazz ?

— Écoutez, vous n'êtes pas obligée de communiquer. C'est okay. Je sais que ça se voit.

— Qu'est-ce que vous racontez ?

— J'ai quitté l'école à treize ans. De quoi voulez-vous qu'on parle ? On a rien à se dire. C'est très bien ainsi. J'aime le confort.

— Vous voulez à tout prix vous faire passer pour un demeuré ?

— J'essaye de passer, c'est tout. Plus vous êtes con, et plus vous avez de chance de passer au travers. Je ne dis pas que je suis complètement con. J'ai des dispositions, c'est tout. Je me défends. Mais avec une fille comme vous, je perds mes moyens.

— Je vous trouve remarquablement intelligent. » Plus ils sont beaux, et plus il faut leur dire qu'ils sont intelligents. Vous leur répétez ça deux ou trois fois, et ils tombent dans vos bras. Elle se mit à rire.

« Qu'est-ce qu'il y a de drôle ?

— On vous a déjà dit que vous êtes un vrai don Juan ? »

Il en avait marre. Cette paumée était tellement fortiche qu'elle était en train de repasser trois fois par le même chemin, il reconnaissait cette grange, là-bas. Une poire certifiée, prête à être cueillie. Par-dessus le marché, on avait envie de la protéger. C'était la seule chose qui lui manquait, quelqu'un à protéger. Il allait laisser tout tomber, rendre sa pute de valise à Angie, essayer de se débrouiller autrement. Il commençait à sentir le signal d'alarme qu'il connaissait bien : l'impression d'avoir les doigts pleins de colle.

« Laissez-moi descendre.

— Pourquoi ? Qu'est-ce que j'ai fait ?

— J'aime pas la psychologie, voilà pourquoi. »

Elle continua à rouler sans s'arrêter. Il n'insista pas. Il n'y pouvait plus rien. C'était comme ce truc qu'ils avaient en Grèce, la fatalité. Ils avaient quitté la route et roulaient parmi les pommiers et les cerisiers. C'était rose et blanc. Ça sentait bon aussi. La maison n'était pas mal non plus, dans le genre vieux.

Sur la table, il y avait un billet de son père ; il ne rentrerait pas dîner. Il y avait toujours l'omble chevalier, à la cuisine, et elle mit le plat à chauffer. Elle se refit rapidement une beauté dans la salle de bains et revint au salon.

« Qui c'est ? »

Il regardait le portrait accroché au mur.

« Nicolas Stavrov. Un Bulgare. Il a été pendu. Un ami de mon père.

— Pourquoi ils l'ont pendu ?

— Pour le progrès.

— Drôle de monde. Je suis content de ne pas en faire partie.

— Vous n'avez pas de famille ?

— Je sais pas, j'ai pas regardé. Pourquoi il a été pendu, votre ami ? J'ai pas bien compris.

— Il était démocrate.

— C'est les républicains qui l'ont pendu ? »

Elle se mit à rire. Elle n'aurait jamais cru qu'un jour elle allait rire à propos de la mort de Stavrov.

« Mais non, voyons, les communistes.

— Ah. Enfin, c'est toujours la politique. Vous savez quoi ?

— Quoi, Lenny ?

— Un jour, je ferai de la politique, moi aussi. Avec quelques copains. Pas le Vietnam ou la Corée, c'est trop gros. Mais une banque, pour commencer. »

Elle se sentit déroutée. La voix était calme, sans colère. Dans les yeux verts, il n'y avait nulle trace d'indignation. Une certaine fixité du regard, c'est tout. Et pourtant, il était difficile de ne pas sentir derrière ce beau visage fermé quelque chose qui ressemblait à une hostilité farouche et dure, un refus d'obéissance absolu et qui devenait une véritable raison d'être, un feu sacré. Elle le regarda attentivement. Il semblait avoir changé de dimension, relever, soudain, d'un vrai *ailleurs*. Cette blondeur d'ange déchu, aussi, déchu, et qui avait été réduit aux skis, faute d'ailes. Une sorte de dignité du refus, peut-être purement instinctive, aveugle, inconsciente d'elle-même, comme un instinct de conservation d'un honneur enfoncé sous l'ordure. Mais non, elle était en train de rêver d'un autre. Ce n'était pas possible. Il était beau, et c'est tout. Il n'était que trop facile d'imaginer derrière ce jeune visage viril toutes sortes d'autres beautés. Les hommes, intérieurement, ressemblaient rarement à leurs visages. Elle n'avait qu'à penser à son père. Ou plutôt, il valait mieux ne pas y penser. Ce n'était pas le moment. Elle jouait nerveusement avec les miettes de pain, puis se leva brusquement.

« Je vous fais du café ?

— Non, merci. Je vous ai pas offensée ?

— Comment ? Pourquoi ?

— Je sais pas, moi. Vous me regardez autrement, tout à coup. Je veux dire, ce type, sur le mur, c'est votre ami. C'est sûrement un type très bien, du moment qu'il a été pendu. Je voulais pas vous offenser. »

Elle sentit une telle vague de chaude tendresse lui monter au cœur qu'elle se détourna, comme si ce fût visible.

« Vous ne m'avez pas offensée, Lenny. Du café ?

— Non, merci. Pour ne rien vous cacher, j'ai qu'une envie, en ce moment... »

Elle faillit casser une tasse.

« Dites toujours.
— Un vrai bain chaud. Mais alors, fou. Vous savez, le genre qui vous tue son homme.
— Venez, je vais vous faire voir votre chambre. »
Elle s'empara de sa valise. Vide. Je parie qu'il n'a qu'une chemise là-dedans. Je vais faire son lit. Oh, il n'osera pas. Je m'affole pour rien. C'est bien ma chance. J'ai horreur de monter un escalier devant un type. Il faut que je perde trois kilos, ab-so-lu-ment. Ils vont toujours se loger dans les hanches. Il doit écouter battre mon cœur, un vrai tambour. Les cœurs sont impossibles. Bêtes à crever. S'imaginent Dieu sait quoi. Des paniquards. Il suffira de prendre un air froid et détaché. Il comprendra qu'il fait erreur. Je dirai non, gentiment, mais fermement, sans le blesser. J'ai horreur de la sexualité, ça n'a qu'une idée en tête. D'ailleurs, je le glace. Une intellectuelle. Il doit avoir horreur de ça. Il s'imagine que je parle de littérature dans le lit. Il se trompe. Mon Dieu, dites-lui qu'il se trompe. Dans le lit, il faut vivre et laisser vivre, voilà. Je suis une obsédée sexuelle. Vous essayez d'aider un garçon, et vous devenez nymphomane. Il n'y pense même pas. Trop d'humilité. Il s'imagine que je l'enverrai paître. Mon Dieu, je ne sais vraiment comment m'y prendre.
Elle ouvrit la porte.
« La salle de bains est au fond. Petit déjeuner à six heures. »
Elle courut vers l'escalier.
« Attendez... »
Elle s'arrêta. Morte. La main sur la rampe, les yeux fermés. Pourvu que mon père n'arrive pas maintenant. Je ne pourrais plus jamais. Frigide pour la vie.
« Vous n'êtes pas fâchée ?
— Bonne nuit. »
Elle ne bougeait toujours pas. Je suis une andouille, une vraie conne, et une froussarde. Ce maudit protestantisme puritain... Mais non, je crois que nous

sommes tous catholiques, dans la famille. Je ne sais plus.

Il était debout dans l'embrasure de la porte, en train d'enlever sa chemise.

Vierge, ça se voit de dos. Je veux que ce soit bon, si tu te décides, mais t'es pas en état, maintenant. Glacée. Tu auras mal et c'est tout. Regardez-moi ça. Paralysée. Ce serait du travail de cochon. Va te coucher maintenant, comme une bonne petite môme. Pleure un coup, ça détend. Après, on verra, en tout bien, tout honneur. Pas en catastrophe. Jésus, la voilà qui chiale déjà. Qu'est-ce que je fais, maintenant ? J'y vais, j'y vais pas ? Minute, je sais pas ce qu'on va faire. Je vais essayer. Je vais essayer lourdement, maladroitement, comme un vrai mufle et tu vas m'envoyer balader, tu te sentiras mieux, après. Je vais t'aider à m'envoyer paître. Allons-y. Le bras autour des seins, la main sur la niche, bêtement, c'est le geste qui compte. C'est ça, repousse mon bras. Maintenant, tu te sens mieux. Tu t'es détendue.

Elle le repoussa.

« Non, Lenny. Je vous en prie.

— Pourquoi pas ? »

Elle le regarda. Il souriait avec assurance. Elles lui disent toutes oui, évidemment.

« Pourquoi pas, Jess ? On est seuls dans la maison.

— Ce n'est vraiment pas une raison.

— Allez, soyez gentille...

— Qu'est-ce que la gentillesse vient faire là-dedans, Lenny ?

— Pourquoi pas ?

— Et ensuite ?

— Quoi, ensuite ? Ça n'existe pas, ensuite. Ensuite, je m'en vais. Poliment. On se dit au revoir, gentiment. Personne ne regrette rien. Ça ne va pas durer, alors, il n'y a pas de raison de se faire de la bile.

— Désolée. C'est quelqu'un d'autre, ça, Lenny. Pas moi.

— Bon Dieu ! Et pourquoi vous pleurez ?
— Pourquoi ? Pourquoi tout ? Je n'en sais rien. Partez, maintenant.
— Bon, je vais prendre ma valise.
— Mais non, restez. Je veux dire, fermez la porte et allez dormir.
— Okay. Je pourrais vous épouser tout de suite, mais je ne vous ferai pas un coup pareil. »
Elle souriait, à présent. Elle respirait normalement. Détendue. Maintenant, elle est à point. Prête à tout, complètement décontractée. C'est ça, le secret. La décontraction. N'importe quel skieur vous le dira.
« Bonne nuit, Jess.
— Bonne nuit, Lenny.
— Bonne nuit.
— C'est ça. Bonne nuit, Lenny. A demain.
— Allez, à demain, Jess. Dormez bien.
— Dormez bien vous aussi, Lenny. Vous voulez de l'eau glacée ? »
Sainte merde, elle va démarrer, oui ou non ? Il en avait marre de sourire.
« Non, merci, pas d'eau glacée. Allez, on va se coucher.
— C'est ça, Lenny. Si vous avez besoin de quelque chose...
— Merci, merci. Allez, bonne nuit. »
Elle ne s'en allait pas. Bon, on va l'aider encore une fois. Il se mit à rire. Elle se raidit tout de suite.
« Qu'est-ce qu'il y a de drôle ? Je vous fais rire ?
— Mais non, je ne pensais pas du tout à vous.
— Merci.
— Je pensais que j'apprendrai jamais rien. Suis pas fait pour ça. J'ai beau prendre des leçons, j'apprends jamais rien.
— Cela veut dire quoi, au juste, Lenny ?
— Vous savez ce que c'est, un gentleman ?
— Évidemment.
— J'ai un ami, Bug Moran — vous devriez le

rencontrer un jour — il dit qu'un gentleman, c'est un type qui ne s'écarte pas de son chemin pour donner un coup de couteau dans le dos d'un mec qu'il connaît pas. Bug dit qu'il a tort, naturellement. Qu'il faut toujours se déranger pour les autres. Allez, bonne nuit. »

Il entra dans la chambre et ferma la porte. Il alla à la fenêtre et se déshabilla, en regardant le ciel. Vide, le ciel. Du rien, avec de la pommade. C'est plein de personne, là-haut. Brr. Ça vous fout les jetons. Le petit Lenny, ils n'ont rien à en foutre, c'est tous des gentlemen, là-haut. Ils s'occupent pas de vous. Je voudrais bien être dans la neige, maintenant. Sur la Scheidegg. Plus près de rien. Pour bien faire et venir plus près encore, il faudrait crever. Il y a qu'à se laisser geler, comme Cookie Wallace. Mais Cookie n'aimait pas vraiment le ski, alors, le pauvre mec n'avait aucune idée de ce que la vie avait à offrir.

Il n'aurait pas dû la laisser toucher à la valise. Elle s'était sans doute aperçue qu'elle était vide. Et puis après ?

Il y avait une pendule coucou au-dessus du lit. Il prit sa chaussure et attendit. Il en avait marre, des pendules coucous. Il n'en ratait jamais une. Mais il y en avait encore pour vingt minutes. Il remit le safari à demain et se glissa sous la couverture. Il s'étira voluptueusement. *Home, sweet home.* Il éteignit.

VII

Il pleuvait. Mélodie sur le toit. La plus belle mélodie du monde, lorsque vous l'écoutez à deux, dans la nuit, et que vous vous sentez bien à l'abri, dans ses bras ; plus le vent souffle et la pluie se déchaîne dehors, plus sûrs et plus forts ses bras paraissent autour de vous. Du moins, c'est ainsi que je l'imagine. Toute ma vie, j'ai été seule, pour écouter la pluie sur le toit. La pluie n'aime pas ça et je la sens terriblement frustrée. Il doit être en train de ronfler, ses skis serrés tendrement dans ses bras. Il doit s'imaginer que je suis frigide. Wolff écrit que soixante-quinze pour cent des femmes sont partiellement frigides, je me demande ce qu'il entend par *partiellement*, on n'a pas idée. Ces histoires de diaphragme me dépassent entièrement. J'en ai un depuis trois ans, on se regarde, c'est tout. Comment faites-vous pour mettre un diaphragme lorsque vous êtes, enfin, intacte, je déteste ce mot, ça sent le moyen âge espagnol. Tout ce que je voudrais, c'est être couchée dans ses bras, dans le noir, à écouter la pluie. On est en train de gaspiller cette merveilleuse pluie, tous les deux.

Elle tourna le bouton du transistor. Encore un village pulvérisé au Vietnam, et la radioactivité avait encore doublé dans l'Utah et le Nevada, le Congo était une vraie abomination. Mais cela ne l'aidait pas. Pour une fois, les horreurs du monde, du vrai, celui des autres, ne pouvaient rien pour elle. C'est effrayant, de se sentir transformée tout entière en un bas-ventre tellement sensible qu'elle n'osait même pas refermer ses cuisses. A vif. La chatte sur le toit ardent, quoi. Voilà où tu en es, Jess Donahue, à vingt et un ans. Il y eut un bref silence, et comme elle tendait déjà la main pour fermer la radio, le speaker annonça d'une voix bouleversée la mort du pape Jean XXIII.

Elle était si peu préparée à cette nouvelle qu'elle demeura un instant sans comprendre, sans réagir, comme si la violence du choc avait tué sa sensibilité. Elle revint ensuite à la surface, et l'ampleur de cette perte personnelle, que chaque être devait ressentir comme personnelle, balaya d'un seul coup tous ses tourments intérieurs, toute l'absurdité de son pauvre « moi ». Elle se jeta hors du lit. Il fallait qu'elle lui dise, il fallait qu'il sache : le monde venait de perdre sa seule clarté. Elle monta l'escalier en courant, ouvrit la porte sans frapper, entra dans sa chambre, alluma et resta plantée là, le regard implorant, le visage ruisselant de larmes.

Il se réveilla en sursaut, se frotta les yeux, se dressa sur le lit, le torse nu, la bouche ouverte, la regardant avec étonnement.

« Lenny... Le pape... »

Le pape, pensa-t-il, posément. Bon. Je suis devenu dingue.

« Le pape Jean XXIII... »

Elle sanglotait.

S'il y avait une chose dont il avait peur, c'était des fous. Les fous sont bourrés de psychologie. Il n'y a même que ça, chez eux. Il essaya de se reprendre en main. Bon, on avait une visite. Le pape. Il allait mettre son pantalon.

« Le pape Jean est mort. »

Ce fut un vrai tour de force, mais il réussit tout de même à empêcher son putain de sourire de monter à ses lèvres. Le pape est mort, hein ? Ça, c'est ce que j'ai vu de plus soigné, comme excuse ! C'est même un moment solennel, parce que j'entendrai plus jamais une justification comme ça dans ma putain de vie, jamais. C'est formidable, quand je dirai ça à Bug, il me croira pas.

Elle s'assit sur son lit et elle le regardait d'une manière tellement implorante, elle était tellement désemparée, ses épaules étaient secouées de tels sanglots et sa main, lorsqu'il la prit dans la sienne, était si glacée, qu'il n'avait même plus envie de rire du tout, au contraire, c'était tout le contraire, bien qu'il ne pût dire au juste ce qu'il y avait là-bas, où était cet au contraire, à l'autre bout. Dommage que ce soit moi, pensa-t-il. Vraiment, pas de pot.

Il avait plutôt aimé le pape Jean. Il aimait pas mal de gens qu'il n'avait jamais rencontrés. Ce sont les meilleurs.

« C'était un homme tellement différent, tellement bon... »

Il la prit dans ses bras, caressa sa joue... Elle le laissait faire. Il caressa ses cuisses, doucement. Elle ne parut pas s'en apercevoir.

« Je crois que c'était le plus grand pape des temps modernes.

— Ça, c'est sûr.

— Le seul à propos duquel on peut vraiment parler de sainteté... »

Et si on changeait un peu de disque ? pensa-t-il. Ça devient gênant, à la fin. Il y a un moment pour tout.

« Est-ce que vous êtes catholique, Lenny ? »

Jésus, pensa-t-il, retirant sa main. Elle va me demander mes papiers, avant. Est-ce que je suis catholique ? Je dois bien être quelque chose dans ce goût-là. Mais est-ce que je sais ce qu'on m'a fait comme coup quand j'avais un mois ? Je sais pas ce que je suis. Je suis, c'est tout, et c'est déjà assez compliqué. Je suis. Une espèce de *happening*. Mais j'ai toujours trouvé tout cela parfaitement dégueulasse, alors, peut-être bien que je suis catholique. C'est le « je suis » qui est le vrai traquenard. Saloperie de *happening*. Il y a des diaphragmes qui se perdent.

« Non, Lenny, non... Ne faites pas ça...

— Je ne le ferai pas, je vous jure, Jess... »

Ça se dit toujours, dans ce cas-là. Les bons usages.

« Je vous en prie, Lenny... »

Mais oui, mais oui...

« Non ! »

Bien sûr que non. Mais enfin, où c'est, bon Dieu ? Ah, voilà.

« Oh !... »

Nous y sommes.

Après, il s'allongea sur le dos, et elle mit sa joue contre lui, et il demeura calme, on ne peut pas dire heureux, non, il ne faut pas y songer, mais calme. Il caressait ses cheveux, pour garder le contact. J'ai jamais été aussi amoureux de ma vie. Ça pourrait même durer une semaine. Dommage qu'il y ait cette valise entre nous. Dommage aussi que le vieux soit mort. Le pape. Je n'ai rien à en foutre, des papes, mais celui-là était tout de même ce qu'on fait de mieux, dans le genre démographie. Je dois être catholique, j'en sais rien, il faut que je me fasse examiner.

Elle ne bougeait plus, ses yeux avaient ce regard qui n'est plus là, le regard du sommeil qui vient. La nature. Il y a du pour et du contre. Ses yeux étaient complètement partis. Ça les vide complètement, la première fois, quand c'est réussi. Il y en a qui mettent des semaines à se déclencher et d'autres n'y arrivent jamais et deviennent nymphomanes. Lenny n'avait jamais rencontré de nymphomane dans sa vie, mais il paraît que ça existe. Ça doit être une belle mort. Il connaissait un type à Davos qui avait dû sauter par une fenêtre du deuxième étage et il était tout heureux de s'en être tiré avec une jambe cassée.

Au milieu de la nuit, il se réveilla, couvert de sueur,

il avait rêvé qu'on lui avait passé une corde autour du cou, mais c'était seulement elle, ses bras.

« Lenny.

— Quoi ?

— Combien de temps tu vas rester ?

— T'en fais pas, va. Je reste jamais. Tu n'as pas à t'inquiéter. Tu peux dormir tranquille.

— Mais je ne veux pas que tu partes.

— Merci tout de même. Mais j'aime bouger. »

Elle prit sa main dans la sienne. Il n'arrivait pas à s'endormir, quelque chose le tracassait, il ne savait pas quoi, au juste. Et puis, il se rendit compte que c'était cette main dans la sienne, il la serrait trop fort. La Mongolie extérieure, pensa-t-il. Mais il serra sa main encore plus fort dans la sienne, et il écoutait la pluie sur le toit et tout était si calme, sans fin, sans commencement, ailleurs, il ne savait où, mais ailleurs, que ce fut soudain comme s'il y avait eu là enfin une réponse, une réponse très simple à quelque chose de très compliqué.

Lorsqu'elle se réveilla et chercha sa main, elle ne la trouva pas. Il était parti. Le réveil sonnait, à n'en plus finir, adressant de sa voix froide et métallique le bilan impitoyable de la réalité. Elle courut dans la salle de bains, regarda dans le salon, mais tout était vide. Elle n'avait même jamais remarqué combien cette maison était vide. Elle revint dans sa chambre et fit rapidement le lit : elle ne pouvait supporter ce cynisme béant et fripé des oreillers et des draps, ce n'était pas vrai, ils mentaient, c'était une pauvre et vile apparence qui ne prouvait rien : si vous laissez faire vos yeux, ils sont capables de réduire tout à du linge sale.

Elle pleura un peu, mais c'était seulement à cause des draps. C'était trop moche, à l'aube. Il y avait une note de son père sur la table à café : « Ma chérie, je me suis couché, viens déjeuner avec moi demain au *Chapeau rouge*, j'ai une nouvelle. Bonne, pour changer... Qu'est-ce que c'est que cette paire de skis dans l'entrée ? » Elle fourra le papier dans son sac et sauta dans la Triumph. Le jardin avec sa blancheur virginale lui parut afficher un petit air moqueur. Ha-ha-ha. Dans un dessin animé, les arbres en fleurs baisseraient la tête de honte et verseraient leurs pétales comme des larmes. Elle fit cent mètres sur la route et l'aperçut, ses skis sur l'épaule, assis sur sa valise, à un croisement. Elle décida de ne pas s'arrêter, de filer tout droit sans même le regarder, la tête haute, ça lui apprendra. Mais lorsqu'elle fut à sa hauteur, elle freina et s'immobilisa.

Il ne bougea pas. Comment s'appelle déjà ce truc où tout le monde meurt à la fin les yeux crevés, après avoir essayé de coucher avec sa mère ? C'en est plein, en Grèce. Le destin, c'est ça. Il avait filé en douce au petit matin, comme un gentleman, il voulait pas se servir d'elle, après ce qui était arrivé. Mais non, il y a d'abord Ange qui s'amène, et maintenant, la voilà, avec sa bagnole CC et son immunité. Dommage. Le bonheur, c'est fait pour être mangé tout de suite, pas pour emporter. Dès qu'on veut le conserver à tout prix, le bonheur, ça devient un merdier. Il n'y a qu'à voir l'Amérique. C'est plein de bonheur, là-bas. Plein à craquer. C'est même pour ça que ça craque.

« Pourquoi es-tu parti ?

— Ça se fait.

— Comment, ça se fait ? Qu'est-ce que ça veut dire ? »

Des explications. Déjà.

« Faut jamais insister, Jess, c'est plus poli.

— Tu trouves que partir comme ça, au revoir et merci, c'est du savoir-vivre ? »

Ça y est. Il ne manquait plus que ça.

« Jess, si j'avais du savoir-vivre, il y a longtemps que je serais au Vietnam, ou en train de vendre des voitures. Les gens qui savent vivre, ce sont ceux auxquels on a appris à vivre. En U.R.S.S. ils savent vivre. Aux U.S.A. aussi. En Chine. On nous apprend à vivre partout, en ce moment. Non, merci, pas moi. Je te le dis franchement : Lenny, personne ne lui apprendra à vivre. Plutôt crever. »

Il se tut, indigné. Il la connaissait depuis vingt-quatre heures, et déjà, c'était la psychologie. Le strip-tease. Si j'avais envie de faire du strip-tease, j'irais au *Bataklan*.

« Tu ne sais même pas où aller.

— Là, tu te trompes. J'ai où aller. J'ai pas où rester. C'est pas la même chose du tout, Jess. Pas du tout, alors.

— En ce moment, où comptes-tu aller ?

— Genève.

— Monte. »

Il jeta un coup d'œil à la Buick olive parquée au bord de la route, avec Ange au volant. La confiance, quoi. Allons-y, maintenant. D'abord, les skis. Ensuite la valise...

Elle le regardait.

Il n'arrivait pas à soulever ça. Il dut traîner la valoche jusqu'au coffre.

« Vous voulez que je vous aide ? »

Il ne dit rien. Il n'aurait jamais dû la laisser porter la valise, hier. Maintenant, elle comprenait. Tout. Bon, et après ? Comme ça, au moins, c'était clair et net.

Il réussit finalement à jeter la valise dans le coffre.

Elle avait détourné les yeux et regardait droit devant elle. Toute pâle. Une statue.

Il monta à côté d'elle. Elle allait tout dire à la police, au poste frontière, il en était sûr. Tant mieux. On sera quitte.

« C'est ça l'explication, Lenny ?

— Quoi ?

— La valise ? Qu'est-ce qu'il y a dedans ? Héroïne ? Des armes ? De l'or ? Oui, de l'or. L'or est très lourd.

— Et alors ? Qu'est-ce que ça fout ? Tu sais ce que

c'est, un skieur en été ? Essaye. Tu m'en diras des nouvelles. En été, je deviens conformiste.

— Tu n'avais qu'à me le demander. Je t'aurais aidé. C'était pas la peine de coucher avec moi, rien que pour ça.

— Ça n'a aucun rapport, Jess. Honnêtement, aucun.

— Honnêtement. Joli mot. »

Elle ralentissait. Ils arrivaient au poste frontière. Côté français. Contrôle des changes, ils appellent ça. Elle n'avait qu'à leur dire.

Il croisa les bras sur sa poitrine et sourit. Il se sentait bien. Elle n'avait qu'à le dénoncer, comme ça, on sera quitte. Et ce serait même bon pour ses principes. Pour son moral. Il y avait des moments où il commençait à mollir, où le doute le prenait, où il commençait à perdre confiance dans la merde. Un an de cabane, c'est pas trop cher payé pour vos idées. Il y a même des gars qui se font tuer pour leurs idées, pour leurs certitudes. Vas-y, dis-leur, Jess. C'est bon pour mon aliénation. Une aliénation, il faut que ce soit entretenu. Par vous-même, et par les autres. Vas-y.

Mais elle n'allait pas l'aider. Elle n'allait pas le dénoncer. C'était une môme bien. Il était vraiment mal tombé. Et il ne savait même pas comment on y allait, en Mongolie extérieure.

Ils passèrent la frontière comme des fleurs, côté français, côté suisse, parmi les sourires aimables. C'était dégueulasse. Il en avait des larmes aux yeux. On pouvait plus se fier à rien ni à personne.

Elle ne desserrait pas les dents. La Buick était toujours derrière. Qu'est-ce qu'il s'imaginait, Ange ? Qu'il allait s'évaporer avec soixante kilos d'or ? Toujours sur votre dos, cette ordure.

« Vous travaillez pour ce type-là ?

— Quel type ?

— La Ford, derrière.

— Jess...

— Parce que vous avez encore quelque chose à me dire ?

— Jess, je ne savais pas que j'allais tomber sur vous. Quand j'ai accepté le boulot. Je ne pouvais pas savoir. Je ne vous connaissais pas.

— Bon, maintenant vous m'avez connue. C'est comme ça qu'on appelle ça, dans la Bible. Où voulez-vous que je vous laisse ?

— C'est pour ça que j'ai filé au milieu de la nuit. Je ne voulais plus le faire. Vous ne me croyez pas ?

— Ça n'a vraiment plus aucune espèce d'importance.

— Vous pouvez me laisser au port. Il y a un yacht tout noir, le *Cyprus*. C'est le plus grand, pas possible de vous tromper. Je vais rester là quelques jours. Vous pourrez venir si vous voulez.

— Je viendrai sûrement, Lenny. Avec mes plaques CC. Elles peuvent encore vous être utiles.

— C'est pas la peine de me marcher dessus, Jess. C'est fatigant, la marche. »

Il lui avait dit la vérité et elle ne l'avait pas cru. Heureusement. Comme ça, le prestige reste intact. Mais il continuait à se justifier malgré lui.

« Ils m'attendaient sur la route, avec la marchandise. Je leur ai dit que je voulais plus marcher. Ils m'ont dit, c'est ça, ou le lac, dans un sac de ciment. J'avais pas le choix.

— Vous tenez tellement à la vie, Lenny ?

— Non, pas du tout même. Mais j'aime bien savoir où je vais. La mort, on connaît pas encore assez là-dessus. C'est comme pour le cancer. C'est pas encore au point. J'aime mieux attendre. »

Elle essayait de ne pas sourire.

« Je connais un gars, Zyss, qui est un poète chinois, du Bronx. Il fait des poèmes, vous savez, ceux qu'on trouve dans les gâteaux de riz, dans les restaurants chinois. *Fortunes cookies*, on appelle ça, en Chine. Zyss, il a fait là-dessus un poème formidable, sur la mort, je veux dire. Je le porte toujours sur moi. Quand j'ai envie de crever, je le sors de ma poche, et je me le lis. »

Il sortit de sa poche un portefeuille miteux, fouilla sous sa carte d'identité, sous le mica, et retira un petit bout de papier minuscule.

« Tenez. Lisez ça. Moi, c'est ma bible. Il y a jamais personne qui a dit mieux que ça. »

Elle dut mettre ses lunettes pour lire les caractères minuscules :

Karl Heidegger nous dit qu'au fond,
La mort a quelque chose de con.
D'où je tire mon argument :
Mourez, mais très, très prudemment.

Elle rit et lui rendit le papier.

« Formidable, hein ? Ça dit tout. Vous devriez rencontrer Zyss, un jour. C'est vraiment quelqu'un. Tous les restaurants chinois lui courent après.

— Vous devriez rentrer aux U.S.A., Lenny. Vous manquez au folklore.

— J'y retournerai un jour, Jess, quand ils auront enlevé ces affiches, vous savez... C'est là. »

Le yacht était grand, en effet, et tout noir. Elle freina.

« Adieu, Lenny.

— Adieu, Jess.

— Ne perdez pas votre petit papier, surtout. Un sac de ciment, c'est vite arrivé. Ce serait dommage...

— Ça, c'est gentil, Jess.

— ... Ce serait dommage pour la Mongolie extérieure. Salut. »

Elle démarra. Il resta debout un moment, avec ses skis et la valise, à suivre du regard la petite Triumph rouge qui s'éloignait. Il souriait. Il ne s'en était pas si mal sorti après tout. Fini. S'il y avait une chose à laquelle il tenait, c'était rien.

VIII

Il n'était que sept heures et elle roulait sans but dans Genève. La S.P.A. était ouverte jour et nuit, mais ils ne pouvaient rien pour elle, là-bas. La Triumph n'était qu'une voiture. Le pape Jean XXIII était mort. Son père comprendrait, bien sûr, mais il était capable de comprendre à peu près n'importe quoi. Et il avait encore besoin de sa fille, cette fille aux principes bien ancrés, qui avait la tête bien plantée sur les épaules ; ce n'était vraiment pas la peine de lui ôter ses illusions. Il y avait des églises dans tous les coins, mais autant aller prendre un café crème, c'est tout aussi réconfortant. Il y avait un cours de poésie à l'université, mais elle avait comme une vague impression que la poésie lui faisait la gueule. Elle n'avait même pas eu le temps de prendre un bain. Elle était encore pleine de poésie. Elle arrêta sa voiture près du port et descendit. La lumière matinale était douce et limpide, les eaux du lac étaient calmes, les cygnes dormaient, la tête sous l'aile, les mouettes s'éveillaient à peine, leurs cris avaient encore les accents frêles et hésitants des flûtes de l'aube. Un cœur brisé, un lac, les mouettes : on ne fait pas mieux, comme mauvaise littérature. D'ailleurs, depuis Tchekhov, les mouettes étaient devenues des clichés tellement éculés qu'on s'étonne qu'elles puissent encore voler. Lord Byron vogua vers elle, le bec large ouvert, mais comme elle n'avait rien à lui offrir, il s'éloigna aussitôt, avec une muflerie rare. Je ne pense pas que Marilyn se soit vraiment suicidée. Elle prenait jusqu'à vingt comprimés pour dormir. Il y eut ce coup de téléphone, elle se réveille, n'arrive plus à s'endormir, avale encore vingt comprimés, sans y penser, et voilà. Ceci dit, méditer sur le suicide au bord du lac en regardant les mouettes, non, vraiment !

« Salut, Jess, on te cherchait p... partout. »

Jean se penchait sur elle du pont, un grand drapeau rouge, jaune et violet à la main. Au milieu, il y avait une épée sanglante.

« Qu'est-ce que c'est que ce drapeau ?

— Je ne sais pas. Encore un qui est devenu indépendant. Je l'ai fauché dans la pissotière de l'hôtel des B... Bergues.

— Ils pavoisent dans les pissotières, maintenant ?

— J... Jess, l'hôtellerie suisse ne sait plus où donner de la tête. Viens. On a fait un safari du t... tonnerre. V... viens voir le trophée. »

C'était une Rolls grise et chauffeur grisonnant, en uniforme gris, du genre discrétion assurée. Le chauffeur avait l'air très embêté. Paul était assis sur les coussins de cuir gris à l'arrière, dans une attitude nonchalante, très maître de maison. Sa cravate était défaite, et son visage l'était encore plus. Être Che Guevara en Suisse n'était évidemment pas facile, mais le surréalisme et dada, le *happening* et le psychodrame, la « désacralisation », la « démythification » et la « démystification », finissaient tout de même par ressembler chez lui à un mode d'expression purement artistique, une gesticulation à la Jackson Pollock, moins le talent. La révolte des jeunes bourgeois contre la bourgeoisie était condamnée au canular ou au fascisme, la seule différence entre les deux étant quelques millions de morts. Il y a quelque chose de profondément répugnant à voir un cortège d'étudiants venir les bras ouverts vers des ouvriers en grève, comme des femelles en chaleur devant les vrais mâles.

Il y avait en Amérique vingt-deux millions de Noirs et pas trace de graffiti sur les murs. C'est pourquoi cent quatre-vingts millions d'Américains blancs crevaient de peur, et en Europe, les graffiti sur les murs finissaient dans des albums de luxe qui traînaient dans tous les salons.

Il y avait un autre homme dans la Rolls, et il était dans un tel état de stupeur alcoolique qu'on ne pouvait qu'admirer en silence, c'était vraiment du très grand art. Il portait un complet prince-de-galles, un nœud papillon, un gilet de daim jaune canari et un chapeau melon gris, du genre Derby. Il portait également une grosse paire de jumelles autour du cou, on aurait dit qu'il venait tout droit d'un champ de courses, où il venait de se ruiner pour une jument : seul un très grand amour pouvait l'avoir mis dans un tel état. Ses yeux bleu porcelaine sortaient légèrement des orbites, poussés de l'intérieur par le niveau d'alcool. Il se tenait très droit, déjà raide, les mains gantées croisées sur le pommeau d'une canne.

« Qu'est-ce que c'est que ça ?

— Ça, c'est le baron. Nous l'avons trouvé assis sur une poubelle, devant un bar, attendant l'heure d'ouverture. Il était en train de se dessaouler, ça vous fendait le cœur. Heureusement, la Rolls a un bar. On lui a sauvé la vie. Comme dit l'affiche de la sécurité routière, *Apprenez le geste qui sauve.* On ne peut pas laisser un type se dessaouler et se retrouver en Suisse. Remarque, je ne suis même pas sûr que ce soit l'alcool qui l'ait mis dans cet état. C'est peut-être la neutralité suisse. Ou l'immunité diplomatique. Ton père va bien ?

— D'où vient la Rolls ?

— C'est une prise de guerre. Nous disposons de la Rolls et du chauffeur pendant vingt-quatre heures. Un Tunisien suave et distingué, en train de sortir de la Banque de Crédit international. Je l'ai eu avec mon Polaroïd à répétition, et il fut très accommodant. Très compréhensif. Nous gardons la Rolls et le chauffeur vingt-quatre heures, ensuite nous lui rendons le tout, y compris les négatifs.

— Vous n'allez pas un peu trop loin, les enfants ? Quel est ce vilain mot, déjà ? Chantage, ou quelque chose comme ça.

— Un simple canular d'étudiants, Jess, ma chérie. Sans aucune malice. Il n'est pas question de changer le monde, uniquement de le foutre en l'air. Ça, c'est la tâche des fils à papa. Le prolétariat se chargera du reste. Tu sais quelle est l'aspiration profonde de tout fils à papa qui se respecte ?

— Être éliminé, dit Jess. Je sais.

— Exact. La place des fils à papa n'est pas dans les maquis sud-américains. Elle est ici, dans chaque famille... »

Jean se penchait vers eux, avec son visage de très jeune cheval triste.

« Mon vieux, il y a tout de même la névrose bourgeoise, soit d... dit sans te vexer. Je vois mal S... Scott Fitzgerald en pionnier r... révolutionnaire.

— J'ai donc dit : simple canular d'étudiants. Ça va ?

— Sans parler que le *Weltschmerz*, le *Sehnsucht*, le mal du siècle, ça se pose un peu là, comme révolution culturelle. Je suis peut-être restée trop américaine, je ne sais pas. Mais il n'y a que la jeunesse dorée qui joue à la roulette russe. Les Noirs, chez nous, ont tous une raison de vivre. »

Le baron eut un hoquet.

« Tiens, il est vivant, dit Jess.

— Chauffeur, allez-y, dit Paul.

— Où dois-je vous conduire, Monsieur ?

— Ne posez pas des questions idiotes. Roulez. Nous sommes très jeunes. Nous avons encore une chance de parvenir quelque part.

— Bien, Monsieur. »

Le plus haut niveau de vie du monde défilait dehors en ordre parfait.

« Je me sens mal à l'aise dans une Rolls si tôt le matin, dit Jess. Trop habillée. Il y a un cours de poésie russe à l'université à neuf heures.

— Les Russes devraient attendre un peu avant de nous p... parler de poésie, dit Jean. Il y a un t... type qui s'est encore fait descendre sur le M... Mur de Berlin. Yev...vtouchenko devrait nous donner un p... poème là-dessus.

— Pipi, dit le baron.

— Il se détraque, dit Paul. Chauffeur !

— Oui, Monsieur.

— Arrêtez. Faites pisser Monsieur. »

Ils attendirent. La conversation avait des accents d'insomnie, de mégots et de verres vides renversés. *Katzenjammer.* Une immense gueule de bois, après vingt-cinq ans de fête. Demain, il y aura des titres dans les journaux : *Drame de la satiété. La Suisse se fait sauter.* Deux mille *provos* en Hollande, ce n'est pas assez, mais la France et l'Allemagne aussi atteignaient ce degré de prospérité exhibitionniste qui transformait la société occidentale en une véritable société de provocation.

« Qu'est-ce qui nous ronge, les enfants ?

— Rien, dit Paul. Ça ne pardonne pas. »

Le baron revenait, soutenu par le chauffeur. Le chauffeur paraissait encore plus gris.

« C'est bien, dit Paul. Continuez. Une très belle Rolls, vraiment. Et si on la foutait dans le lac ?

— Monsieur !

— Chauffeur, droit dans le lac.

— Mais, Monsieur...

— On vous laissera sortir avant. Allez, dans le lac, la Rolls :

Comme dit la publicité
Dans la Rolls, tout est beauté,

Luxe, calme et volupté.
C'est pourquoi nous sommes tous d'acc'
Pour la foutre dans le lac.
Ça, c'est la prospérité.

— Formidable, dit Jess. Ça, c'est un graffiti. Mais si on se contentait de ça, comme les copains ?

— Caca, dit le baron.

— Chauffeur, vous avez entendu ? Faites caquer Monsieur.

— Monsieur, dit le chauffeur, j'ai trente-cinq ans de métier et jamais...

— Eh bien, c'est le moment. Faites caquer Monsieur.

— Paul, ça suffit, dit Jess.

— Merci, Mademoiselle, dit le chauffeur. Du fond du cœur, merci.

— Caca, dit le baron.

— Eh bien caque, mon vieux, caque. Il faut désacraliser la Rolls.

— C'est bientôt fini, ce *happening ?* demanda Jess.

— Une boîte de nuit, des clients avachis, un jazz idéologique qui n'a plus rien à dire, un Bob Dylan qui s'accroche encore à sa guitare et...

Dans un coin un homme d'affaires
Dit : il leur manque une guerre.
L'orchestre, sur la terrasse,
Donne un peu de lutte de classes.
Et la Chine
A la mine
Nucléaire.

— Tu as essayé le *Crazy Horse Saloon ?* demanda Jess. Il paraît que c'est ce qu'il y a de meilleur dans le genre. J'ai l'impression que ton numéro est maintenant au point. Paul, ta décadence, c'est une décadence bidon. Le fruit est peut-être mûr, mais le ver ne l'est pas.

— Je suis un raté, quoi. »

Il prit la bouteille de whisky dans le bar en acajou, et attendit le baron qui revenait, conduit par le chauffeur. Le chauffeur avait l'air de quelqu'un qui traverse un champ de mines.

« Pour moi, c'est plus simple, P... P... Pau... Paul...

— Ne m'appelle pas Popaul, je te l'ai déjà dit cent fois.

— Je ne t'appelle pas Pau... Paul, je b... bégaye. Je peux accepter une logique, mais pas celle qui m'exclut.

— Donc, fascisme. »

Jess connaissait aux Nations Unies un interprète qui bégayait comme un enragé dans la vie quotidienne, mais parlait impeccablement lorsqu'il faisait son métier d'interprète. C'était un homme qui n'éprouvait des difficultés psychologiques à s'exprimer que lorsqu'il parlait en son propre nom. Il lui suffisait de refléter la pensée d'un autre pour retrouver toute son assurance et sa confiance en lui-même. Il aimait être pensé.

« Qu'est-ce que tu as, Jess ?

— Rien. J'ai eu un accident cette nuit.

— Quoi ? Qu'est-ce qui s'est passé ?

— J'ai couché avec un type. »

Il fallait reconnaître que les gens de chez Rolls savaient faire des voitures silencieuses. Paul était devenu blême ; il avait l'air tellement outragé qu'elle eut presque l'impression d'avoir fait quelque chose d'immoral. Jean lui tournait le dos.

« Alors quoi, qu'est-ce que c'est, des préjugés ?

— Nom de Dieu, dit Jean, je ne connais pas ce type, mais vraiment tu aurais pu choisir quelqu'un d'autre. »

Il ne bégayait plus. Guéri. Choc traumatique.

« Il y a deux ans que je te demande ça, dit Paul.

— Ne fais pas cette tête-là, tu ressembles à ton père quand il vient te chercher au commissariat.
— Tu le connais depuis longtemps ?
— Depuis hier.
— Chauffeur !
— Monsieur ?
— Cent soixante à l'heure. Flanquez-vous dans un arbre. C'est un ordre. Vous avez le droit de sauter avant.
— Très bien, Monsieur, mais je ne sauterai pas. »
Ils le regardèrent avec étonnement.
« Tiens, pourquoi ?
— Je n'en peux plus, Monsieur.
— Conduisez-nous à Genève, dit Jess.
— Merci, Mademoiselle. »
Le baron oscillait sous la vitre arrière, très fétiche d'automobiliste.
« J'en ai marre, dit Jess. On a déjà joué à ça en 1930. Dada et adada. Au diable. Vous allez finir par vous engager dans les Brigades internationales. Les choses vont si vite, maintenant, qu'on se croirait déjà en 1936. Salut. Je descends. »
Elle s'approcha du yacht, mais ce n'était pas possible, vraiment, il ne fallait plus y songer. La lumière du jour au-dessus des eaux grises finissait dans les brumes, de l'autre côté du lac, où une vapeur laissait un sillage de fumée violacée et le soleil jaunissait quelque part dans un ciel liquide où des mouettes invisibles lançaient des cris énervants et stupides.
Elle descendit.
C'était vraiment extraordinaire, à quel point il avait l'air américain. Il n'aurait jamais dû mettre les pieds en Europe. Il ne leva même pas la tête, lorsqu'elle entra dans la cabine. Il était assis sur la couchette, en train d'astiquer ses skis. *Rosebud,* pensa-t-elle soudain. *Rosebud,* le nom du traîneau que Citizen Kane aimait tellement lorsqu'il était enfant, et qu'on lui avait brutalement enlevé, et qu'il avait passé toute sa

vie à chercher. Voilà à quoi il me fait penser, avec ses skis. Elle s'aperçut avec horreur qu'elle avait oublié d'enlever ses lunettes, alors qu'elle n'en avait besoin que pour lire.

C'est ça l'ennui avec les bateaux ancrés au port, pensait-il.

Elle attendait. Il fallait bien dire quelque chose. L'hospitalité.

« Alors, ça va, Jess ?

— Ça va, Lenny. Je passais par là et... »

Ouais. Elle avait probablement fait vingt kilomètres à pied, au galop. Ces pouliches, une fois qu'on leur a donné le départ, il n'y a plus moyen de les arrêter. Elle s'assit sur l'autre couchette. Ça s'annonçait bien, quoi. Mais il eut une bonne surprise. Elle se taisait. Pas de psychologie, rien. Au bout d'un moment, il leva la tête, pour voir, et elle lui sourit et il lui sourit aussi. C'était la première fois qu'il rencontrait une fille avec laquelle il s'entendait sur tout. Elle alla à la cuisine faire des œufs au bacon et du café, et après, lorsqu'elle le laissa faire, et puis s'en alla, il se dit qu'avec douze mille dollars, six pour elle, six pour lui, personne ne pourrait dire qu'il s'était mal conduit avec elle ou qu'il l'avait exploitée. C'était vraiment un coup de chance extraordinaire que d'être tombé sur une fille qui comprenait si bien les choses et qui avait l'immunité, par-dessus le marché. Bref, c'était dangereux pour son aliénation et il allait tout laisser tomber, et prendre le deux heures quarante pour Berne, ensuite le train pour Wellen, même s'il n'y avait personne au chalet, même s'il devait crever de faim. Il ne pouvait pas faire ça à cette môme, et c'était encore plus grave que ça, il ne voulait surtout pas la revoir, parce que c'était terriblement mauvais pour son aliénation. Il n'allait tout de même pas se laisser faucher ce qu'il avait de meilleur. Même le fric lui faisait peur. C'était piégé, le fric. On commençait par en avoir, et puis c'est lui qui vous avait. Il avait fini de s'habiller et allait monter, lorsqu'il entendit des pas sur le pont. Il posa ses skis et attendit. Ce salaud d'Ange venait aux nouvelles. Pas seul. Il y avait avec lui un blond en brosse qui ressemblait comme deux gouttes d'eau à tout ce qu'on pouvait avoir le moins envie de voir, n'importe où et n'importe quand. C'est incroyable qu'on laisse un type circuler avec une tête pareille. D'abord, c'était tout écrasé, et tout ce qui n'était pas entièrement écrasé n'était pas, absolument pas à sa place. C'est quand même effrayant ce qu'il faut voir dans la vie.

« Dis donc, Ange, t'es complètement dingue d'amener ici un mec avec une tête pareille. C'est comme si tu appelais la police.

— Elle a accepté de remettre ça ?

— Bien sûr. On vient de remettre ça.

— Lenny, je t'ai déjà dit, si j'aimais rigoler, je serais pas en Suisse. Elle a marché ? »

Il n'avait qu'à dire non, elle n'a pas marché. Il faillit même le dire. Elle a refusé de recommencer, voilà, alors, vous me payez pour le premier voyage, et je me tire. Mais quelque chose se passa en lui. Quelque chose avait craqué. L'altitude, peut-être, le manque d'altitude. Il ne savait pas ce qui l'avait pris, ni d'où ça venait, une connerie pareille. De ses « ancêtres pionniers », peut-être, ces ancêtres dont son père lui rebattait les oreilles lorsqu'il était gosse. Les ancêtres pionniers, il y avait pourtant pas de quoi se vanter, bon Dieu, ces salauds avaient d'abord exterminé les Indiens, et comme si ce n'était pas assez, ils avaient encore bâti l'Amérique. Ou alors, c'était peut-être un truc psychologique, il était retombé en enfance, tout à coup, comme lorsqu'il écrivait à Gary Cooper pour lui dire qu'il voulait être cow-boy. Bug avait un nom pour ça, il l'avait dit d'un type qui venait d'être décoré pour héroïsme à la Maison-Blanche, « immaturité », ou quelque chose comme ça. En tout cas, il fit une connerie, comme pour se faire décorer, lui aussi.

« La môme a dit oui. Enfin, c'est tout comme. C'est moi qui dis non. »

Il sut tout de suite que c'était une connerie, parce que l'ordure parut étonnée. Des types comme Ange, il faut surtout pas les étonner. Du moment que vous les étonnez, ça veut dire que vous êtes capable de leur causer des surprises. Ils aiment pas ça.

« Alors, ça va. »

Lenny saisit ses skis.

« Bon, allez, au revoir.

— Alors, ça va. Parce que si c'est toi qui dis non, ça n'a pas d'importance. Parce que tu vas dire oui. Pas vrai qu'il va nous dire oui, monsieur Jones ? »

Lenny se réveilla. Oui, il se réveilla, il n'y a pas d'autre mot pour ça. Il avait fait un petit rêve, il avait rêvé qu'il était quelqu'un d'autre. Le genre de type qui se fait tuer pour quelque chose, contre quelque chose. Le bon mec qui triomphe toujours à la fin. Un héros, quoi. On commence par trimbaler une photo dans sa poche, et puis on finit par se faire du cinéma. La photo de Coop, il allait la balancer dans la poubelle. La fille, il allait la laisser tomber avec tout le reste, il n'allait tout de même pas sacrifier ses principes pour une pépée. Elle était dangereuse, mine de rien. Capable de foutre son stoïcisme en l'air, et après, ce sera « ne demandez pas ce que votre pays peut faire pour vous, demandez ce que vous pouvez faire pour votre pays ». Il avait failli se laisser avoir. Il se mit à rire.

« T'as entendu parler du " rêve américain ", Angie ? L'honnêteté, le bon gagne toujours à la fin, tu aimeras ton prochain ? Des trucs... comment, déjà ? Des trucs anticonformistes. Tu connais sûrement, Angie. Tu as dû voir ça au cinéma, en technicolor.

— C'est oui ou c'est non, Lenny ? On te force pas. Tu veux crever, tu es libre.

— Je t'explique, c'est tout. Je faisais un petit rêve, quand vous êtes arrivés. J'étais ailleurs.

— Maintenant, ça va mieux. Tu es réveillé ?

— Je suis réveillé, Angie. C'est quand même marrant, des trucs que vous avez vus au cinéma, quand vous étiez môme, on a du mal à s'en débarrasser. »

IX

Le Chapeau rouge était le meilleur restaurant de la ville, et tous les habitués de 1928 y étaient encore. Il suffisait d'entrer pour sentir que les « mousquetaires » allaient conserver la coupe Davis à la France et que les Van Dongen sur les murs étaient de la bonne époque, celle qui ne craignait rien de l'inflation, des dévaluations et des guerres. Une atmosphère de sécurité extraordinaire, avec juste ce qu'il faut de nervosité en Allemagne et dans les Balkans, pour vous rappeler qu'on était quand même vivants. Le soleil ne se couchait jamais sur l'empire britannique, l'auteur le plus lu s'appelait Pittigrilli, dans *Cocaïne,* il racontait l'histoire de la veuve inconsolable, mais distraite, qui gardait sur son secrétaire l'urne avec les cendres de son amant et séchait l'encre d'une lettre au nouvel amour de sa vie avec les cendres du premier. Aujourd'hui, on racontait l'histoire autrement : la femme ramenait les cendres chez elle, les mettait dans un sablier et disait : « Et maintenant, travaille, salaud. » L'histoire s'était empoujadisée. *Fräulein Else,* de Schnitzler, se suicidait parce qu'elle s'était montrée toute nue devant des banquiers, pour sauver son père de la ruine. Aujourd'hui, elle aurait simplement couché avec eux sans se déshabiller. La tuberculose n'était pas encore une maladie de la sous-alimentation mais une langueur d'âme. On soignait déjà la syphilis, mis on ne la guérissait pas encore ; aujourd'hui, on la guérissait, mais personne ne la soignait, les statistiques étaient effrayantes. La démographie n'existait pas, les Noirs américains étaient seulement d'excellents musiciens de jazz, ils étaient gais, heureux et sans soucis, et vous disaient : « *Yeah, boss.* » Berlin était une ville tellement décadente qu'un homme et une femme pouvaient faire l'amour sans savoir s'ils faisaient ça avec un homme ou avec une femme. On était quelque part entre *Le Cabinet du docteur Caligari* et *Le Testament du docteur Mabuse,* mais on croyait que c'était seulement du cinéma. On servait de merveilleux *zakouski* à Auschwitz, au *Bristol.* On disait encore aux enfants que la masturbation rendait fou ou tuait, ils se masturbaient quand même, mais leur plaisir était gâché. De Gaulle lisait Maurras et préparait le *Blitzkrieg* des généraux allemands contre la France. Les princes Mdivani épousaient les plus grandes fortunes des États-Unis. Picasso était encore une horreur. Le guide Michelin recommandait un merveilleux petit bistrot deux étoiles à Oradour, à côté de l'église. La guerre d'Espagne n'enflammait pas encore les imaginations par ses paysages merveilleux et son atmosphère de fiesta tragique, il manquait au monde un poète fusillé, Garcia Lorca, qui était encore vivant. On disait de la jeunesse anglaise dorée de la future bataille d'Angleterre qu'elle était complètement pourrie. Le peuple n'était pas encore quelque chose au point à l'usage de l'intelligentsia bourgeoise. Maurice Dekobra venait en tête avec *La Madone des sleepings,* talonné par Pierre Frondaie dans son Hispano. C'était encore tout cela, *Le Chapeau rouge,* et Jess, qui préparait son P.H.D. sur l'avant-guerre, avait l'impression chaque fois qu'elle y venait de rencontrer enfin des fantômes qui ne cédaient pas un pouce du terrain à la réalité et tenaient bon, en changeant simplement de couturier. Les manteaux de vison parlaient d'hystérectomie et de calories et avaient des visages embaumés, sans rides, sous des arcs-en-ciel signés Helena Rubinstein et Elizabeth Arden. Des marché-communards, des banquiers suisses, des diplomates américains et il y avait là quelques-unes des meilleures call-girls de Genève et de Milan. La carte avait un mètre de haut sur soixante centimètres de large, pour éviter aux dames de passer aux aveux, en mettant des lunettes. Les prix étaient exorbitants, mais n'étaient pas marqués, les plats du jour étaient calligraphiés par le célèbre Anselme, la plus belle main d'Europe. Les diplomates des démocraties populaires ne venaient jamais ici, cela devait les démoraliser complètement de voir ce qu'il leur restait encore à accomplir chez eux. Elle salua les quelques têtes inévitables qui étaient toujours partout, glissa très vite, pour éviter le blablabla d'usage, tenant élégamment son sac à main au poignet, furieuse de sentir que son tailleur Chanel avait deux ans, guidée par le maître d'hôtel italien dont on disait qu'il avait été maître d'hôtel chez Mussolini, ou Mussolini chez lui, enfin, cela n'avait plus qu'un intérêt purement historique.

« Comment allez-vous, mademoiselle Donahue ? On ne vous voit plus souvent.

— Nous sommes complètement fauchés, Alberto. Vous devriez le savoir. »

C'était très chic de dire cela dans un endroit pareil : il fallait pouvoir se le permettre. Le vrai standing. Le maître d'hôtel sourit poliment. Maintenant, il était obligé de répondre, sans cela, il aurait l'air de croire que c'était vrai. D'ailleurs, il savait que c'était vrai. Mais Alberto, cette fois, l'étonna. Il promena sur l'assistance un regard cardiaque où se lisaient toutes les lois de la pesanteur terrestre.

« Mademoiselle Donahue, toutes les personnes ici sont littéralement écrasées de dettes... Elles sont infiniment plus grandes que les vôtres. Et vous savez, mademoiselle Donahue... »

Il lui sourit.

« Je crains qu'ils ne soient tous obligés de payer. Vous vous souvenez du petit Tapus Khan, mademoiselle Donahue ? Des palais de Mille et Une Nuits, une fortune de plusieurs milliards... Eh bien, il a tout remboursé, le pauvre. On n'a même pas pu identifier son corps. Par ici, mademoiselle Donahue. »

Son père se levait pour l'accueillir, de loin le plus bel homme, ici. Il l'était toujours partout.

« Je me demandais si tu avais trouvé mon message.

— Quoi de neuf ? »

Il plia soigneusement le *Journal de Genève* et ôta ses lunettes.

« Rien que de bonnes choses, ma chérie. Suzanne Lenglen a gagné la finale de Wimbledon et Briand a fait un très beau discours à la Société des Nations.

— On peut dire tout ce qu'on voudra de Mussolini, mais le peuple l'adore, tout simplement, et le peuple, il n'y a que ça qui compte.

— En tout cas, le militarisme allemand ne se relèvera jamais.

— Édouard Herriot a raison. La vraie menace, pour la paix, c'est l'isolationnisme américain. Cette façon que les U.S.A. ont de refuser résolument de se mêler des affaires du monde est de l'égoïsme pur et simple. Cela rend le monde entier antiaméricain.

— Trotsky est le maître absolu à Moscou. Toutes les ambassades sont d'accord là-dessus. Staline n'a aucune chance. C'est dommage. Trotsky est un intellectuel dangereux, Staline, un paysan géorgien prudent et madré. Avec lui, au moins, ce serait le bon sens... Et à part ça ?

— On m'a offert une situation. »

C'était tellement énorme, qu'ils se mirent à rire tous les deux. A une table voisine, l'ancien ambassadeur du Brésil de Getulio Vargas disait à ce Roumain éternel de Genève qui n'était du reste jamais le même, mais que l'on reconnaissait partout :

« Mais non, mon cher, vous ne réussirez jamais à me faire changer d'avis. L'Allemagne n'était pas prête en 1938. J'avais là-dessus des informations de première main et je les avais communiquées à mon gouvernement. »

Il y eut un grésillement, suivi d'une bouffée de liqueur sucrée : Alberto faisait son numéro de crêpes Suzette.

« Quel genre de situation ?

— ... J'ai accepté.

— N'est-ce pas un peu... téméraire ? Je veux dire, tu es à peine remis. Quel genre de situation ?

— Import-export, évidemment. C'est toujours import-export. De l'initiative. Tous frais payés.

— Qu'est-ce que tu vas vendre, exactement ?

— Des légumes congelés. »

Elle le regarda avec incrédulité.

« Des légumes...

— ... congelés. Beaucoup d'endives. Des petits pois, évidemment. Des carottes aussi, je crois... Ah, oui, des salsifis.

— Des salsifis ? »

Il prit sa pochette et s'essuya le front.

« Je suis un peu intimidé, pour parler franchement. Je n'ai encore jamais eu affaire à des légumes congelés. Je sais faire une salade d'endives, évidemment. J'ai même une très bonne recette. Ce qui me préoccupe, c'est le dégel. Qu'est-ce que je fais, à ton avis ? Je sors de la boîte et je mets au four, ou quoi ? »

Elle n'avait pas envie de rire.

« Tu vas refuser, bien sûr. »

Les yeux sombres perdirent leur lueur d'humour.

« Pas question, Jess. Je vais faire face à la réalité, même si elle prend la forme de légumes congelés. Et tu pourras finir tes études ici.

— Tu vas refuser. »

Il parut troublé. Peut-être avait-elle mis trop de

dureté dans sa voix. Elle avait la même voix que sa mère.

« Je te demande pardon.

— Jessie, tu deviens snob, ou quoi ? Je suis capable de faire un bon marchand de légumes. Enfin, dès que je me serai dégelé.

— Une firme suisse ?

— Très. Kasper et Benne. »

Elle se figea.

« Ils fabriquent du napalm. »

Il parut sincèrement étonné.

« Qu'est-ce que tu racontes ?

— Kasper et Benne fabriquent du napalm. C'est un brevet suisse. Nous l'utilisons au Vietnam. Tes légumes congelés, c'est du napalm.

— Jess, je peux t'assurer que le napalm que nous utilisons au Vietnam est purement américain. Cent pour cent américain. Tu peux dormir sur tes deux oreilles. »

Plus tard, beaucoup plus tard, elle devait se demander pourquoi il avait sorti ce nom de Kasper et Benne. Il avait dû citer le nom au hasard, pris de court par ses questions. Il était incapable de mentir honnêtement.

« Allan... »

Elle lui disait presque toujours « Allan », rarement « père ».

« ... Allan, qu'est-ce que c'est que cette histoire ?

— J'ai dû me tromper de nom. J'ai tant de propositions... Attends... »

Il fouillait dans sa poche.

« Ils m'ont donné une carte. Voilà. »

Karl Bluche, et un numéro de téléphone.

« C'est leur directeur, ici.

— Trafic d'armes, ou quoi ?

— Absolument pas. Des légumes congelés. Complètement congelés. Ne peuvent pas exploser.

— De toute façon, il faut refuser. Ce n'est pas digne de toi. Oh, oui, je sais, je sais, le snobisme... Je ne veux pas que tu finisses dans les petits pois. Tu as le temps, cherche autre chose... J'ai trouvé du travail, moi aussi. »

Il leva les sourcils.

« A moi de jouer. Quel genre de travail ? »

Contrebande d'or et de devises de France en Suisse. Ils ont en France quelque chose qui s'appelle le contrôle des changes, et la fuite des capitaux. Les capitaux sont très cartésiens. Je pense, donc je fuis.

Elle haussa les épaules, jouant avec une grappe de raisin.

« Import-export, bien entendu. Beckendorff m'a recommandée. C'est très bien payé. Mi-temps. Est-ce que nous devons renvoyer les plaques CC au Protocole immédiatement ?

— Non, pas avant la notification officielle. Cela va prendre des semaines ! »

Cinq, dix voyages, pensa-t-elle, autant de voyages qu'ils voudront bien payer. Assez de rébellion pieuse et inarticulée. Un peu de conformisme. Jouons le jeu à leur façon, leur jeu. Nous n'avons que quelques jours pour payer nos dettes et je n'ai pas le temps de changer le monde. D'ailleurs, le monde ne m'emplit d'indignation que parce que l'indignation me permet d'en faire partie sans me sentir compromise. Lorsqu'on se sent totalement incapable de vivre dans une autre société que celle-là, parce qu'elle a créé tous vos besoins qu'elle est ainsi la seule à pouvoir satisfaire, il faudrait d'abord savoir renoncer à soi-même, ce qui ne semble pas être mon cas. *L'Express* et *Elle, Le Nouvel Observateur,* la société de consommation et la décoration intérieure, le plus haut niveau de vie et de confort matériel et on va se faire blanchir à La Havane. La contestation considérée comme un des beaux-arts. Il y a des idées qui se font des idées. Regardons les choses en face. Je suis une petite bourgeoise américaine avec forte tendance au matriarcat et totalement incapable de s'arroser d'essence et de se brûler sur une place publique, comme deux étudiants américains viennent de le faire, et qui penserait d'abord à la robe qu'elle devrait mettre pour s'immoler. A vingt ans, ce n'est peut-être pas très grave, mais au moins faudrait-il essayer d'y voir clair, et de cesser les simagrées. Je ne suis même pas sûre d'être vraiment amoureuse de ce type-là : j'ai peut-être tout simplement couché avec lui, et mon puritanisme américain se cherche des excuses. Et pis que ça. Un pauvre type que j'essaye d'utiliser pour tirer d'affaire Allan et Jess Donahue, un couple de faillis, père et fille. Absolument charmant. En tout cas, je ne vais pas pleurer, zut. Pas ici. Ça fait mal habillé. D'ailleurs, faire son autocritique au *Chapeau rouge*, c'est tout à fait moi. Il y en a assez, de moi, il y en a même trop.

Il lui avait pris la main.

« Oh, Allan, Allan, que faire quand tous les *vrais* problèmes sont ceux des autres ?

— Ma réponse n'est que trop connue, petite fille. Je sors d'une cure de désintoxication.

— Est-ce que cela existe, la tragédie de la futilité ?

— L'autre jour, tu as dit : Tchekhov...

— ... Complètement piégés, pris dans un système, et totalement incapables d'exister hors de ce qui, justement, vous révolte... Tu ne vas tout de même pas me dire qu'il y a un *destin* social ? Alors, quoi ? Abus d'information, drame de l'informatique ? Tout de même, lorsqu'on fait du monde entier un chagrin intime, cela finit par ressembler à une fausse grossesse... Y a-t-il quelque chose de plus humiliant que de commencer à soupçonner que le Vietnam et la condition des Noirs, la bombe et les horreurs, vous y pensez tellement *pour vous changer les idées ?* Miss Blandish et ses orchidées. Allan, il y a des harakiris qui se perdent. »

Elle retira sa main. On les regardait. Il ne fallait pas oublier que l'on était en 1927-1928, ici, et que le complexe d'Œdipe n'était pas encore une valeur sûre, de père de famille. Tout le monde lui disait toujours, dans les cocktails : « Jess, vous êtes amoureuse de votre père, cela crève les yeux. » On le disait sur un ton léger, ce ton mis à la mode, jadis, par Noel Coward, et dont le but était de réduire la réalité ennemie à la futilité. La grande différence entre les Américains et les Anglais, c'est que, pour les Américains, leur sentiment de futilité personnel est une source d'angoisse, et pour les Anglais, une source de confort intellectuel. Mais cela ne servait à rien. Le très bel homme aux cheveux grisonnants et aux yeux sombres et rieurs qui la regardait sentait bien qu'elle était en train de se parler pour ne rien lui dire.

« Qu'est-ce qu'il y a, Jess ? Qu'est-ce qu'il y a *vraiment* ?

— Rien. La futilité. J'ai couché avec un type. »

Il posa son couteau et sa fourchette. Le monde venait de sauter, quoi.

« Qui est-ce ?

— Un skieur en été. *Ski bum.*

— Oh. Un de ceux-là ?

— Oui. Un de ceux-là. Américain. Beau comme un dieu, pour rester dans la banalité. Un clochard. Je n'y suis pour rien. Ça s'est trouvé comme ça.

— On ne choisit pas, bien sûr.

— Non. On ne choisit pas.

— Et tu le connais... depuis longtemps ?

— Vingt-quatre heures. Ne fais pas cette tête-là. Il y a toujours un moment où cela ne dure que depuis vingt-quatre heures, après tout.

— De la famille ?

— Je ne sais pas. Je ne sais absolument rien.

— Tu aurais dû quand même lui demander son nom.

— Écoute, vraiment... Lenny.

— Lenny. Lenny quoi ? »

Elle secoua la tête.

« Eh bien, ça a l'air sérieux.
— Je t'en prie.
— Je ne plaisante pas, Jess. Si tu n'as même pas songé à lui demander son nom, c'est que cela a dû être quelque chose d'assez bouleversant. »
Il n'y avait aucune raison de pleurer, vraiment aucune, toutes les vraies raisons étaient chez les autres, il y n'avait qu'à écouter la radio. Elle essaya de lui sourire, le nez dans son mouchoir.
« J'espère que ce n'est pas fini entre nous.
— Au contraire, je ne regrette qu'une chose, Jessie... »
Il se pencha et baisa sa main.
« Quoi ?
— Je regrette de ne pas t'avoir rencontrée avant lui. C'est tout. »
Elle fut soulevée par un tel élan d'amour, de tendresse, qu'elle se surprit brusquement à penser à Lenny avec rancune, comme à un gêneur.
« Tu devrais peut-être me présenter ce garçon, Jess.
— La Mongolie extérieure.
— Pardon ?
— Si je lui parle de le présenter à mon père, il est capable de filer en Mongolie extérieure. Il croit que ça existe.
— La Mongolie extérieure ? Mais nous y sommes. C'est ici. »
L'orchestre jouait *Ich küsse Ihre Hand, Madame.* Quelqu'un parlait du roi Carol et de Mme Lupescu, sous une photo du roi Zog d'Albanie, à l'entrée de la Société des Nations, accueilli par Titulesco. Le Roumain intemporel disait que le meilleur restaurant de Paris, cela n'existait plus, et il y avait quelque chose d'éternel et de rassurant dans le grésillement des crêpes Suzette.
« Allan, qu'est-ce que c'est que ce petit aventurier allemand dont on parle beaucoup, en ce moment ?
— Adolf Hitler. C'est du plus haut comique. Un

fond de tiroir que les industriels allemands ont sorti pour faire peur aux agitateurs communistes. On n'en parlera plus dans six mois. Toutes les ambassades sont d'accord là-dessus.

— En tout cas, Aristide Briand a raison. Les armes de destruction modernes ont rendu la guerre impossible.

— D'ailleurs, le peuple refuserait de marcher.

— Il faut reconnaître aussi que les écrivains ont joué là un rôle décisif. *Le Feu, A l'Ouest rien de nouveau, Quatre de l'infanterie* ont démythifié la guerre une fois pour toutes. La littérature a accompli là une tâche historique immense. »

Sur le livre d'or du *Chapeau rouge*, cette vieille rosse, la marquise de Swansea avait écrit : « Nous reviendrons souvent. C'est merveilleux de pouvoir constater qu'il n'y a pas que des guerres et des famines dans le monde. »

X

On voyait par le hublot les mouettes qui s'agitaient dans la grisaille laiteuse d'un matin qui n'arrivait pas à se décider, je me lève, je me lève pas, et on entendait leurs cris aigres et bêtes, on croit toujours qu'elles en ont lourd sur le cœur, les mouettes, alors que ça ne veut rien dire du tout, c'est votre psychologie qui vous fait cet effet-là. On voit partout des trucs qui n'existent pas, c'est chez vous que ça se passe, on devient une espèce de ventriloque qui fait parler les choses, les mouettes, le ciel, le vent, tout, quoi. Vous entendez un âne gueuler, c'est un âne vachement heureux, comme seul un âne peut l'être, mais vous vous dites, bon Dieu qu'il est triste, ça vous fend le cœur, le cri des ânes, mais c'est seulement parce que le vrai âne, c'est vous. Maintenant, vous vous mettez dans les mouettes. Tout ce que ça veut dire, leurs cris déchirants, c'est qu'il y a une bouche d'égout quelque part, elles se passent la bonne nouvelle. Des illusions d'optique, tout ça. Enfin, pas d'optique, vous voyez ce que je veux dire. Vous montez au sommet du Scheidegg, la nuit, et vous regardez les étoiles et vous vous sentez bien, tout près de quelque chose ou de quelqu'un, mais les étoiles, elles sont même pas là, rien que des cartes postales qui vous arrivent de nulle part, la lumière les a plaquées il y a des millions d'années, grâce aux progrès de la science. Vous vous émerveillez, debout sur vos skis, appuyé sur vos bâtons, mais il y a rien, là-haut, c'est encore chez vous que ça se passe. La science, c'est un drôle de pistolet. Ça se charge de tout. Pan, pan! Il reste plus rien. Alors, vous faites le ventriloque. Vous faites tout parler, le silence, le ciel, les mouettes.

Il était allongé sur la couchette, les bras croisés derrière la nuque. La couchette était très étroite, il n'y avait pas de place pour deux, on était vraiment bien. La môme était tout contre lui. C'était une bonne couchette. La môme était complètement nue et complètement nulle part, là où on est bien, enfin arrivés, comme toujours lorqu'on a vraiment fait l'amour. Ils étaient tellement serrés l'un contre l'autre qu'on savait plus qui était qui. On était deux, quoi, chacun était deux, je veux dire, ses seins à elle, c'est vous, et votre ventre, c'est elle. Chacun était à la place de l'autre. Il y avait un bon moment déjà qu'elle disait rien, c'était une môme qui savait vous parler. Il est vachement difficile de rester longtemps ensemble sans se parler, il faut vraiment avoir quelque chose à se dire. Les choses alors se disent toutes seules, elles ont pas besoin de vous. Quand on s'envoie des mots à la figure, c'est comme pour les mouettes, tout ce que ça veut dire, c'est qu'il y a une bouche d'égout quelque part, merci du renseignement. C'était la première fois qu'une môme lui parlait si bien sans rien dire, il comprenait tout. Il caressait ses cheveux, doucement, pour lui faire sentir qu'il avait entendu, qu'il comprenait. Ses cheveux étaient, enfin, c'est pas croyable, quelque chose comme dans la nature, pas sur une tête humaine.

Elle se serra contre lui encore davantage, la joue contre son épaule, un geste qui vous donne envie de tout plaquer, tout le reste, je veux dire, on pouvait pas trouver mieux. Je m'en souviendrai, Jess. Même en hiver, avec la vraie neige partout, je m'en souviendrai. Dommage qu'on se soit pas rencontrés ailleurs, toi et moi. Tout à fait ailleurs, tu vois ce que je veux dire ? Où cela pourrait être différent. Pas comme ici.

« C'est déchirant, les mouettes, dit-elle.

— Quand j'étais gosse, j'avais un âne qui gueulait comme ça. Qui gueulait triste, je veux dire. Finalement, j'ai compris que c'était moi qui gueulais triste, pas lui.

— Tu aimes les bêtes ?

— Aimer, c'est beaucoup dire. Mais ça fait bien semblant, les bêtes.

— Comment, ça fait bien semblant ?

— Comme si c'était vous, et pas un autre. Les chiens surtout, ils vous font croire que c'est pour la vie. Mais pas les chats. J'avais une fois un matou, une vraie peau de vache. Chaque fois qu'on essayait de le caresser, il vous envoyait un coup de griffe. Il aimait pas qu'on vienne trop près.

— Il s'appelait pas Lenny, ton chat ?

— J'ai jamais pu savoir comment il s'appelait. Pourtant, je l'ai eu quand il tenait même pas debout. J'ai essayé Charlie et Peter et Budd, mais il était jamais d'accord. Il hissait le pavillon, la queue raide, et foutait le camp. Tu connais jamais les vrais noms des chats. Ils se défendent drôlement.

— Lenny ?

— Oui ?

— Qui est-ce qui t'a fait ça ?

— Quoi ? Comment ? Je comprends pas ce que tu veux dire.

— Il y a toute une partie de toi qui a été tuée. »

Merde. Et on était si bien ensemble.

« Personne ne m'a rien fait, Jess. Je les laisse jamais venir assez près pour ça. Et je reste pas assez longtemps au même endroit. Sauf s'il y a personne.

— Je vois.

— Je connais un type, à Zermatt, qui dit : " C'est pas au point, tout ça. Il faut changer le monde. Il faut qu'on se mette tous ensemble et qu'on change le monde. " Mais si on pouvait se mettre tous ensemble, le monde, on aurait plus besoin de le changer. Il serait déjà complètement différent. Seul, tu peux faire quelque chose. Tu peux changer ton monde à toi, tu peux pas changer celui des autres. »

Il y avait, derrière tout cela, une frontière perdue. Allumer un feu, seller son cheval, abattre son gibier, bâtir sa maison. Il n'y avait plus rien à décider. Toutes les décisions étaient déjà prises. On était toujours chez les autres. On prenait place, on entrait en circulation. Votre vie n'était plus qu'un jeton, vous étiez un jeton qui s'insérait dans le distributeur automatique. Insérez une pièce. *Insert one.*

Et il était si beau. Des traits fins, des cheveux lumineux, un menton solide et des yeux vert sombre sous des cils longs qui les faisaient ressembler à des étangs secrets. Et lorsqu'il souriait, c'était comme si son fameux chat venait soudain vous dire son vrai nom.

« Il faudrait quelque chose plus loin, tu vois. Comme dans la montagne. Tu regardes au-delà, tu vois autre chose. Ici, tu regardes au-delà, il y a rien. C'est toujours le même monde, même quand il dit qu'il est différent.

— Il n'y a pas d'ailleurs.

— C'est ça, il y a pas d'ailleurs... »

Il hésita.

« Non, il y a tout de même un gars qui a réussi. Charlie Parker. Un jour, il s'est dit, je vais bâtir un monde différent, et il a pris sa trompette et il s'est mis à jouer. »

Elle se retenait, essayait de ne pas caresser ses cheveux. Maternelle. Elle avait des tendances au matriarcat, elle le savait bien.

« Lenny, tu as de la famille ?

— Non, merci.

— Personne personne ?

— Je peux pas dire ça. Je suis sûr que si je mettais

un détective là-dessus, il finirait bien par trouver ma mère quelque part. Mon père s'est fait tuer dans un de ces pays qui existent même pas. Je veux dire, ils commencent à exister seulement quand on se fait tuer là-bas. La géographie. Mon père s'est fait tuer pour de la géographie. »

Il se mit à rire.

« Prends le Vietnam. Avant, on savait même pas qu'il était là. Maintenant, l'Amérique en est pleine. Et la Corée ? Un beau jour, on reçoit un petit papier, votre père ou votre fils a été tué en Corée. On va voir sur la carte. En Amérique, c'est comme ça qu'on a appris la géographie. Avant, on en avait pas besoin. Quand ils commencent à te rabâcher une marque d'un certain pays à la télé, ça veut dire qu'il faut surtout pas acheter, et même que le moment est venu de filer de là. Mais mon père, lui, était dans l'armée. Il l'a cherché, quoi.

— Il a été tué au Vietnam ?

— Non, il a trouvé encore mieux que ça. Je te dis, ça n'existait même pas, avant. Chaos. Thaos. Quelque chose comme ça.

— Laos ?

— C'est ça, oui. Tu connais ?

— Non.

— Moi non plus, je connaissais pas. Maintenant, je connais. Laos, c'est ça. L'autre jour, j'essayais de me rappeler, j'y arrivais pas. Tu as un père, je crois.

— Oui.

— Et... ça va ?

— Ça va. »

Il se tut, regardant le plafond fixement.

« Il a sauté sur une mine. Tous ces pays sont minés. »

Elle le serra dans ses bras et il se raidit.

« Ce sera moitié moitié. Six mille dollars pour toi, six pour moi. Après, on s'en va chacun de son côté. Tu n'as pas à t'inquiéter. Je suis pas du genre qui s'accroche. Tu ne me verras plus.

— Je ne suis pas encore entièrement prête, Lenny.

— Pour le boulot ?

— Non. A ne plus te revoir. »

Il se mit à rire, silencieusement.

« Qu'est-ce qui te fait rire ?

— Je ne peux pas.

— Quoi ?

— Il y a un moment que j'ai envie de dire : Jess, je t'aime, mais je ne peux pas. J'aurais l'impression qu'ils sont tous là en train de mentir. C'est comme si on faisait des promesses aux électeurs.

— Surtout ne me dis pas " je t'aime ", Lenny.

— Il n'y a pas de danger. C'est un drôle de piège, le vocabulaire. C'est toujours quelqu'un d'autre qui parle, même quand c'est vous.

— Tu sais, il y a même une théorie qui soutient que nous ne pouvons pas dire que nous pensons nous-mêmes, il paraît que nous *sommes* pensés. »

Il fit « tss-tss ».

« Manquait plus que ça. Ils essayent toujours de vous récupérer. Je suis pensé, hein ? Heureusement que je me défends bien. Je réussis à ne pas penser du tout. Je ne me laisse pas avoir.

— Du nihilisme, Lenny.

— Qu'est-ce que c'est que ça, encore ? Non, ne me dis pas, je veux pas le savoir. J'ai aucune envie... comment, déjà ? *d'être pensé,* c'est ça. »

Il rejeta la tête en arrière, les yeux larges ouverts et immobiles.

« Perdu rêve américain bon état Dieu famille liberté individualisme. Rapporter contre récompense, si possible avec terres vierges de l'Ouest. Révolutionnaires s'abstenir.

— Qu'est-ce que tu racontes ?

— Rien. Je rédige une petite annonce pour le *Herald Tribune.* Je t'aime, Lenny.

— Moi aussi, je t'aime, Jess. J'ai jamais aimé une femme comme je t'aime, Jess.

— Ils sont là ? Tu sais, quand on dit, je t'aime, c'est comme s'ils étaient tous là, à mentir... Ils sont là ?

— Ils sont pas là. Il n'y a plus que toi et moi. Je t'aime.

— Mais tu vas me quitter.

— Qu'est-ce que tu veux qu'on fasse, Jess, quand on a vingt ans ? Qu'on reste ? Tu as déjà vu ça ? Même au cinéma, ils oseraient pas.

— On peut essayer. Il y a toujours une première fois. »

Elle pleurait maintenant. Pas beaucoup, mais assez pour rendre les voix des mouettes complètement désespérées, insupportables. Mais qu'est-ce que je peux encore faire, bon Dieu ? Je suis poli, non ? Je mens, je mens, mais non, c'est jamais assez, mais qu'est-ce qu'elles ont, toutes ? C'est même pas humain, à la fin. On a pas le droit de forcer un type à mentir encore et encore. Les records du monde, je m'en fous, moi. Je cours pas après les honneurs. J'ai dit je t'aime et je re-t'aime, est-ce qu'il faut en plus que je pende du plafond, la tête en bas ? Est-ce qu'elle s'imaginait par hasard qu'il ne savait pas ce que c'est l'amour, le vrai ? L'amour, le vrai, c'est d'abord tout le reste, voilà ce que c'est. Plutôt crever. Comme l'avait dit le grand Zyss dans son fameux *samouraï* ou *kamikaze*, ou enfin, vous savez, ces fameuses perles de connerie orientale : « Ne tombez jamais amoureux fou d'une femme, sauf si vous avez déjà une femme et des enfants. Alors là, allez-y, c'est même recommandé. Ça vous aidera à plaquer plus facilement votre femme et vos enfants. » Mais pour une fois, même le grand Zyss avec ses perles ne pouvait rien pour lui. Il la serrait dans ses bras de toutes ses forces, et il commençait à se dire que ce salaud d'Ange s'était foutu de lui, il l'avait pas assez payé, six mille dollars, c'est rien, pour ce qui lui arrivait, s'il était vraiment en train de tomber amoureux de cette fille, même un million, c'était pas assez, étant donné les emmerdements que ça allait lui causer. Il n'arrivait même plus à lui mentir convenablement. Il lui disait je t'aime Jess je t'aimerai toute ma vie je ne me vois pas vivant sans toi, et ça ne sortait pas comme des mensonges du tout, ça sortait vrai, complètement vrai. Et pourtant il lui sortit quelques-uns des plus sûrs mensonges de sa vie, qui avaient fait leurs preuves, et même lorsqu'il lui dit : « Jess ma chérie je n'aurais jamais cru que c'était possible d'être aussi heureux », un mensonge absolument infaillible, eh bien, ça ratait, il croyait lui-même ce qu'il disait, ça sortait vrai, complètement vrai, il n'avait plus ses moyens. Et même les cris des mouettes se mettaient à sonner vrai. Déchirants. Désespérés. On n'avait même plus l'impression qu'elles criaient, ces mouettes, mais que c'était lui qui criait en elles. La psychologie. Un vrai Madagascar, quoi.

XI

Le Bouton rouge était le quartier général de la Lutte contre les armes thermonucléaires à Genève et le meilleur espresso-snack du canton. C'était aussi une discothèque et une librairie, avec un coin réservé au Vietnam et à la discrimination raciale aux États-Unis. Il venait même de recevoir le prix du meilleur pot, décerné par la *Revue politique* de Vaud. L'établissement avait quelque chose comme cinquante mètres carrés, ce qui vous permettait vraiment de vous serrer les coudes. Il y avait un télex dans un coin, à côté du *juke-box*, les nouvelles du monde arrivaient chaque seconde, vous pouviez prendre les décisions nécessaires et agir. C'était ouvert jour et nuit, comme la S.P.A., et on pouvait y entrer à n'importe quelle heure pour signer le dernier manifeste, avant d'aller se coucher. C'était organisé un peu comme les Alcooliques anonymes, vous étiez sûr d'y trouver une aide morale et d'oublier un peu vos petits problèmes personnels en vous plongeant dans une atmosphère de désastre à l'échelle mondiale et même cosmique d'une telle ampleur que vos ennuis personnels étaient obligés de céder du terrain et vous vous sentiez mieux. Vous écoutiez les dernières nouvelles — tueries et horreurs sans nom — et vous pensiez moins à vous-même, cela vous remontait le moral, en quelque sorte. Il régnait au *Bouton rouge* une telle ambiance de catastrophe, de conflit armé et d'inondations au Brésil que vous étiez immédiatement débarrassé de tous vos soucis personnels. On sortait de là soulagé.

Puccini-Rossi, le patron, était un ancien des Brigades internationales, et sa tête profondément triste et auréolée d'échec mettait dans l'atmosphère exactement la note qu'il fallait : elle vous rappelait les erreurs, les faiblesses, les velléités et les capitulations de la génération de papa. Un jour, peut-être plus tôt qu'on n'osait le croire, tous ces jeunes poings serrés qu'elle voyait autour d'elle cesseraient de proclamer surtout l'impuissance des poings. C'était une époque de transition, où l'humour noir de Bruce ou de Mort Sahl piétinait sauvagement le terrain pour le tasser et le préparer aux marches futures, le ricanement faisait le pont entre l'idéalisme et l'action. Au bar, Alain Rossay, qui se disait « correcteur d'affiches », montrait sa dernière création : sur une affiche secouriste qui vous invitait à pratiquer le bouche à bouche, il avait remplacé les mots « apprenez le geste qui sauve », par « apprenez le geste qui tue ». On disait des jeunes « ils gesticulent, c'est tout », mais la gesticulation peut être aussi une façon de se faire des muscles. Les jumeaux Gennaro, de Boston, qui étaient dans sa classe de sociologie, écoutaient Karl Böhm, qui faisait la liaison avec les étudiants S.P. de Berlin-ouest ; son visage rose et doux au-dessus d'une barbe dorée et sauvage, paraissait s'être trompé de cadre.

« A partir du moment où vous vous mettez à dire : quel communisme ? vous entrez dans la manipulation. Dire qu'il y a plusieurs formes de société marxiste, c'est dire que Marx ne savait pas pour quoi il travaillait, et que le marxisme n'est pas une science rigoureuse. Je suis contre le révisionnisme parce que je suis contre la manipulation. »

« ... Préfasciste », disait quelqu'un, à une table cachée derrière un groupe d'étudiants penchés sur le télex. Le juke-box jouait un morceau de Dave Bruebeck. C'est le saxophone qui fait vraiment le poids, pensait Jess. Supprimez Paul Desmond et vous avez supprimé Dave Bruebeck. L'un des murs était entièrement recouvert d'une très belle photographie du champignon atomique.

« ... Moi je vous dis que les étudiants français sont des paralytiques. Rien dans le ventre. Inutile de compter sur eux. Si vous croyez que ça va bouger dans les universités françaises... Complètement empapaoutés. Il n'y a rien à en espérer. »

« ... Désacraliser le prolétariat, oui. Ils sont en train d'en faire un corps mystique. Ça pue l'encens. Et si on lui rendait ses belles joues roses et toutes ses *vraies* dents ? Lorsque Fajon ou Waldeck-Rochet parlent du peuple, ça ne sent plus la sueur, ça sent l'agneau pascal. Dégueulasse. C'est ainsi qu'on parle de nos chers disparus. Vous avez déjà entendu les femmes du peuple mouiller en parlant du peuple ? Vous avez les femmes du monde qui parlent du « peuple » comme de leur amour mystique. C'est à vomir. Une époque où l'on peut encore oser dire " je suis un fils du peuple ", avec de la fierté dans la voix, c'est une époque Bourbon-Parme. Toutes des dames patronnesses, ces putes-là. D'abord, il faudrait interdire aux comédiennes de parler à la télé. Quand elles parlent du " peuple ", c'est pour se faire une beauté. Salut, Jess, ça va ?

— Salut. Chaque fois que je viens ici, j'ai l'impression de tomber en plein *Été 1914* de Roger Martin du Gard, 1914 en moins ou 1963 en plus, je ne sais pas.

— Tu as vu le journal ? Il paraît que ce qui manque aux jeunes, c'est une guerre. Lisez : on voudrait bien être débarrassés de vous. »

« ... Préfasciste. »

« ... On peut être décadent sans que cela veuille dire quelque chose. Qu'est-ce qu'il y a de plus décadent que la bourgeoisie de Labiche et de Feydeau, il y a un siècle ? Mais depuis, la bourgeoisie, ça va, merci, et vous-même ? »

Il y avait une atmosphère d'excitation dans le coin où Paul pérorait, les lunettes sur le front. A ses côtés, coincé le dos contre le mur, un dominicain, le Révérend Père Bourre, au R.P., plus simplement, faisait ce que tous les dominicains font dans les endroits où Dieu n'est pas admis, c'est-à-dire qu'il faisait le dominicain. Il fumait une énorme pipe de bruyère, les bras croisés sur la poitrine, solide comme un cochon et donnant une telle impression de bien-être physique et spirituel que c'en était écœurant.

« Je ne crois absolument pas qu'ils élisent Montini, disait-il. Le monde n'est pas prêt pour un pape maigre. Bonjour, mademoiselle Donahue. »

Ils se serrèrent pour lui faire de la place.

« Qu'est-ce qu'il y a, Paul ? Tu as l'air transfiguré.

— Comment, tu n'as pas entendu ? C'était à la radio ce matin.

— Le Vietnam ?

— Non, les écrevisses. Ils viennent de découvrir que chez les écrevisses la jouissance sexuelle dure vingt-quatre heures. Sans arrêt. C'est la plus grande découverte scientifique depuis Einstein. Enfin, la vraie révolution. Voilà qui est encourageant.

— Qu'est-ce que tu vois d'encourageant là-dedans ?

— Eh bien, on ne va pas laisser ça aux écrevisses, évidemment. Vingt-quatre heures sur vingt-quatre, ça, ce sera une civilisation !

— On n... nous a déjà f... fait tant de promesses ! dit Jean.

— Et ça ne marchera pas aux États-Unis, dit Chuck. Pas avec un président catholique.

— Vous connaissez mal Kennedy, dit Jess.

— Il faut prendre ça aux écrevisses, dit Paul. C'est une question de crédits. Il faut encourager les jeunes savants. Il faut que la Commission des Droits de l'Homme s'en saisisse immédiatement.

— Si vous mettez les Nations Unies dans le coup, tout ce que ça va donner, c'est un massacre d'écrevisses.

— Un *coitus ininterruptus* de vingt-quatre heures, ce sera la fin de la Suisse.

— Une chose aussi belle, aussi admirable, et c'est donné à qui ? A une conne d'écrevisse. Voilà, Dieu. Mon père, vous devriez avoir honte.

— Je suis sûre qu'il n'y a pas d'athées chez les écrevisses », dit Jess.

Le dominicain vidait paisiblement sa pipe dans le cendrier.

« Eh bien, mes enfants, dit-il, je suis ravi de constater que vous autres, jeunes, cherchez quelque chose de plus grand que vous-mêmes, quand ce ne seraient que des écrevisses. En ce qui me concerne, vingt-quatre heures, c'est peut-être assez pour elles et pour vous, mais ce n'est pas assez pour moi.

— Pas assez, hein ? dit le jumeau Gennaro. Évidemment. Il lui faut l'éternité. Vachement exigeants, ces sagouins.

— Mais je voudrais ajouter quelques mots... »

Il frotta ses mains rondelettes avec une satisfaction gourmande.

« Vilain, dit Jess. Vous ressemblez à un chat qui va manger quelques souris.

— Je voudrais vous parler des insecticides, dit le dominicain. Les nouveaux insecticides sont formidables. Il y avait pas mal de parasites, de vieilles vermines et de vers rongeurs à détruire. Ils réussissent ça très bien. Mais l'ennui, avec ces insecticides puissants, c'est qu'ils finissent par empoisonner la nature elle-même. Vous avez peut-être lu le livre de Rachel Carson, *Le Printemps silencieux* ? Elle a montré d'une manière définitive et effrayante comment, à force de vouloir purifier la nature, nous avons fini par l'atteindre dans son essence même, dans sa beauté, dans sa fécondité, dans ses chants multiples, dans son admirable foisonnement. Le résultat, c'est le printemps silencieux d'une nature privée de ses cigales et de ses oiseaux. Vos D.D.T. idéologiques ont fait exactement le même travail. Pour chaque mensonge odieux et chaque insecte nuisible qu'ils détruisaient, ils tuaient aussi une parcelle de vie, de vérité et de beauté ; ils prétendaient œuvrer pour le grand printemps, mais lorsque le printemps fut venu, on s'aperçut qu'il n'était plus que silence. C'est cela, votre cynisme : un puritanisme dévorant. Allez donc vivre en Hongrie. On vous y réduira au silence, ce qui vous donnera le sentiment merveilleux d'avoir quelque chose à dire.

— Est-ce que vous avez déjà couché avec une femme, R.P. ? demanda le jumeau.

— Bien sûr. Longtemps avant de devenir prêtre.

— Et quel effet cela vous a fait ?

— Ne sois pas idiot, dit Paul. Il est devenu prêtre. Voilà l'effet que cela lui a fait. »

Le Père Bourre souriait aimablement. Il avait un visage poupin, un nez en bouton, un dôme dénudé, avec un fer à cheval de cheveux autour, et des lunettes métalliques.

« Regarde-moi cet air content, apaisé, tranquille. Voilà ce que c'est, la foi. Brrr !

— Il doit le faire exprès, c'est pas possible, dit Jess.

— Qu... quoi ? Qu'est-ce qu'il fait exprès ?

— Il ne vous parle jamais de Saint-Exupéry, ni de Camus.

— I... il cache son jeu. C'est un faux jeton t... terrible.

— Bref, conclut le dominicain, je m'attends à un réveil religieux. Cela vous pend au nez, mes enfants. Eh bien, nous avons toujours de la place pour les novices dans notre monastère, là-haut, dans le Gral. On peut faire du ski. Nous avons même des frères skieurs. Vous y viendrez, mes petits toutous.

— On y viendra, promit Paul. Avec du plastic.

— J'ai un jeune ami, là-haut, un de ces « écrivains » américains qui comptent écrire un jour, un certain M. Bug Moran. Il m'a posé une question très intéressante. Une énigme. Cela vient d'une espèce d'am stram gram des gosses américains. Je vous pose la question, et excusez mon accent : *Who took the cookie from the cookie jar ?* Qui a pris le gâteau dans la boîte à gâteaux ?

— *Not I took the cookie from the cookie jar,* dit Jess.

— *Then who took the cookie from the cookie jar ?* dit le jumeau Gennaro.

— Je vois que vous connaissez la question, dit le dominicain. Vous êtes tous très brillants et très informés, alors vous trouverez peut-être la réponse. Je ne sais pas qui vous a fauché le gâteau. C'est peut-être la science, Freud, ou Marx ou la prospérité, ou peut-être l'avez-vous détruit à coups d'insecticides. Mais il vous manque terriblement, et vous êtes prêts à mettre n'importe quoi à la place. N'importe quel prêt-à-porter.

— Je s... sais, grogna Jean. N... nous sommes pré-f... fascistes. Ne me faites pas rigoler. »

Bourre se leva.

« Je ne fuis pas la bataille, dit-il, mais je pars demain skier dans l'Oberland bernois. Des pistes d'été. Trois mille mètres. Pratiquement pas d'oxygène. Vous vous y sentiriez chez vous. Bonne nuit, mes petits sans-gâteau. J'espère que vous arriverez à vos vingt-quatre heures d'orgasme, et serez enfin les égaux des écrevisses. *Ciao.* »

Il glissa majestueusement vers la porte, toutes voiles dehors.

« Déprimant, le salaud, dit Paul.

— Ce sera probablement le prochain truc, dit le jumeau. Quelque chose de vraiment nouveau. La religion. Le L.S.D., on s'en lasse.

— Le fascisme ne p... passera pas, dit Jean. L'embêtant, c'est que tout le reste risque d... de passer.

— Tous paumés, dit Chuck. Je suis content d'être

un Noir. Je suis chez moi. Vous, vous êtes toujours chez les autres. Vous êtes les bienvenus, d'ailleurs, mais ne nous faites pas chier avec *nos* problèmes. Et ne venez pas parler aux Noirs américains de communisme, parce que nous ne voulons pas être intégrés. Ni dans le prolétariat, ni dans rien. Et autre chose. Nous n'avons aucune intention de renverser le capitalisme américain, bien au contraire. Nous voulons nous faire *rembourser*. Nous avons des siècles de spoliation, d'exploitation, de travail et de sueur à nous faire rembourser, avec des intérêts, et nous n'avons aucune intention de partager cela avec le prolétariat blanc. Les Blancs sont parfaitement foutus de devenir communistes pour ne pas nous rembourser. La lutte des Noirs américains passe par le capitalisme noir et l'enrichissement des Noirs. Il n'y a pas, il ne saurait y avoir de prolétariat noir, parce que tout Noir est avant tout un possédant dépossédé, volé, spolié, exploité, et nous voulons qu'on nous rende notre bien, avec des intérêts. Le communisme est notre ennemi, parce qu'il se réclame de la société sans classe, de l'universalité, de la justice universelle, en sautant ainsi l'étape de la société noire, de la propriété noire, de la justice noire. Les Noirs ne feront pas votre révolution parce qu'elle est cousue de fil blanc. Il s'agit de nous utiliser. Pas question.

— Qui est-ce qui a d... dit que le fascisme ne passera pas ? Je veux dire, quel genre de f... fasciste a dit ça ?

— Il nous faut trouver de l'argent, et vite, disait Karl Böhm. Il ne s'agit pas de réussir à foutre le régime en l'air, mais de *crédibilité,* si je puis dire. Le monopole Springer, par exemple ; prouver que nous existons, en tant que force organisée, en obligeant par l'émeute Springer à se disloquer. Un seul cocktail Molotov revient à deux francs suisses.

— Qu'est-ce que vous avez à offrir, comme garantie ? demanda Paul. C'est la première chose que les banques suisses vont vous demander.

— Oh, très drôle. L'humour est une forme particulièrement hypocrite de la passivité. »

Elle resta là encore un moment, essayant de se perdre de vue, mais il fallait bien se rendre à l'évidence : il y a des moments où ni la révolte des Noirs américains ni le Vietnam ne peuvent rien pour vous et ne vous aident guère à vous débarrasser de vous-même. En dépit de tous les assauts idéologiques, le maudit petit Royaume du Je tient bon et ne vous permet pas de vous réfugier hors de ses limites dans le grand néant de la souffrance des autres. Même un cataclysme qui engloutirait la moitié de l'humanité laisserait encore votre Je intact et insupportable, avec son petit croissant et son café au lait. Et en même temps le Je était proscrit, défendu, nié. Il n'y avait plus un livre sérieux qui osât parler des sentiments autrement que comme de « sentimentalisme », les poèmes d'amour, ce n'était même plus pensable, ce serait un crime contre la poésie, contre l'« intellect » et la « souffrance du monde », on ne devait s'émouvoir qu'à l'échelle planétaire, les « masses » étaient devenues un culte de la dépersonnalité, les mots « cœur » et « âme », cela faisait demeuré ou Dame de chez Maxim, l'individu n'était autorisé que dans « sale individu », les hommes attachaient une telle importance à la virilité que les femmes n'étaient plus admises, la vie personnelle était considérée comme une espèce de masturbation, les femmes étaient devenues des êtres humains à part entière, c'est-à-dire déshumanisées, les rapports humains n'étaient plus que des frottements démographiques, tous les « vrais » problèmes se chiffraient par millions, à partir d'une classe, d'une race, d'une nation. Le cataclysme démographique faisait penser les naissances en termes de mort, le Moi était devenu une insulte au peuple et n'avait droit qu'à son autocritique, le « peuple » était devenu le seul prêt-à-porter qui ne se démodait pas, comme un tailleur de chez

Chanel, et que seul le peuple ne portait pas, et la plus grande force spirituelle après vingt révolutions continuait à être la Bêtise, avec cette différence qu'elle avait pris, elle aussi, comme tout le reste, des proportions à l'échelle cosmique. Briser la loi, n'importe quelle loi, était la seule protestation possible. Avouer que la seule chose qui comptait pour vous c'était cette espèce de chat sauvage aux yeux incroyables qu'il fallait empêcher de s'évader vers ses prairies de neige et ses Mongolies extérieures, c'était signer son décret de monstruosité aux yeux des nouveaux bien-pensants. Vous n'étiez plus qu'une absurde fleur séchée glissée entre les pages de *Das Kapital* ou de *Sept leçons de psychanalyse.* Ont-ils vraiment réussi à faire de nous ce printemps silencieux, dont parlait Bourre, un printemps de vingt ans, mais sans un chant d'amour, sans un battement de cœur, un génocide qui vous permet de vivre à condition d'être deux milliards ? Des générations de jeunes avaient lutté contre la notion de péché et ses miasmes de culpabilité, et voilà que les nouveaux bien-pensants vous infectaient à leur tour par les bondieuseries d'un nouveau sacré et veillaient jalousement sur votre conscience sociale et votre vertu. Et vous n'aviez même pas le droit de poser le problème : il n'était qu'un déchirement exquis de votre « conscience de classe ». Comment se déculpabiliser ? Comment « désacraliser » le monde, les classes, les races, le peuple, sans être aussitôt accusée d'égoïsme, de réaction, de fascisme ? Fallait-il faire comme Alain Rossay, qui avait lu dans la vitrine du Secours catholique la phrase pieuse : « N'oubliez pas que tout homme rassasié a un frère qui meurt de faim dans le monde », et qui l'avait aussitôt remplacée par : « Rappelez-vous que tout homme qui meurt de faim a un frère rassasié dans le monde » ? Fascisme, anarchie bourgeoise ou hygiène psychique ? Ce n'est ni Dieu ni le prolétariat qui sont en cause, c'est le sacré. Allons-nous trembler à nouveau, comme pendant mille ans, devant le blasphème ? N'y a-t-il plus d'autre « moi » toléré que celui du salaud intégral ? Le seul Je toléré était celui qui était comme les pissotières, d'utilité publique.

Elle les regarda.

« Comment peut-on devenir un salaud endurci à part entière, les gars ?

— Il faut bénéficier d'un milieu propice, dit le jumeau Gennaro. Un foyer heureux, l'affection de la famille, les parents qui ne divorcent pas, la sécurité psychologique, affective et matérielle assurée. Alors, on est sûr d'y arriver. Malheureusement, avec la dislocation de la famille, les jeunes ont du mal à devenir des brutes heureuses.

— Tu vas pas encore nous faire suer avec ta dioctomie, Jess ? dit Chuck. Tu crois peut-être que tu es la seule à vouloir sauver le monde pour qu'il aille enfin se faire foutre ? »

Elle tourna en rond dans le port, mais n'osa pas arrêter la Triumph pour le rejoindre, il fallait y aller doucement, peu à peu, ne pas l'effrayer. A la maison, elle trouva son père debout devant la fenêtre ouverte, au clair de lune, un manteau jeté sur ses épaules, en train d'écouter un rossignol. Les rossignols tenaient encore bon, bien que démodés, et son père était de cette génération-là, une époque où l'idéalisme et l'humanisme n'étaient pas encore considérés comme maladies professionnelles des intellectuels bourgeois. Tu n'as pas fini de juger ton père, espèce de garce ? Tu as une façon d'aimer qui conduit tout droit au matriarcat. Débarrasse-toi de ce noyau de douce féminité en toi, dur comme l'acier, ou tu vas finir avec un mari mort prématurément et un portefeuille d'actions majoritaires d'I.B.M.

« Salut. A quoi rêvent les jeunes pères ?

— Je médite.

— Quelque chose de précis, ou c'est purement existentiel ?

— Je médite sur la nature exacte de la réalité. Je viens de recevoir une lettre de ta mère. Elle offre de nous reprendre. Ou nous demande de la reprendre. Difficile de dire exactement... Une forte femme. »

Elle eut le souffle coupé.

« Pas possible, dit-elle enfin. Le marché des Cadillac a dû s'effondrer. Tu as regardé la Bourse ?

— Jess. Tu es un peu dure avec elle.

— Elle a été un peu dure avec nous. »

Il se mit à rire. C'était la première fois qu'elle l'entendait rire avec insouciance, et non parce qu'il avait des soucis. Elle oubliait toujours à quel point il était encore jeune et beau, avec à peine cette trace de grisaille qui accentue la profondeur sombre du regard. Le manteau noir jeté négligemment sur les épaules, le rossignol et le clair de lune paraissaient un peu prémédités, mais il avait à présent un concurrent, et ne négligeait rien. Un charmeur-né, et il aurait même pu faire un diplomate formidable, s'il n'y avait eu en lui que du charme, et rien de plus. Il a mon nez et mon menton, mais des yeux plus sombres. Comment peut-on aimer deux hommes à la fois ? On peut, apparemment. Si l'inceste était permis, cela nous éviterait bien des ennuis. Nous formons un beau couple. Deux affreux cosmopolites, ce que les Américains et les communistes détestent le plus au monde. Nous sommes délicieusement dépourvus d'un « chez nous ». Une forte dose de sang irlandais, comme tous les rossignols. Un luxe intérieur inouï. Pour le reste, un art parfait de tituber au bord des précipices, ce qui est la seule chose que nous ayons encore en commun avec la politique étrangère du Département d'État.

« Quelle décision, face aux pommiers en fleur ?

— L'humilité, Jess. J'ai décidé de devenir riche à puer. Oui, l'humilité. Qui suis-je, pour refuser de puer ? Il est temps de nous conformer, Jess.

— C'est vraiment sérieux, ce travail ?

— Ce n'est pas du travail, Jess. Ce sont des affaires.

L'argent, Jess. Nous n'avons encore jamais essayé ça. C'est un truc qui doit avoir quelque chose, un charme secret, une beauté intérieure, je ne sais pas, moi, j'ai décidé de voir ça de près. »

Elle s'assit et alluma une cigarette. Il ne manquait plus que ça. Allan Donahue dans la haute finance, cela voulait vraiment dire que le dollar était foutu.

« Laisse-moi faire, papa chéri. Moi aussi, j'ai trouvé quelque chose. Je suis plus jeune, je m'adapte plus facilement. »

Il n'écoutait même pas. Une joie presque enfantine, comme un gosse qui va faire une bonne blague.

« Il faut savoir capituler. Je deviens millionnaire, un point c'est tout. Villa sur la Riviera, des Picasso partout. Je laisse tomber le monde.

— Qui est l'employeur, exactement ?

— Les banques suisses. Elles cherchaient quelqu'un qui pourrait parcourir le monde en leur adressant des rapports politiques sur la situation dans chaque pays. La sécurité des investissements. Tous nos chefs de mission sont de ma génération, en ce moment. Des amis. Un homme de contact, en quelque sorte. Nous allons couvrir la terre de légumes congelés. De magnifiques usines... »

Il paraissait un peu gêné. Elle pensait à la quantité d'alcool qu'il fallait absorber dans ce genre de travail. Un entretien amical avec un ambassadeur, cela voulait dire d'abord deux Martini. Elle se taisait.

« Oui, je sais, dit-il. Mais fais-moi confiance, Jess.

— J'ai quelque chose en vue, moi aussi. »

Dix voyages avec les plaques CC, cela signifiait soixante mille dollars. Après, il faudra probablement courir à Téhéran voir comment il s'en tire dans sa clinique.

Le rossignol s'époumonait au clair de lune. Le dernier messager qui tenait encore bon. Tous les autres étaient devenus des messagistes.

« A propos, qu'est-ce que nous sommes, exactement ? Catholiques ?

— Évidemment. De bonne souche irlandaise.

— C'est bon à savoir. Si tout le reste échoue, on pourra se rabattre sur ça.

— Ça n'a pas l'air d'aller, avec ce garçon.

— Ce qui est pénible, si on échoue la première fois, c'est que l'on sait alors qu'il y aura d'autres hommes et je trouve cela triste à pleurer.

— L'expérience.

— Oui. Je ne suis pas tout à fait prête à *ça*.

— Je m'excuse si j'ai l'air de parler comme un père, mais...

— Tais-toi. Ne deviens pas *seulement* un père. Je ne suis pas prête à cela non plus. Tu te dis " je l'aime " et tu t'aperçois après que tu n'as fait qu'avoir un amant... Allan, ne reste-t-il vraiment que le monde et ses *vrais* problèmes ? Je ne suis pas prête à cela non plus, je veux vivre. Et pourtant, tout le reste ressemble vraiment un peu trop à Samson Dalila et ses pussycats. Alors... Bonne nuit.

— Alors, c'est ça. Bonne nuit. Oh, encore un mot... »

Il prit sa main et rit.

« Décadent, d'accord. Mais on peut être décadent sans être typique. J'ai l'impression que l'Amérique n'a rien à craindre de moi. Je ne signifie rien. C'est entièrement rassurant. Le luxe suprême : être décadent sans rien compromettre, sans rien annoncer. Quand on ne veut rien dire, on peut tout se permettre. Inoffensif. La vraie société sans classes, c'est toi et moi. »

Elle retira sa main.

« Bonne nuit. Ça me suffit, comme rossignol et comme clair de lune. Zut aux états d'âme crépusculaires. Je veux vivre. »

Elle monta dans sa chambre, se déshabilla et se roula en boule sous la couverture. Il va falloir que je retourne travailler à la S.P.A., au moins aurai-je l'impression que je m'occupe enfin de moi-même. Je commence vraiment à croire que ce n'est ni de structuralisme ni de La Rochefoucauld que j'ai besoin, mais d'un vétérinaire. Une conne de princesse enfermée derrière les murailles épaisses du petit Royaume du Je, et qui ne sait même plus s'il lui est interdit de s'y retrancher ou d'en sortir. Aujourd'hui, toutes les trompettes de Jéricho, ce n'est que du jazz, Freud et Marx à la trompette, avec leurs pussy-cats respectifs. Je devrais essayer de penser à moi-même en termes d'années-lumière. Oh et puis zut à tout cela, c'est déjà assez d'être un chien perdu parmi tous les colliers qu'on lui offre sans vouloir encore être Einstein, par-dessus le marché.

XII

Il alla du Freiherr au Alte, franchissant le Zorn et le Grundenthal et descendant la Schurr, en trois jours et deux nuits. Quand vous commencez à vouloir garder une môme dans vos bras pour toujours, c'est le moment de filer. Moi, j'ai pas de leçons à vous donner, mais je vais quand même vous dire : l'amour, ça existe. C'est pas un épouvantail, c'est pas un film d'horreur, ça existe vraiment. Pas un poil de sec.

Il voulait se faire payer trop cher, ce fric. Alors il avait dit à la môme qu'ils avaient trouvé quelqu'un d'autre, il paraît que les plaques CC, à Genève, c'est pas ça qui manque. Oui, ils disent qu'ils ont quelqu'un, Jess. A demain, c'est ça, à demain. Oui, dès que tu pourras.

Et puis il avait filé.

C'est tout miné, leur saloperie de pognon. Comme le Taos, ou comment déjà.

Ouf.

Les mectons au chalet lui avaient annoncé que la neige dans le Thal était si lourde et si mal accrochée qu'on pouvait même pas lâcher un pet, là-haut, sans provoquer une avalanche, et qu'est-ce qu'il y a, Lenny, t'en as marre de vivre, ou quoi ? Oui, ou quoi. Il partit quand même. Il avait pas du tout envie de mourir, la mort, c'était pas encore un truc au point, il y avait là encore du travail à faire, quelque chose manquait, là-dedans, mais quand une môme commence à vous faire cet effet-là, qu'elle vous fout tous vos principes en l'air, il faut les grands moyens. L'amour, c'est pas seulement l'amour, là, on pourrait s'arranger. L'amour, c'est la vie qui essaye de vous récupérer. Elle se refait une beauté, la vieille. Mais à trois mille mètres, ça commence à geler, à l'intérieur, vous sentez plus rien, vous pouvez même plus penser, il y a plus de connerie qui tienne, elle est toujours la première à geler. Et il avait envie de revoir le Thal, avec ses trente kilomètres de blancheur absolument vide, comme dans le temps, quand on pouvait vraiment bâtir quelque chose, et être chez soi, là-dedans, sans laisser d'adresse. Il y avait un silence formidable, dans le Thal, un vrai, celui qui n'existe nulle part ailleurs, et c'est pourquoi il n'y a plus moyen d'entendre quelque chose de vraiment important, ailleurs.

Il avait promis au cureton de l'emmener jusqu'au refuge de Grunden, pas plus loin, et il avait d'ailleurs une bonne raison pour ça. Ce type était à ce point bourré de bon Dieu et de religion qu'il vous remontait le moral : vous vous sentiez un vrai dur, en sa compagnie, et cela vous faisait le plus grand bien. Le dominicain était un skieur absolument miteux, il savait pas respirer, et quand ils arrivèrent à mi-chemin, déjà il ouvrait une gueule de truite épuisée, son nez était d'un rouge vif et ses lunettes étaient embuées par sa propre haleine.

« Arrêtez de souffler comme ça, bon Dieu. Vous allez provoquer une avalanche.

— I... haa ! I... haa ! I... haa !

— Je vois ce que vous voulez dire. Bon, j'irai plus lentement.

— C'est... m... merveilleux, cette... petite... promenade ! I... haa ! I... haa ! »

Les deux Kleine Grosse se dressaient de chaque côté, étincelants dans le soleil, et on ne voyait même plus la neige, rien que la lumière.

« Qu'est-ce qu'il y a, Lenny ? Vous avez l'air malheureux.

— J'ai mal au ventre. »

Lorsque vous arrivez en vue du Zorn, il y a dix, quinze kilomètres de pente douce devant vous, — une mer de lumière et rien d'autre, — et plus loin, il y a le Zorn qui a l'air d'un aigle blanc, posé, les ailes déployées, protégeant ses petits, et le ciel n'est pas tout simplement bleu, comme nous le connaissons, vous et moi, mais il est au contraire comme tout ce que nous ne connaissons pas, vous et moi.

« I... haa ! I... haa !

— Bon, on s'arrête. »

Des sardines avec du thé brûlant, du ciel plein les yeux. Au Tibet, il paraît que c'est ça, un bleu comme ça, mais allez-y donc voir. La poursuite du bleu, ça peut vous mener drôlement loin. Ils étaient accroupis dans la neige, se brûlant les intérieurs, bouffant des sardines sur du pain, c'est ce qu'il aimait le plus au monde, les sardines vraiment grasses avec du pain et du thé chaud, en regardant tout ce bleu qui avait l'air victorieux, voilà, victorieux, comme s'il était vraiment hors d'atteinte, ce fils de pute. Tu parles d'une aliénation. Le ciel est un vrai champion, c'est même pas la peine d'essayer. Mais les sardines valaient la peine. Et puis, le soleil s'enfonça derrière la Schlagge, où l'Italien Bassano avait disparu l'année dernière, à vingt ans ; un jour dans trente, quarante ans, le glacier rendra son corps, et sa femme viendra le regarder, il aura l'air d'être son fils, il aura toujours son visage de vingt ans et elle en aura cinquante ou soixante. Les ombres commençaient à piquer vers eux de tous les côtés comme des rapaces affamés. On entendait la température baisser : ça craquait, sous la neige. Le bleu tournait au mauve, avec la tête d'aigle du Zorn seule éclatante de blancheur. Le dominicain avait sorti sa pipe, un truc énorme, et l'alluma, les yeux levés vers ses pensées pieuses. Il avait une gueule marrante, ronde, avec un petit nez, où les lunettes n'avaient même pas assez de place. Il était devenu sérieux, grave même, inquiet. Dieu. L'éternité. Les cathédrales. Ces gars-là sont incapables de penser à autre chose.

« Vous pensez à quoi, exactement ?

— Je pense que mon cul est en train de geler, Lenny, il n'y a aucun doute là-dessus. Qu'est-ce qui vous fait rire ?

— Rien. »

Maintenant, tout virait au gris violet et la neige devenait vache, accrocheuse, le froid vous plongeait son bec partout et cherchait votre cœur et il y avait, autour, une extraordinaire immobilité qui vous engloutissait, et envahissait votre cerveau, où des bouts de pensée se traînaient quelque part, loin de vous et vous étiez toujours vivant, bien sûr, mais ça se passait chez quelqu'un d'autre. Il y avait plus trace de psychologie, en vous, ni autour de vous, il commençait à présent à s'en foutre tellement qu'il était même capable de faire demi-tour et d'être à Genève le lendemain.

« Lenny, ce n'est plus seulement les fesses, maintenant. Mes roupettes sont en train de geler aussi.

— Qu'est-ce que vous avez à en foutre, de vos roupettes ? Vous êtes curé, non ?

— L'énergie, Lenny. C'est dans les roupettes que l'énergie est accumulée, curé ou pas curé, on en a besoin. »

Il finit la dernière boîte de sardines.

« Allons-y, Lenny. Je vais geler.

— Vous avez peur de mourir ?

— J'ai peur de geler. »

Lenny se mit à rire.

« Vous savez ce que je viens de faire en bas ? A Genève ? J'ai refusé six mille dollars. Comme ça.

— Tiens, pourquoi ça ?

— C'était trop dangereux.

— La police ?

— Non. Une fille. J'ai failli y passer. Je veux dire, je commençais à la préférer aux sardines.

— Terrible.

— J'ai senti que si je restais un moment de plus avec elle, quelque chose allait commencer à compter dans la vie pour moi. Je me mettais à tenir vraiment à elle. Mais vraiment.

— Lenny, elles vont tomber.

— Bon, vous allez les ramasser. Seulement, voilà. Je viens de changer d'avis. Vous pouvez aller seul jusqu'au refuge ?

— Bien sûr. Pourquoi ?

— Parce que je fais demi-tour.

— Vous êtes fou. Personne ne peut faire ce chemin la nuit.

— Vous allez prier pour moi. Les prières, ça rate jamais.

— Lenny, de vous à moi, ça rate quelquefois. Rarement, mais ça arrive. Ne faites pas ça.

— Salut. »

Il s'élança. Les premières quarante minutes furent les meilleures, il voyait la môme, son visage, devant lui, et elle lui souriait, et son sang se mettait à chauffer, il ne risquait plus de geler. Ensuite, ce fut un peu plus dur, et il fallait vraiment penser à elle, pour se donner du courage. Mais la nuit était très claire, phosphorescente, et c'était tout à fait comme le surf, sauf que c'est la nuit qui vous porte et pas l'océan, et ce sont les étoiles qui jaillissent autour de vous et pas les embruns. La nuit, il y a des étoiles plein la neige. Elles étincellent autour de vous et dans votre sillage poudreux, et vous glissez à travers la Voie lactée, toutes les galaxies sont à vos pieds et tout l'espace est à vous, vous êtes lancé à travers les Mongolies extérieures où tout est absolument calme et silencieux, seuls vos skis crissent un peu sur la neige, *chchch*, mais c'est très doux et très bon comme les cordages de ces immenses voiliers qui faisaient le cap Horn. Jack London est un type formidable. Le plus grand écrivain américain vivant. Il n'y avait plus de monde autour de vous, rien que la nature. La terre devenait ce qu'on avait toujours dit d'elle, une planète, et elle se mettait vraiment à habiter le ciel, pas le vide. *Chchch* faisaient vos skis sur la Voie lactée, et les mondes étincelaient dans la neige, et la montagne vous soulevait parfois comme une vague et vous portait à travers le ciel comme les grands brisants d'Hawaï, là où Sandy Darrio avait trouvé la mort, tombé d'une lame de quatorze mètres de haut. Il y avait des façons de mourir qui n'étaient que des façons de rester jeune et des façons d'aimer quelque chose. Les constellations faisaient de l'écume autour de lui, il se retournait parfois pour voir la neige poudreuse sauter sur les étoiles. Il fallait glisser vite, ne pas s'arrêter, parce que méditer, là-dedans, c'est se laisser geler à coup sûr. Et puis, on risquait de choper l'Enigme. Il y avait des *ski bums* qui avaient chopé l'Énigme en skiant trop la nuit parmi les étoiles, et ils ont chopé Dieu et tout ce qu'on peut choper quand on chope l'Énigme et c'était triste de voir des jeunes gars en pleine force de l'âge venir vous parler de vie éternelle, comme s'ils vous offraient de vous loger, clé en main. Ce n'était même pas la peine de leur expliquer qu'il n'y avait rien, là-dedans, des organismes marins, enfin, vous voyez ce que je veux dire, le plancton, les étoiles, c'est la même chose, il n'y a que de la science partout, le ciel et l'océan c'est scientifique, de la matière, des électrochocs et du champ de magnésium avec des rayons comiques, de la vraie merde, il n'y a pas d'autre mot, faut vraiment être un fouille-merde d'astronaute pour vouloir aller là-dedans. Il ralentit, s'arrêta et leva les nez vers la mer de la Tranquillité. Tiens, Bételgeuse. Il la connaissait, celle-là. Salut, vieille pute.

Il atteignit le chalet un peu après minuit, complètement vidé, après avoir fait deux heures de marche, les skis sur l'épaule. Le premier train était à six heures.

Il y avait plus personne qu'il connaissait, dans le chalet, sauf Al Capone, à qui Bug avait délégué ses pouvoirs avant de partir, et qui était devenu insupportable, vous faisait enlever vos souliers avant d'entrer, et vous demandait de signer un livre, pour justifier de vos dépenses auprès de Bug et « défense absolue de pisser dans les lavabos », enfin, c'était absolument dégueulasse, l'Armée du Salut, et il jouait même des disques de Laurence Welk et de Frank Sinatra, je vous donne ma parole, je n'invente rien. Par-dessus le marché, dans les meilleures chiottes de la maison, celles en porcelaine rose, il avait mis une pancarte « Laissez cet endroit aussi propre que vous souhaitez le trouver en entrant », ce qui vous coupait la chique, et tout était tellement propre et ordonné, dans le chalet, que l'on se sentait comme une espèce de tache, là-dedans. Voilà ce que c'est, le goût du pouvoir. Cet Al Capone, il avait une âme d'organisateur, c'était un de ces types qui ont bâti le monde, cette ordure-là. Si Bug voyait l'ordre qui régnait dans le chalet — la nuit, ce salaud de Capone vous interdisait même de pisser devant la porte, parce que ça gelait jaune, c'était pas esthétique, alors qu'il n'y a absolument rien de meilleur que de pisser devant la porte par une belle nuit calme, en dormant encore debout — si Bug voyait ce que cette espèce de Hilton avait fait de son chalet, il en aurait fait une crise d'asthme, l'ordre, c'était pour lui quelque chose de terrible, parce que ça jurait avec ce qu'il avait en lui, plus c'était organisé autour de lui, et plus il sentait que c'était une pagaille noire chez lui, à l'intérieur, je veux dire.

Il y avait là quelques jeunes avec des cheveux tellement longs que si ça se mettait sur des skis, on aurait pu les atteler à une voiture, sauf qu'ils savaient pas skier. La nouvelle génération. Ils venaient pas pour skier, c'était l'explosion démographique qui les avait jetés en l'air, et il y en avait qui s'étaient retrouvés là, dans la neige, d'autres se retrouvaient probablement au milieu de l'Atlantique, en train de nager en rond. Ils vous disaient que la seule chose qu'il fallait pour tout arranger, c'était l'amour, on voyait bien qu'ils avaient pas essayé, ils osaient dire ça à un type dont la vie était là, en ruine, à ses pieds, à cause de l'amour, c'était à peu près comme si on comptait sur un raz de marée pour tout arranger. Le plus sympa était un gars venu de Norvège qui gagnait sa vie en peignant la Crucifixion sur les trottoirs, mais il pouvait pas faire ça en Suisse, parce que les Suisses veulent des trottoirs propres, ce sont des maniaques de la propreté. Le seul type qu'il connaissait là-dedans était Malt Shapiro, qui s'en allait dans un monastère bénédictin à Ascona, pour se convertir au catholicisme; il faisait toujours ça en été; on était logé, nourri, sauf que ça ne prenait plus avec les dominicains, qui le connaissaient. Cela faisait quatre fois qu'il se convertissait. Il y avait un jeune mec qui voulait aller casser les vitres de l'ambassade des U.S.A. à Berne pour aider les Noirs, et il proposa à Lenny de venir avec lui, mais Lenny lui dit qu'il n'avait rien à en foutre des Noirs, c'était des hommes comme tous les autres, il voyait pas de différence. Le gars lui dit qu'on avait trouvé un nouveau truc, aux U.S.A., pour ne pas se faire envoyer au Vietnam. On posait pour des photos pornos et on envoyait ça au Recrutement. Du coup, ils vous acceptaient pas. Ils envoyaient pas des cochons au Vietnam.

Il prit sa tasse de café et alla la boire dehors. C'était plus chaud, dans le froid. Le Norvégien le suivit et ils restèrent un moment ensemble, buvant leur café et crachant dans la nuit, pour communiquer, en quelque sorte.

« Pourquoi tu peins toujours des Crucifixions, mecton ?

— Les gens aiment voir ça.

— Pas moi. Je ferme toujours la télé quand il y a une Crucifixion. J'aime pas voir les actualités. Je pense que même si j'avais été là quand c'est arrivé, la Crucifixion, la première, je veux dire, je serais pas resté pour voir ça. Je serais sorti. »

Le gosse voulait aller en Amérique parce qu'il avait entendu dire qu'il y avait une nouvelle peinture religieuse qui marchait très fort, là-bas, patronnée par le pape. Le *pope art*, ça s'appelait. Il avait seize ans. Lenny se sentit vieux.

« Tu ferais mieux de rentrer chez toi. Reste chez toi encore deux ou trois ans. Tu partiras mieux après.

— Et toi, pourquoi tu es venu en Suisse, Lenny ?

— On m'avait dit qu'ils avaient la meilleure neige et la meilleure neutralité, en Suisse. Voilà pourquoi. Allez, bonne nuit. »

Il arriva à Genève dans l'après-midi et il alla tout de suite à la S.P.A. mais elle n'y était pas, et le vétérinaire qui était en train de tripoter un caniche hystérique lui dit en français quelque chose comme foutez-moi le camp d'ici. Une vraie peau de vache, le gars. Antiaméricain, voilà.

« Dites à Jess que je suis venu.

— Vous ne voyez donc pas que cet animal est en train de souffrir ? » dit le vétérinaire, en anglais.

Et moi, alors ? Il regarda le caniche avec antipathie. Une vraie pédale, avec des rubans.

« Prévenez-la que je suis venu. Moi, je m'en fous, mais ça doit être important, il paraît qu'elle me cherche partout. »

Le vétérinaire lui tourna le dos. Il vous faisait vraiment sentir que vous n'étiez pas un chien, ce salaud-là.

Il dormit à bord du yacht et passa la journée suivante à rôder autour de la clinique de la S.P.A., mais la môme ne se montra pas. Il se sentait mal foutu. Il ne savait pas ce que c'était. Comme la grippe ou un mal au ventre, sauf qu'il avait pas mal. C'était plus dégueulasse que ça. Un virus chinois, ou quelque chose. Ils vous lavent le cerveau, ces salauds-là. Ils vous font avouer n'importe quoi. Oui, c'est moi qui ai fait ça, je l'aime. J'avoue tout ce que vous voulez. Je peux pas vivre sans elle ? Bon, je peux pas vivre sans elle. La grippe asiatique, ils appellent ça. Après, on vous fout en prison. Le lavage de cerveau, c'est terrible. Il pouvait plus supporter les mouettes, alors la pute noire l'a laissé dormir dans sa chambre et Ange est venu le voir et il le regardait fixement, comme s'il savait.

« Grouille-toi. C'est tout prêt. Il y en a pour un million de dollars.

— Tu vois pas que je suis malade ?

— On prendra quelqu'un d'autre. Les passeurs, c'est pas ça qui manque. »

Il portait toujours son poil de chameau noir et le chapeau, et on était en juillet, il faisait ça pour la personnalité. Il avait vraiment une tête désertique, ce coco-là. C'était plein de caravanes de chameaux et de chacals, là-dedans. Tout était pointu, coupant. Chez les Arabes, tout le visage est dans le nez. Un couteau.

« Elle t'aurait pas plaqué, des fois, Lenny ?

— Tu veux rigoler ? J'ai le virus. C'est chinois.

— Bien sûr, bien sûr. Peut-être que vous autres, Américains, vous êtes pas aussi bons que nous autres, Arabes, hein ?

— Demande à ta petite copine, la Noire. Elle te dira qui fait ça mieux, toi ou moi. »

Mais Angie avait besoin de ces plaques CC. Il lui renouvela son passeport américain. Falsifié. Ils peuvent vous falsifier n'importe quoi, ici. Tout est truqué. Tout est tellement truqué qu'un beau jour, vous tombez sur quelque chose qui est pas faux du tout, du vrai, et ça vous démolit complètement.

Il n'osait même pas regarder ses skis dans les yeux.

La pute noire faisait du strip-tease dans le club au rez-de-chaussée et lui apportait du bouillon chaud, de temps en temps, en peignoir. Mais il n'y touchait pas. Il buvait le bouillon, c'est tout.

« Ça a pas l'air d'aller, fils.

— Ces salauds de chinois. C'est la grippe asiatique. Peut-être que ça vaut mieux. J'ai la paix, au moins. Tu sais, cette paumée dont je t'ai parlé ?

— *Yeah.*

— Elle est folle de moi. Je l'ai sur le dos tout le temps. Pas moyen d'être tranquille.

— *Yeah.* »

Mais elle lui lança un de ces regards, vous savez. Ce vieux regard de Mathusalem qu'ils ont tous parfois, ces salauds de Noirs, vachement renseignés, cinq mille ans avant Jésus-Christ, comme s'ils savaient tout ça même avant de venir au monde. Il les aimait bien, les Noirs, parce qu'on ne la leur faisait pas. Ils connaissaient vraiment le truc. Ils le connaissaient vraiment. On les avait vachement renseignés.

Puis il revint à la S.P.A. et rôda autour toute la journée, mais ils lui ont même pas demandé comment il allait, rien. Il allait tout de même pas aboyer, merde.

Vers la fin de l'après-midi, il vit la Triumph arriver et ses jambes faillirent le lâcher, tellement les chinois l'avaient affaibli. Son cœur battait creux, mais il la laissa passer, entrer dans la clinique, il allait pas faire de la concurrence à un chien, tout de même. Ou peut-être qu'il avait pas osé. Il y avait quatre jours qu'il l'avait pas vue, c'est énorme, quatre jours, une vie, les avions font deux mille à l'heure. Peut-être qu'elle se souvenait plus de lui. Puis elle sortit. Il était là, le dos contre le mur. Il essaya de sourire, mais ça sortit tout tordu. Il avait une jambe cassée, le sourire, il le rentra bien vite. Elle devint toute pâle. Ils restèrent deux ou trois ans sans se parler, sans bouger, rien.

« Lenny.

— Oui, Jess.

— Lenny. »

Il pouvait plus parler. Il avait envie de chialer. Il avait le cœur brisé. C'était fini. Foutu. Il était foutu. C'était même pas la peine d'aller à Madagascar. Il pouvait plus se passer d'elle. Maintenant qu'elle était là, il savait que c'était foutu, sans espoir. Jamais il n'allait se débarrasser d'elle. C'était un enterrement de première classe, tous frais payés, c'était même pas la peine de se défendre. Et puis, merde, il faut bien mourir un jour ou l'autre. Autant que ce soit avec elle.

« Jess. Jess.

— Mon Dieu, Lenny, je ne vivais plus. Je croyais que je ne te reverrais plus. Où étais-tu ? »

Il pensa au caniche.

« J'ai eu une pneumonie double au foie, avec complications. C'était tout gonflé.

— Lenny !

— Oui. Ils ont même pris ma température, tellement c'était grave. »

Elle souriait, les yeux pleins de larmes. Mais elle savait que c'était vrai. D'une certaine façon, c'était vrai. Il avait simplement sa manière à lui de dire les choses. Sans ça... « C'est comme s'ils étaient tous là, en train de mentir. »

« Il y avait une espèce de caniche, là-dedans, avec moi. Qu'est-ce qu'ils ont pu le bichonner. J'ai voulu être vétérinaire, autrefois. Quand vous êtes vétérinaire, vous avez plus besoin de personne.

— Ça va mieux, maintenant, Lenny ?

— Oui, ça va mieux. Beaucoup mieux, Jess. »

Ils ont trouvé un nom pour cela, pensait-elle. Un nom cynique et amer. Ils appellent ça « premier amour ». Cela veut dire qu'il y en aura d'autres. « Premier amour. » On voit presque leurs sourires sages, renseignés. Mais ils se trompent. Personne n'a jamais aimé deux fois, dans sa vie. Deuxième amour, troisième amour, tout ce que ça veut dire, c'est que ça ne veut plus rien dire. Des fréquentations. On fréquente. Il y a sûrement des vies qui ne sont que cela, des fréquentations. Lorsqu'elle fut enfin là où elle voulait vivre, bâtir sa maison, ranger sa bibliothèque, mettre sa collection de disques, faire toute la décoration elle-même et choisir des meubles nouveaux en plastique, c'est-à-dire, lorsqu'elle fut enfin dans ses bras, ce fut comme si tous ces sourires renseignés, indulgents — oh, jeunesse ! jeunesse ! — toute cette sagesse « vécue » qui suggérait une intimité assez ignoble avec la nature des choses, la « poussière », la cendre et la poursuite du vent s'en était allée rejoindre le roi Salomon dans sa tombe, là où la sagesse pourrit depuis toujours avec toutes les autres momies. Ou alors, il faut croire que personne n'avait jamais aimé vraiment avant nous, ce qui était parfaitement possible, il faut bien que quelqu'un commence un jour. Il est vrai que des poèmes merveilleux et immortels ont été écrits sur l'amour, mais ils étaient simplement prophétiques. Maintenant, c'était vraiment arrivé. On n'allait plus jamais pouvoir parler de « premier amour », pas elle et lui, en tout cas. C'était la dernière fois qu'ils aimaient quelqu'un, tous les deux. Ils n'allaient plus jamais se quitter. Ce n'était plus possible. Il ne resterait rien, après. Elle serra sa main dans la sienne. On ne pouvait évidemment pas dire qu'un yacht ancré à Genève était un endroit idéal, lorsqu'il s'agit d'éternité. Et il y avait certes dans tout cela un côté « tombé-du-nid », sauf qu'il n'y avait même pas de nid. Il n'y en a jamais eu, de nid, c'était de la propagande religieuse. C'est vrai qu'il lui arrivait de prier, mais c'était seulement pour se défouler.

« Qu'est-ce qu'on va devenir, Lenny ?

— Peut-être que ça va nous passer.

— Je ne le pense pas.

— On peut pas le penser d'avance, Jess. Il faut espérer, c'est tout. Tu fais attention, au moins ? A la démographie, je veux dire.

— Je ne demande pas mieux que d'avoir un enfant de toi, Lenny. »

La chair de poule. Ça commençait dans la nuque et ça descendait jusqu'aux fesses.

« C'est pas la peine de me menacer, Jess. Ne dis pas des choses comme ça. Si tu veux que je foute le camp, tu me le flanques tout droit entre les yeux : Je veux que tu t'en ailles, Lenny. Je m'en irai.

— Qu'est-ce qu'il y a de si terrible dans le fait de mettre un enfant au monde ? »

Il était scandalisé. Vraiment.

« Le monde est pas prêt pour ça, Jess. Le monde est pas prêt pour avoir des enfants. J'aime pas faire du mal à personne, alors, pourquoi j'irais faire du mal à mon propre gosse ? On peut plus faire de gosses, aujourd'hui, tout ce qu'on fait, c'est de la démographie, des statistiques. Tu fais un enfant et puis un beau jour il vient et il te regarde dans les yeux. Il dit rien, il te regarde, c'est tout. Qu'est-ce que tu fais, alors ? Tu te jettes à ses pieds, ou quoi ? On peut tout de même être heureux ensemble, toi et moi, sans le faire payer à un autre gosse. Après, qu'est-ce qu'il fait ? A qui il s'adresse ? A la sécurité sociale ? Il y en a trop, tu comprends.

— Trop de quoi ?

— Trop de tout ça. Parfois, on a honte et parfois on devient enragé. Mais si tu vas encore plus loin que ça, alors, tu commences à t'en foutre. Surtout, faut pas essayer de changer le monde, ça vient de trop loin, c'est mal parti, ça a bifurqué tout de suite, et maintenant, ça se balade on ne sait où, avec toi dedans. Et il y a personne pour vous aider. Personne de vraiment différent. Moi, les premiers chrétiens, j'en ai marre, ça fait trop longtemps que ça dure, même quand ils se présentent chinois ou cubains. Raslebol. Tout ce que tu peux faire avec le monde, c'est le monde. C'est scientifique. »

Il caressait ses cheveux, doucement. Il faisait noir. Il se sentait toujours mieux, dans le noir. Ça vous protégeait. On savait pas où vous trouver.

« Tu as des cheveux formidables, Jess. Non, vraiment. Chaque fois que je les touche, c'est comme si on existait vraiment.

— Mais on existe, Lenny.

— Il y a des moments, oui. Comme maintenant. Mais le reste du temps, c'est comme si on était pas encore né, et qu'on attendait. Comme si c'était possible.

— On pourrait rentrer aux U.S.A.

— J'ai rien à en foutre des U.S.A. Je veux pas la responsabilité.

— La politique ?

— Mais non, tu veux rire. La responsabilité. Prends les Noirs. J'ai rien à en foutre des Noirs. Ils sont pas différents. Eh bien, aux U.S.A., ils me rendaient dingues, les Noirs, à cause de la façon qu'on les traite là-bas. Enfin, on a pas idée, c'est dégueulasse, comme on les traite. Tu sais, il paraît qu'on est trois milliards, dans le monde. Je sais pas s'ils te disent ça pour te faire peur et pour te faire comprendre que t'es de la merde, ou si c'est vrai. Si c'est vrai les Noirs, les Blancs, ça existe même pas. Tout ce qui existe, c'est trois milliards. Ça vient au poids. Bug a raison. Il dit que tout ce que je suis, c'est une retombée démographique. Il y a eu l'explosion démographique, et nous, c'est des espèces de retombées radioactives, enfin, tu vois ce que je veux dire. Il appelle ça la génération démographique, Bug. Il doit avoir raison. J'ai des copains qui sont retombés au Népal, d'autres, ils ne savent même pas où, sauf qu'ils sont là.

— Et moi, qu'est-ce que je deviens là-dedans ? »

Il lui prit la main et l'appuya contre sa joue. C'était le seul truc qu'il n'avait encore jamais fait avec une fille, et pourtant, il avait tout fait. Il n'était même pas gêné. Dans le noir, ça faisait pas honte.

Le matin, il la réveilla. Il regardait vers le quai, par le hublot, et paraissait inquiet.

« Un flic, dit-il. Je parie qu'Angie s'est fait coffrer. »

Elle se mit à rire. Son père portait un chapeau hombourg, un costume très « visite protocolaire », et un œillet à la boutonnière. Elle s'habilla vite et sortit sur le quai.

« Allan, qu'est-ce que tu viens faire ici ?

— S'il doit y avoir un autre homme dans ma vie, je veux au moins savoir à quoi il ressemble. »

Il y avait une Bentley vert olive avec chauffeur, qui l'attendait ; le tuyau d'échappement émettait des volutes de fumée discrète, comme un cigare de luxe qui se serait trompé d'orifice, et à côté du chauffeur se tenait un caniche blanc avec un chrysanthème en guise de tête.

« Qui est le caniche ?

— Mon nouveau patron. Il m'a invité à déjeuner. Au fait, j'ai reçu une avance. Tiens, prends ça. Et la secrétaire du caniche s'occupe des factures... »

Il y avait cinq mille francs *suisses* dans l'enveloppe. C'était donc vrai. Incroyable, mais vrai. Il la regardait avec une expression de triomphe solennel. Un homme enfin, un vrai, c'est-à-dire, qui gagne de l'or. La Résurrection. Le Salut. Reconnu d'utilité publique. Si on ramassait tout le fric du monde pour y mettre le feu, il ne resterait plus un homme « digne de ce nom » au monde. Un véritable au-to-da-fé. Il ne resterait plus que des hommes indignes de ce nom, grâce au ciel. On pourra enfin payer l'épicier, le téléphone, le gaz... La tête haute, quoi. Elle avait des larmes aux yeux. Il restera même assez d'argent pour prendre l'avion pour Pékin. Qu'est-ce que j'emmène avec moi, mon Givenchy ou mon Chanel ? Tout ce qui se cache, au fond de moi, c'est une rédactrice à *Elle*.

« Bref, je deviens ce qu'on appelle un homme valable. Qu'est-ce que c'est cette nouvelle photo, que j'ai trouvée sur la table de chevet ?

— Che Guevara.

— Drôle de façon de payer ses dettes.

— Elles se sont accumulées, tu sais. Il faut ce qu'il faut.

— Tu l'as découpée dans *Vogue* ?

— Oui, je sais, papa chéri. Désabusé. Renseigné. Adulte. L'expérience. J'entends presque les feuilles d'automne tomber à tes pieds.

— L'expérience, comme tu dis. J'ai vu ce que ça a donné en Russie.

— Peut-être. Mettons qu'il est grand temps de changer de saloperie. Si on ne peut pas échapper aux salauds, au moins que ce ne soient pas toujours les mêmes. »

Tout ça sur un fond de Bentley et de caniche. Il riait. Il y avait tout de même des semaines qu'il n'avait pas touché à l'alcool, et il tenait encore debout.

« Je m'entraîne seulement à l'agressivité, Jess. Indispensable, dans les affaires. La concurrence. Je ne peux vraiment pas voir mon rival ? La concurrence, j'ai dit.

— Pas si tôt le matin. Ça risque de le tuer. Le mot " père ", pour lui, c'est de la barbarie.

— Conventionnel et très conformiste, je vois. Il fera un bon mari. Enfin, tu as l'air heureuse.

— Il va me quitter.

— Non ? Comment ça se fait ?

— C'est le genre de garçon qui a peur de s'asseoir. On leur a tellement tiré dessus, qu'ils ont peur de se poser quelque part, sur une branche, comme les oiseaux.

— Qu'est-ce que tu veux dire exactement par " on leur a tellement tiré dessus " ?

— Vous, vous êtes la génération du bourrage de crâne. Il a fallu se défendre. On s'est trop défendu. On s'est trop désintoxiqué. Il ne reste plus rien. Le lavage de cerveau. Après le bourrage de crâne, c'est le lavage de cerveau. La table rase. Le rien. Des champs de neige, bien vides. Tout ce que ça veut dire, c'est qu'il y a un bourrage de crâne nouveau qui se prépare. Je te dis, on va changer de salauds. Il va me quitter, parce que l'amour, tu parles. C'est du patriotisme. Du nationalisme. L'amour, c'est de Gaulle, quoi.

— Qu'est-ce que tu racontes ?

— Je l'ai entendu penser.

— Il a l'air intéressant, ce garçon.

— On nous a trop menti. Le masque est tombé des mots. »

Il l'observait pensivement. Une certaine rancune ?

« Il y a une chose que ce garçon n'a pas prévue, Jess... Tu es une forte femme. Volontaire. Très volontaire. »

Elle se glaça. La force, chez une femme, c'est toujours son point faible.

« Le matriarcat, je sais. Mais le matriarcat, ce ne sont pas les femmes qui l'ont fait. Ce sont les hommes...

— ... Les hommes *veules*. Disons le mot. Ça restera entre nous.

— ... Et surtout ne me dis pas que je ressemble à ma mère, parce que c'est trop facile et trop injuste. »

Sa voix trembla. Il parut désemparé.

« Jess, ma chérie...

— Oh, je te demande pardon. Je ne me suis jamais vraiment *rencontrée*, tu sais. C'est la première fois. Et ce n'est pas joli joli. Le petit Royaume du Je, quoi, avec " Je " à tous les étages et dans tous les coins. " Je " veut être heureux, " Je " veut posséder, garder, " Je " veut conserver, " Je " se donne de beaux alibis chinois et cubains, " Je " met la photo de Che Guevara sur sa table de chevet, ça fait image sainte, ça prouve que " Je " est bien-pensant. Tu te rends compte de ce que " Je " deviendrait, s'il ne pouvait pas se consoler avec le Vietnam, avec les Noirs, avec la cul-culture ? Il deviendrait Jess Donahue à l'état pur, voilà ce qu'il deviendrait. Je te l'ai déjà dit : il y a des harakiris qui se perdent. »

La Bentley fumait son cigare, tranquillement, mais

le caniche s'impatientait. Plus haut, sur les toits des Bergues, les enseignes lumineuses de Swissair et Omega avaient cet air des lendemains de fête qu'a le néon au matin.

« Il va me quitter, voilà.

— Les oiseaux migrateurs, tu sais...

— Ce n'est pas ça. Jadis, il paraît qu'on disait à une femme, " tu es tout pour moi ". C'est bien ça. Je suis " tout " pour lui, ça veut dire le monde. Il n'en veut à aucun prix, plutôt crever. Tu ne me croiras pas, mais ce cynique est un moine trappiste. Les skis, la neige, c'est ça. »

Elle sourit, à travers ses larmes.

« Il me restera toi, heureusement. »

Il la regardait, tristement. Pour une fois, il avait même oublié l'humour.

« Je t'aime, Jess. Tu es toute ma vie et je ne sais pas skier. Mais tu vaux beaucoup mieux que ça.

— Tu ne le connais même pas.

— Oh, je ne parlais pas de ce garçon. Je parlais de ma vie. Enfin. Au moins, les problèmes matériels vont être résolus. Est-ce que tu peux me laisser la Triumph ? J'en aurai besoin ce soir. Je compte d'ailleurs acheter une autre voiture, dès que j'aurai été payé. »

Elle lui donna les clés. Il sourit, et s'en alla vers la Bentley, les gants à la main, le parfait homme-silhouette, l'Américain sans l'Amérique, quoi. Elle se demanda qui était le caniche, probablement un Nestlé, c'est toujours Nestlé, en Suisse, quand ce n'est pas Sandoz ou l'horlogerie. Elle revint vers le yacht et descendit dans la cabine. Il était assis sur la couchette, ensoleillé. Il n'y avait pas de soleil, mais ses cheveux n'en avaient pas besoin. Ensoleillé. Le torse nu, bronzé. Des jeans et toujours ces incroyables chaussettes rouges. Un visage d'une beauté que l'on avait envie de protéger, c'est-à-dire de posséder.

C'est ainsi qu'elle devait se souvenir de lui, plus

tard, dans la nuit, dans le cauchemar. Ensoleillé. Il n'avait pas du tout l'air de cacher le destin.

Les heures insignifiantes qui suivirent demeurèrent à jamais dans sa mémoire comme frappées de cette éternité que le tragique confère au banal lorsqu'il s'empare soudain de lui.

Elle ne devait plus cesser de se remémorer chaque détail avec une sorte d'incrédulité, comme si elle n'arrivait pas à se convaincre que le quotidien pût se muer en horreur avec une telle aisance, avec une telle simplicité. Même lorsqu'elle eut à répondre à la police, aux journalistes, elle avait un sentiment d'irréalité, hésitait, comme si elle était en train de mentir. Et il fallait mentir, aussi. Omettre. Épargner. Défendre ce qui n'était même plus.

A onze heures, elle se rendit à la S.P.A., c'était son jour, et passa le reste de la journée à s'occuper de quelques cas particulièrement sérieux, un rouge-gorge qui avait une aile cassée, et une fillette de six ans qui avait apporté un papillon agonisant et se tenait là en pleurant, le papillon dans le creux de la main. Le vétérinaire entra en fureur comme toujours lorsqu'il n'y pouvait rien, un papillon et encore quoi ? il y a quand même des chiens qui meurent de faim en Inde, mais la fillette n'avait que six ans et avec son papillon à la main tous les deux formaient un groupe vraiment désespéré.

La nuit était déjà tombée lorsqu'elle décida de rentrer, mais elle se rappela qu'elle avait laissé la voiture à son père et téléphona à Jean pour qu'ils viennent la chercher. A dix heures, oui, dix heures exactement, elle avait remarqué l'heure, ils se retrouvèrent tous les trois dans la Porsche, mais ils ne purent quitter Genève que vers onze heures, parce que Paul lui avait fait une scène et avait eu une prise de bec avec un agent.

« Tu ne m'aimes pas, Jess, et c'est tout. Pas étonnant qu'on ait en Suisse le taux de suicides le plus élevé du monde.

— Ce n'est pas que je ne t'aime pas. J'aime quelqu'un d'autre. C'est très différent. »

Oui, à quelques minutes de la fin, elle pensait encore à lui.

Paul avait arrêté la voiture.

« Monsieur l'Agent, est-ce que vous pouvez m'indiquer le chemin ?

— Où voulez-vous aller ?

— Je cherche l'amour.

— Quoi ?

— Vous ne croyez pas à l'amour ?

— Ça peut vous coûter dix jours de prison.

— Je vous ai demandé poliment le chemin.

— Pour insulte à la police suisse.

— On n'a plus le droit de parler d'amour à la police ? »

Ils durent passer trois quart d'heure au commissariat et souffler dans un tube pour prouver qu'ils n'étaient pas saouls.

Ils franchirent la frontière un peu avant minuit.

C'était une de ces douces nuits d'été du lac Léman où les vieux châteaux et les vergers bien sages sous la lune évoquent les fredaines et les bergères d'autrefois.

Ils virent la Triumph dès qu'ils eurent quitté la route. Les phares étaient allumés, braqués sur des cerisiers, le moteur tournait encore, son père avait mis un pied dehors, mais n'avait pas réussi à se lever, ivre mort, écroulé sur le volant, une main pendant mollement par la portière.

« Oh, non ! gémit Jess.

— C'est un long combat, pour remonter la pente, dit Paul. Au moins, les alcooliques, eux, ont un but dans la vie : ne plus boire.

— Heureusement que je n'ai pas réglé la clinique, bon Dieu. Ils peuvent toujours attendre. »

Elle ne s'arrêta même pas pour l'aider à sortir de la

voiture et entra directement dans la maison. Elle alluma, au diable, j'en ai assez, assez, on ne peut pas vivre avec une ombre qui a perdu son homme et qui se saoule de désespoir. Il y avait quelque part un rouge-gorge à l'aile brisée et un papillon mourant dans la paume d'une fillette de six ans qui avaient eux, de *vrais* problèmes. Ce qu'il y avait de particulièrement révoltant, c'était le moment qu'il avait choisi pour sa rechute. Elle était tombée amoureuse d'un autre et il la punissait comme un enfant. Le complexe d'Œdipe à l'envers : il connaissait tout de même trop ses auteurs pour jouer à ces petits jeux freudiens.

« J... J... Jess. »

Elle ne se retourna même pas. Qu'il bégaye. Jean allait naturellement voler à la défense du plus faible.

« J... J... Jessie... »

Elle se retourna, surprise : ce n'était pas Jean. C'était Paul qui était en train de bégayer. Livide. Même ses lunettes avaient un éclat blême. Elle eut peur.

« Infarctus ?

— N... Non. »

Il s'appuya contre le mur, le visage bête. Il n'arrivait plus à parler. Jean entra en courant, alla tout droit vers elle. Calme. Assuré. Il la prit par le bras.

« Coup dur, Jess. »

Il voulut l'aider à s'asseoir, elle le repoussa. Ce n'était même pas la peine de poser des questions. Il y a une limite à ce que le cœur d'un homme peut supporter, surtout lorsqu'il est vraiment humain. Plus tard, elle devait leur dire : « Ma première pensée fut pour moi-même, naturellement. Je pensais que j'étais une belle garce. »

« H... h... h... », fit Paul, puis il eut un geste impuissant, et se tut.

« Il est mort, Jess. »

Elle se mit à rire. C'était trop drôle, Paul qui

bégayait et Jean qui parlait sans bavures. Traitement de choc.

« Pas d'hystérie, Jess. Pas toi. C'est trop facile.

— Je ris parce que tu ne bégayes plus et que c'est Paul... Le cœur ?

— Non. Il a été assassiné.

— Qui a été assassiné ?

— Une balle dans le dos. »

Elle entendit sa propre voix un peu lointaine qui disait :

« Samson Dalila et ses pussy-cats.

— Jess, tu vas faire la dingue après. N'essaye pas de te débiner. Pas toi. Ce n'est pas ton genre.

— J'ai dit : *Samson Dalila et ses pussy-cats*. Je ne délire pas. Au contraire. C'est le monde qui est délirant. Et puis, est-ce qu'ils ne savaient pas que nous avons l'immunité diplomatique ? On n'a pas le droit de nous toucher.

— Jess... »

Elle ne s'évanouit pas. Elle ne se réfugia pas dans la crise de nerfs, tant pis pour les bons usages. Elle n'eut pas droit à la paire de gifles traditionnelle, comme cela se fait toujours, dans ce cas, pour vous prouver qu'on y croit, à votre petite crise d'hystérie. Au diable le rituel. On avait tué un homme. Le sien. Jadis, nos femmes savaient tenir aussi un fusil. Quand leur mari tombait à leurs côtés, elles ne se faisaient pas administrer des sels, elles continuaient à tirer.

« Quoi ? Pourquoi ? »

Jean ne répondit pas. Pour la première fois, elle eut un sentiment d'irréalité : il était en train de vider les tiroirs, de renverser les meubles, il cassa une lampe, brisa une vitre. Froidement. Avec une calme préméditation. Il s'arrêta au milieu de la pièce, regarda autour de lui :

« Ça ira comme ça », dit-il.

Elle se mit à hurler :

« Qu'est-ce que c'est ? Mais qu'est-ce que c'est, enfin ?

— On va appeler la police, alors, il vaut mieux que ce soit convaincant.

— Convaincant ? »

Il revint vers elle, les mains dans les poches. Elle ne l'avait jamais vu ainsi : rageur à froid, calme. Paul le suivait des yeux, ahuri. On aurait dit que ce garçon n'avait attendu toute sa vie qu'un coup dur pour se montrer.

« Jess, ça va faire mal. Regarde. »

Il tenait des pièces d'or dans le creux de sa main.

« Je les ai trouvées dans la voiture. Plus d'autres. Beaucoup d'autres. Ton père faisait du trafic d'or, Jess. On s'en fout, d'ailleurs. Mais il vaut mieux que la police n'en sache rien. Ils ont dû prendre le plus gros, mais ont laissé tomber des pièces. On dira que ton père est rentré pendant que des voyous pillaient la maison, ils l'ont tué. Tu m'écoutes ?

— Et moi qui devais faire ça pour lui, dit-elle.

— Qu'est-ce que tu racontes ? »

Elle secoua la tête. Les larmes, maintenant. Et quoi d'autre ? Il l'avait devancée. Elle allait faire du trafic d'or pour lui, mais il l'avait devancée et il l'avait fait pour elle. Quelqu'un qui savait qu'il était en train de sombrer l'avait approché, les plaques CC... Elle se figea. Tout son cœur fut pris dans un glaçon.

Ils ont trouvé quelqu'un d'autre, Jess. Il paraît que les plaques CC, à Genève, c'est pas ça qui manque. Ils disent qu'ils ont quelqu'un.

Ensoleillé. Ça, elle pouvait le dire, ensoleillé. Avec ce sourire je-me-fous-de-tout sur les lèvres, pourvu que la neige soit bonne.

« Tu as pigé, Jess ?

— J'ai pigé.

— Nous allons dire à la police que... »

J'ai pigé. Ils les avaient entrepris séparément, tous les deux, le père et la fille. Avec la fille, ça traînait un peu, il faisait pourtant de son mieux, mais le père, lui, c'était beaucoup plus facile. C'est toujours plus facile, lorsque vous n'avez plus rien à perdre.

Elle découvrait soudain pourquoi la haine avait toujours exercé un tel attrait sur les hommes : elle vous donnait du courage, une force extraordinaire, elle vous portait. Si la haine venait à manquer aux hommes, il leur faudrait vraiment de la virilité.

« J'appelle la police.

— Donne-moi une minute. Récapitulons les mensonges... Comment se fait-il qu'il y ait eu des pièces d'or dans la voiture ?

— Il y en avait pas. On en parle pas. J'ai tout ramassé.

— Ils vont examiner la voiture. Paul, va vérifier... Attends une seconde. Tu m'as parlé d'un Beretta. »

Il s'arrêta à la porte, effrayé.

« Oui. Et alors ?

— Tu vas me le prêter.

— Sans blague, non, mais tu es folle, ou quoi ?

— Je sais qui a fait le coup.

— Eh bien, tu n'as qu'à le dire aux flics, bon Dieu !

— Impossible. Ou alors, il faudra tout avouer. Le trafic d'or. Tout. »

Ils la regardaient en silence.

« *Tout*, Jess ?

— Oui. C'est bien cela que je veux dire. »

Paul lui lança un regard fiévreux, ne dit rien et sortit.

« Ce n'est pas ton gars », dit Jean.

Elle se tourna vers lui, épouvantée par le son de sa propre voix, où l'hystérie prenait l'accent de la dureté, mais où il y avait quelque chose de plus profond encore, quelque chose qui n'était plus féminin, mais était au contraire femelle :

« Parce qu'aucun homme n'est capable d'une telle saloperie, n'est-ce pas ? C'est inimaginable. Ce serait la première fois ?

— Jess, c'est une organisation. Depuis qu'ils ont établi le contrôle des devises en France, il y a des milliards en jeu, pour les passeurs. Les milliards sont des gens sérieux. Ils ne vont pas se fier à un paumé de vingt ans. Il ne doit même pas être au courant. »

Elle le dévisageait avec stupeur.

« Qu'est-ce que c'est que cette solidarité masculine ? C'est *toi* qui le défends ?

— C'est plutôt toi, Jess, que j'essaye de défendre. Ce serait trop triste si tu perdais *tout* d'un seul coup... Ce n'est pas lui. Il y a une organisation. Il faut la démanteler.

— C'est toute votre pute de société qu'il faut démanteler. »

Il la regarda étrangement.

« *Notre ?* Et toi, Jess, qu'est-ce que tu deviens là-dedans ?

— Je ne demande qu'à crever. A partir de maintenant, politiquement, je suis pour tout ce qui est contre moi.

— Oui, pour des raisons *personnelles...* »

Il alla vers le téléphone.

« Ce n'est pas le moment de parler de tout ça, mais...

— Mais ?

— ... Il y a aussi un destin *social.*

— Tu me l'as déjà répété cent fois. Ça veut dire quoi, au juste ? Le fric ?

— ... On verra. »

XIII

Il est resté toute la journée à l'attendre, et la nuit aussi, et le matin. Rien. Elle n'est pas venue. Peut-être que c'était pas personnel, qu'elle en avait marre, de l'amour. Peut-être que c'était entre elle et l'amour, que lui-même n'y était pour rien, il n'y avait pas lieu de croire que c'était fini entre eux deux, c'était seulement fini entre elle et l'amour. Je ne sais pas, moi. C'est des sauvages, ici. Ils ont tous des idées, des idées, enfin, que c'est pas croyable, même un enfant de cinq ans aurait pas des idées comme ça. Il se présenta à la S.P.A. et passa une heure entre un chimpanzé avec une jambe dans le plâtre et un pékinois qui éternuait. Ça miaulait et ça aboyait de tous les côtés, là-dedans, les bêtes savent vraiment communiquer. Quand elles ont mal quelque part, elles vous le font savoir.

Finalement, une bonne femme, avec une fiche, vint lui demander : « Vous avez aussi un animal malade ? », il dit : « Oui » et sortit. Il en avait marre de cette fille, il ne dormait plus et ne mangeait plus, tellement il en avait marre. Il commençait même à sentir qu'il ne pourrait pas vivre sans elle, ce qui était une vraie rigolade, mais une vraie, alors. Bien sûr, ils allaient se quitter de toute façon, mais il y a tout de même la manière, c'était pas la peine de faire de ça une tragédie, et c'était pourtant ce qu'elle en faisait, une vraie tragédie, voilà.

Finalement, il se sentit tellement écœuré, qu'il alla voir la Noire, parce qu'il se sentait toujours bien, avec les Noirs. Ils avaient sur les Blancs un avantage énorme : ils n'étaient que vingt millions. C'était gros, mais enfin, c'était quand même mieux que deux cents millions. Quand vous n'êtes que vingt millions, ça veut dire que vous êtes encore quelqu'un. Quand vous êtes deux cents millions, ça ne veut plus rien dire du tout, vous êtes plus que du magma. Il n'y a plus que des majorités et des flics. Les majorités, ça devrait être interdit par la démocratie. Moi, je m'occupe pas de politique, mais je suis pour la démocratie. Et qu'est-ce que c'est, la démocratie, chiasse de merde ? C'est des minorités. Des Noirs. Des Mexicains. Des Portoricains. N'importe quoi, pourvu que ça soit pas une majorité. Avec la majorité, il y a plus de démocratie possible, il y a plus que la majorité. Autrefois, aux U.S.A., il y avait que la minorité. Il leur serait pas venu à l'idée d'aller se faire foutre au Vietnam. C'est même une minorité qui a bâti ce putain de pays, et c'est la majorité qui s'en est emparée. Moi, si vous venez me demander, qu'est-ce que c'est, ta politique, Lenny, moi je vous dirai : ma politique, c'est la minorité. Même que moi-même, je suis pas autre chose : je suis une minorité, la plus petite minorité, et je le reste. Même si je dois grimper au sommet de la Scheidegg, et geler là. Je sais bien que je vous fais rigoler, parce que les Américains, il y en a plus, il y a plus que deux cents millions de quelque chose. Mais je me comprends, et ça me suffit. On m'a toujours blagué avec cette photo de Gary Cooper, mais Coop, il a jamais été autre chose que ça : une minorité. C'était un vrai Américain, bien que j'aie rien à en foutre, de l'Amérique, bon, c'est fini, on passe la main à la démographie, n'en parlons plus. Les Noirs, eux, se défendent pas mal, ils sont encore que vingt millions, c'est les derniers Américains, les Noirs, on comprend pourquoi les autres ne peuvent pas les piffer. Je m'en fous, de tout ça, mais en ce moment, je penserais à n'importe quoi, plutôt qu'à cette tordue. Faut quand même être complètement tordue pour faire un vrai drame, alors qu'on aurait pu se quitter gentiment, dans un an ou deux, ou même plus tard. J'aurais même pu l'épouser un peu, je m'en fous, moi, des formalités, je me suis bien laissé vacciner contre le choléra, le typhus, la fièvre jaune, tous les trucs qu'ils ont en Europe. Je veux pas avoir de gosse parce que je suis contre la cruauté, même si elle veut se marier, si elle veut en avoir, alors, d'accord, je me fous de tout, moi.

Il dut attendre à la porte, pendant que la Noire achevait un client. Puis il entra et alla tout de suite ouvrir la fenêtre : ça sentait le blanc, là-dedans. Pas le Blanc, le blanc. Nuance.

« Tu veux manger un morceau, fiston ?

— Tu m'as déjà fait bouffer hier, ça suffit.

— Il y a du poulet frit dans le frigo. »

Il lui lança un sale regard.

« Combien de types tu te tapes par jour ?

— Tu veux un pourcentage ?

— Pourquoi tu rentres pas aux U.S.A., espèce de conne ?

— Et toi, pourquoi ?

— Moi, je suis pas un Noir. J'ai rien à en foutre, des U.S.A.

— Parce que quand on est noir, on est mieux, là-bas ?

— Vachement mieux, oui.

— Explique-moi ça.

— Y a rien à expliquer. C'est comme ça. Si j'étais un Noir, j'en bougerais pas, moi, des U.S.A. En ce moment, être un Noir, aux U.S.A., ça veut dire quelque chose. Ça tient debout. On sait ce qu'on fout là. Tu me l'as dit toi-même, lorsqu'on s'est vus pour la première fois. La mouette. Tu te souviens ?

— J'étais bourrée. »

Il regardait ses fesses énormes et ses niches de *playboy*, pendant qu'elle se maquillait, toute nue. Elle avait vraiment des mass media formidables, ronds, durs, fermes.

« Tu es toujours mordu pour cette môme ?

— Quelle môme ? »

Elle se mit à rire. Ses mass media faisaient du galop sur place. Il prit son peignoir et le lui jeta.

« Mets ça. Tu me donnes froid.

— Je te dis rien, fiston ? Le cœur est ailleurs ? Tu vois pas que je me meurs d'amour pour toi ?

— Mets-moi ça de côté. Je dirai pas non, un jour. T'as vraiment des mass media formidables, ça, y a pas de doute.

— Elle est pas revenue ?

— Ça vient, ça part. »

Elle lui jeta un drôle de regard.

« Tu as vu le journal ?

— Moi, le journal ? »

Elle alla prendre le *Herald Tribune* sur la table.

« Des fois que ça t'intéresserait. »

Diplomate U.S. assassiné à Gen...

Jésus. Jésus. Il devint complètement mou, une fondue. Il avait l'estomac dans la gorge.

« Jésus, dit-il.

— Yeah, Jésus, tu peux le dire. Tout ce qu'ils ont pris, c'est des boutons de manchettes et une montre. Et lis-moi ça, ici... Ils utilisent maintenant des bâtons électrifiés sur les Droits civiques, dans le Mississippi, pour les disperser. Comme du bétail. C'est pour ça que j'ai gardé le journal. »

Il lui arracha le journal des mains et partit en courant vers le bateau. Il se sentait beaucoup mieux, à présent. Rassuré. Elle ne venait pas, parce qu'elle avait une bonne excuse. La meilleure. Maintenant, elle allait venir, il en était sûr. Elle avait besoin de lui. Il lut et relut l'article au moins cent fois. Une paire de boutons de manchettes et une montre. Tuer un homme pour ça. Jésus.

Il était cinq heures du matin. Il entendait les premières mouettes qui s'éveillaient sur l'eau, les battements d'ailes, d'abord, puis les cris, ça allait encore être ça toute la journée, ces cris désespérés comme si c'était vous, ça devrait pas être permis des cris comme ça, en Suisse. Il entendit des pas sur le pont, bondit de la couchette et resta debout, elle descendait.

Il sut tout de suite que quelque chose n'allait pas. Pas son père, non, quelque chose de personnel. Elle le regardait fixement droit dans les yeux comme on vise et pourtant, on aurait dit qu'elle le voyait même pas. A travers, ça passait à travers, et ça allait encore plus loin, ça faisait le tour du monde, son regard, ça le ratait pas, le monde, croyez-moi. Sauf que le monde s'en foutait. Vous pouvez toujours le regarder. C'est du solide, le monde. De la pierre.

Il avait ouvert la bouche pour dire *gee*, Jess, c'est un sale coup, un vrai sale coup d'enfant de pute, je sais ce que c'est, mon père aussi y est passé, sauf que lui, c'était vraiment pour rien, on lui avait même pas pris ses boutons de manchettes et sa montre. Mais il reçut son regard en pleine gueule et il sut que c'était quelque chose de personnel, que ça le visait personnellement, pas seulement le monde entier. Il faillit même demander : « Qu'est-ce qu'il y a ? », mais c'était pas une chose à dire, vu son père. Il la ferma.

A travers le Mont Palomar, c'est comme ça qu'elle le regardait. Mont Palomar, vous savez, le plus grand télescope du monde. Comme s'il était à des millions d'années-lumière d'elle, même qu'il commença à se sentir vachement bien, c'était comme s'il était plus du tout ici, et qu'est-ce qu'on peut demander de plus ?

Sainte merde, pourquoi ? Qu'est-ce que je lui ai fait ?

Elle vit le *Tribune* sur la couchette. *Diplomate U.S., as...*

« C'est la première fois qu'on parle de toi dans le journal, Lenny ? Tu dois être content. »

C'était sûrement une vacherie, mais il n'allait pas se creuser la tête pour comprendre une vacherie. Bug Moran disait que tous les efforts de la science et de la philosophie ça n'avait qu'un but, comprendre la vacherie L'univers, ils appellent ça. Pourtant, c'était pas difficile. Il y avait qu'à écouter les mouettes.

Bon, on peut pas être populaire tout le temps. Même Di Maggio, on l'aimait plus.

« C'est un sale coup, Jess. Un vrai sale coup. Ils ont trouvé qui a fait ça ?

— Non, rassure-toi.

— Qu'est-ce que ça veut dire ?

— Tu ne risques rien, parce que je ne vais pas dire à la police que mon père faisait du trafic d'or et de devises entre la France et la Suisse. Plutôt crever. La réputation, tu sais. Ça compte plus que tout pour vous, quand vous êtes mort. Tu peux dire à tes amis qu'ils risquent rien. Ça restera entre nous. Je n'ai pas dit aux flics que c'est eux qui l'ont tué. Ou toi. »

Il resta complètement sans penser, pendant un an ou deux. Tout ce qu'il y avait dans sa tête, c'était les cris des mouettes. Puis il entendit vaguement sa propre voix :

« Le journal dit que... »

Puis plus rien. Il se tut. Il y avait pas de voix, pour ça. C'était pas la peine.

« Dis-moi, Lenny... Tu peux parler franchement, tu ne risques rien. L'honneur avant tout. La police ne soupçonne absolument rien. Allan Donahue et sa fille sont au-dessus de tout soupçon. Alors ? Tu étais dans le coup ? »

C'était le plus sale direct qu'il avait jamais pris dans la gueule, sauf qu'il en avait pris tant qu'il pouvait pas dire exactement.

Il se mit à rire. Gaiement. Non, vraiment. C'était trop drôle.

« Jess, si j'avais tué ton père, je te l'aurais dit, sans façon. C'est la première chose que je dis toujours à une fille. »

Comment c'était déjà, ce *soukiyaki* du grand Zyss, la vraie Bible, le nouveau testament ?

A quoi bon tuer ton père ?
Quelqu'un d'autre va le faire.

Non, c'était pas ça.

Faut jamais tuer son père,
Sauf si c'est une bonne affaire.

Non, merde. C'était pourtant le moment, pour une vraie perle de sagesse orientale.

Tue ton frère et tue ton père :
Les affaires sont les affaires.

Il avait vraiment pas de mémoire pour la poésie, sainte merde.

« Je l'ai pas tué, Jess. Je sais pas comment ça se fait, mais je l'ai pas tué. Je devais penser à autre chose. »

Elle avait les yeux rouges. Un petit visage, qui paraissait avoir fondu. Mais dur. Tout le reste était parti. Elle a de la volonté, cette môme, je parie que les mouettes, elle les entend même pas. Ça gueule pas pour elle. Ça gueule pour moi. Hemingway, qui a écrit ça. Pour qui ça gueule. Ne demande pas pour qui ça gueule, ça gueule pour toi.

« Jess, je pourrais pas tuer un homme, même si c'était ton père. J'ai pas ça en moi. Peut-être un jour, mais j'y suis pas encore. Faut de la maturité, pour faire ça. Des idées. Ne demande pas ce que ton pays peut faire pour toi, demande ce que tu peux faire pour ton pays... »

Il était tellement indigné, qu'il était obligé de sourire de toutes ses dents, pour cacher ça. Il avait mis toutes ses couilles dans ce sourire. Il pouvait pas supporter cette façon qu'elle avait de le viser. C'était même plus un regard, c'était de la mort-aux-rats. Il avait envie de crier, Jess, oh, Jess, Jess, mais les mouettes ne faisaient que ça. C'est bien la peine de passer ses journées à soigner les bêtes à la S.P.A. pour venir ensuite vous regarder comme ça. Cruauté envers les animaux, voilà ce que c'était.

« Je suis pas foutu de tuer un homme, Jess. Je suis pas un héros.

— Ça m'est égal. »

Ça m'est égal que tu aies tué mon père, pourvu que tu m'aimes, Lenny. Il avait envie de rire.

« C'est quand même marrant, ton père faisait ça pour toi et tu allais le faire pour lui. Vous ne vous parliez jamais, ou quoi ? »

Il ne voulait pas dire ça, il s'était mal exprimé, mais il crut qu'elle allait tomber, tout son corps s'était mis à trembler, et elle dut s'appuyer contre la porte, avec des larmes qui se mettaient à couler et ça y est, du coup, les mouettes, c'était pas croyable, même qu'il en avait une dans le cœur, qui gueulait, mais c'était une illusion d'optique.

« Jess.

— Tu es une belle ordure, Lenny. »

Il souriait grand comme ça. Du soleil partout.

« Est-ce que tu essayes de me faire comprendre que tout est fini entre nous, Jess ? Quelque chose de ce genre ? Parce que moi, j'ai l'impression que la vie commence à peine, Jess. »

C'était vrai. Il avait l'impression que la vie commençait à peine, tellement tout ça était dégueulasse.

« Peu importe, Lenny. Ce n'est pas pour ça que je suis venue. Tu vas aller trouver ton copain. Tu vas lui dire que je suis prête.

— Prête ?

— Prête à passer l'or et le reste, n'importe quoi, je m'en fous, quand il voudra. Mais qu'il se dépêche. Dans quelques jours, les plaques CC, c'est fini. Je suppose qu'il faudra faire plusieurs passages ? »

Il demeura la gueule ouverte, le regard bête. Ça n'avait aucune espèce de sens, donc c'était du sérieux.

« Jess, dit-il enfin. Tu viens me dire que c'est nous qui avons tué ton père et tu veux travailler pour nous ? Tu crois que si je vais dire ça à Ange, il va pas mourir de rire ? Tu travailles pour la police, ou quoi ? Ils nous tueraient, tu sais. »

Elle sourit presque.

« Et alors, Lenny, qu'est-ce qui te paraît si précieux, dans la vie, tout à coup ?

— Rien. Toi. »

Ça l'avait secouée. Un instant, elle parut hésiter, et elle le regarda tout autrement, soudain. Comme s'il restait encore quelque chose.

« Bon, Jess. J'irai lui parler. Il marchera pas.

— Il marchera. Il ne risque rien. Absolument rien. Je ne peux pas le faire arrêter, parce qu'il dirait à la police que mon père faisait du trafic illégal. »

Ça tenait debout. Elle avait raison. Il ne risquait rien, Angie. Garanti or.

« Seulement, il faut le faire tout de suite.

— Okay. J'y vais. »

Il prit sa chemise et commença à l'enfiler. Quand son visage fut à l'intérieur, il s'arrêta un moment, les bras levés, la tête sous la chemise, et demeura ainsi un moment.

Comment s'appelait déjà cet endroit qu'ils ont en Asie, comme la Mongolie extérieure, seulement encore plus loin ? Euthanasie, c'est ça.

Il dit, la tête sous la chemise :

« Je l'ai pas tué. Je sais pas qui l'a tué. Je suis même pas capable de me tuer moi-même, alors, pourquoi j'irais rendre service à un type que je connais même pas ? Je suis pas un gentleman. »

Elle sourit. De toute façon, il pouvait pas la voir, la tête et les bras empêtrés dans la chemise. Seul un petit bout de cheveux blonds dépassait. Tout ce qui restait de Huckleberry Finn.

« Dépêche-toi. »

La voix dit, sous la chemise, tristement :

« L'Euthanasie, c'est là que je voudrais aller. Je sais pas du tout où c'est, mais c'est jamais assez loin pour moi. »

Ça sentait le merdier intégral, cette histoire. Le grand dodo. C'était Madagascar, cette fois, le vrai, ou alors, il connaissait rien à la géographie. D'ailleurs Angie n'allait pas marcher.

Mais Angie marcha tout de suite. Sans même sortir son briquet. Il le rencontra au-dessus du night-club, avec son M. Jones, et c'était vraiment la gueule qu'il avait ce type-là, le vrai destin grec, il n'y avait pas à discuter.

« Angie, moi, j'ai pas confiance. C'est pas catholique, son truc. Je te le dis et je te le répète.

— A onze heures, elle a dit ?

— Oui. C'est une mauvaise heure.

— Pourquoi ?

— Je sais pas pourquoi, mais c'est une mauvaise heure, je le sens dans tout mon corps, voilà. »

L'autre le regardait moqueusement.

« Tu lui téléphones et tu lui dis que c'est okay.

— Vous êtes tous complètement dingues, les Arabes, et... »

Et puis, il comprit. *Ils en savaient trop, tous les deux, Lenny et la môme.*

Il se tut. Ange mit son chapeau. Même ce geste banal parut à Lenny absolument sinistre.

« Alors, ça va, Lenny ?

— Ça va.

— Elle peut rien dire aux flics, elle a raison. Son

père, tu comprends. C'est sacré, un truc comme ça. La mémoire. Moi aussi, mon père est mort, je sais ce que c'est. »

Le culte des ancêtres. Ils avaient ça en Algérie.

« C'est toi qui l'as tué ?

— Mon père ? »

Il allait dire « non, le sien », mais c'était pas la peine. L'essentiel, c'est qu'il était tué. Il en savait déjà assez.

« D'ailleurs, Lenny, on va prendre une petite précaution. J'ai un million de dollars qui meurt de frousse, de l'autre côté de la frontière. Un million de dollars, ça a le cœur fragile. Il faut que ça arrive en Suisse, que ça puisse enfin respirer. J'ai quinze jours de retard. C'est mauvais pour ma réputation.

— Et après ?

— Quoi, après ?

— On va être payés, elle et moi ? »

Ange parut étonné.

« Bien sûr.

— En nature ? »

L'ordure hésita un peu. Faut pas croire que l'ordure, c'est quelque chose de parfait. Il s'attendait pas à celle-là.

« Tu vas nous bousiller tous les deux, voilà.

— Pourquoi que je ferais une chose pareille, Lenny ?

— J'ai vu ça, quand tu as mis ton chapeau. »

Angie se tourna vers le destin grec. On a pas idée de se faire appeler M. Jones, quand on est grec. Il trompait personne.

« Il a vu ça quand j'ai mis mon chapeau. »

Le destin rigola. C'était absolument affrayant. Ça rigole jamais, le destin. Ou alors, ça rigole tout le temps, je sais pas, moi.

Angie le regardait gravement. Le code d'honneur. Ça existe, chez les gangsters.

« Je peux pas te faire de promesses, Lenny. Mais tu

es un bon petit. On verra ce qu'on pourra faire pour toi, après. »

Le destin grec fit ha-ha-ha-ha et ça s'est mis à sentir la merde, la pourriture, à chaque ha-ha, et la seule chose qui manquait c'était le fils qui s'envoie sa mère ou son père et s'arrache les yeux.

Ils allaient les bousiller, tous les deux, ensemble, ça finit toujours bien, comme au cinéma. C'était la première fois depuis longtemps que quelque chose se mettait à tenir enfin debout. Ensemble. C'était même marrant, elle s'imaginait pouvoir se débarrasser si facilement de lui. On va voir comment elle va faire pour me plaquer, là-haut, là où il y a rien, sauf peut-être la trompette de Charlie Parker.

Il dit tout de même, en haussant les épaules :

« Elle croit que c'est toi qui as bousillé son père.

— Sans blague ? »

Il paraissait pas étonné. On peut pas, quand on est une vraie ordure.

« Je tue pas tout le monde, Lenny. Elle me prend pour Napoléon, ou quoi ? »

Lenny fut impressionné, il ne pensait pas qu'Angie savait qui était Napoléon.

« Si elle te fait un sale tour, dis pas que c'est ma faute.

— Je vous dirai rien du tout. Tu peux compter sur moi.

— C'est promis, cette fois ? »

Angie l'observait avec une certaine curiosité.

« T'es quand même un drôle de mec, pour un Amerlock. T'es drôlement compliqué. C'est promis, Lenny. Vas-y. »

Le destin grec, lui, ne disait rien. Il était là, ça suffisait. Il sortit de là en sifflotant. C'était enfin la Mongolie extérieure, et même plus loin que ça.

Il lui téléphona à onze heures pile.

Elle fut appelée dans la cabine, bon, Jess, ils sont d'accord, à deux heures cet après-midi, six kilomètres de la frontière, côté français, il y a une grange, oui, celle qui a Cinzano dessus, tu vois où c'est ?

Je vois.

Deux heures pile.

J'y serai.

Elle revint au bar, régla l'addition ; un ami de son père qu'elle ne connaissait pas, genre yeux bleu pâle d'alcoolique sans espoir, vint lui présenter ses condoléances distinguées, un Martini à la main.

« ... Un homme si remarquable. J'ai perdu un ami très cher. »

Elle regarda son Martini.

« Oui, je comprends, c'est un peu comme s'il avait rejoint les Alcooliques anonymes. »

Il parut scandalisé, rampa vers sa table. Onze heures dix. Elle brûlait d'impatience. Elle se sentait exactement dans la peau d'Eisenhower, le jour J, sauf qu'il ne pleuvait pas.

A deux heures de l'après-midi, elle attendait dans la Triumph, sous le Cinzano. Il faisait très beau. La grange était une ruine, à deux cents mètres de la route. Elle mit *Le Messie* de Hændel sur le tourne-disque, ces chœurs célestes étaient exactement ce qu'il fallait pour saluer l'arrivée d'une énorme quantité de fric : le ciel n'était pas insensible à la beauté. Elle vit dans le rétroviseur une Buick verte rouler lentement sur le terrain, avec une espèce de corbeau noir au volant, le genre de profil qu'on tient généralement par le manche. Lenny était assis derrière avec un de ces hommes qui présentent bien et dans lesquels on peut envelopper n'importe quoi, l'héroïne ou des mitrailleuses. Elle n'avait pas peur mais il lui parut tout de même que la voix des chœurs célestes du *Messie* avait un accent de panique. Elle prit son bâton et se mit du rouge sur les lèvres, en les observant dans le rétroviseur pendant qu'ils mettaient la valise dans le coffre de la Triumph. Lenny sauta à côté d'elle et lui rendit la clé.

Elle démarra. La Buick les suivait à vingt mètres, mais elle comptait sur les formalités de douane pour la semer.

Elle ne desserrait pas les dents. Elle avait mis ses lunettes pour conduire, ça lui donne un air dur, les lunettes. Heureusement, parce que c'est ça qui lui manque, la dureté. Pour tout le reste, ça va. A quarante ans, cette môme, ça sera du ciment armé.

« Alors, Jess, toi et moi, un million dans le coffre, l'amour et le fric, tout ce qu'il faut, hein ? »

Elle écrasa l'accélérateur avec une telle haine qu'il sentit que c'était son visage à lui qui était sous son pied. Il se mit à rire. C'était même plus de la haine, c'était de l'amour. Elle l'avait pas dans le cœur, mais elle l'avait dans la peau. Cent trente. Cent cinquante. Elle allait foutre la frontière en l'air.

« C'est gentil, Jess. Je sais comment tu te sens. Moi aussi, je t'aime. »

Cent soixante. Les arbres volaient au-dessus de leurs têtes.

« Allez, adieu, Jess. Sans rancune. J'aurais dû emmener mes skis. Ça me fait mal au cœur de les laisser seuls au monde.

— Où est-ce que je vais être payée ?

— Si tu ralentis pas, Jess, tu vas pas voir un rond, je te le dis, moi. Enfin, peut-être que le bon Dieu te le rendra, là-haut. Il doit être plein de fric.

— Mes six mille dollars, Lenny ?

— A Genève. »

Il se sentit quand même démoralisé. Elle y pensait vraiment, à ce pognon. Il était même plus sûr qu'elle allait tout dire à la douane, comme il espérait, histoire de rigoler un bon coup. Et son père ? Je veux dire, si elle croyait vraiment qu'ils avaient tué son père... Il sentit des gouttes de sueur froide sur son front, lui jeta un coup d'œil épouvanté. Bon Dieu de Frankenstein. C'était pas possible. Elle était pas comme ça. C'était une fille bien, elle leur mijotait sûrement un sale coup.

La vengeance, quoi, dent pour dent. Parce que si elle faisait tout ça vraiment pour du pognon, eh bien, c'était même pas la peine de se faire tuer avec elle. Il se retourna. On voyait même plus la Buick. Bon Dieu, et si c'était ça, le destin grec ? Comme lorsqu'il arrive rien, on se fait un peu de pognon, on continue à vivre. Si c'était ça, le vrai grec, le vraiment dégueulasse, pas seulement celui où l'on couche avec sa mère qui vous arrache ensuite les yeux ?

« Jess, je...

— Tu as fini, oui ? »

Et qu'est-ce que c'était cette putain de musique, encore ? C'était plein d'anges, là-dedans. Et ce serait seulement pour du fric ? Pas pour mourir ensemble, à cent soixante-dix à l'heure ?

Elle freinait. Cent dix. Quatre-vingts. Les meilleures choses ont une fin. Elle était pas sentimentale, voilà.

La frontière.

Pour chaque prise d'or et de devises, la douane versait dix pour cent de récompense.

La Triumph s'arrêta.

Il ferma les yeux. M'aime, m'aime pas. Il souriait. On allait bien voir. Pile ou face.

« Voulez-vous descendre, s'il vous plaît ? »

Il entendit sa voix, ça claquait sec.

« Vous n'avez pas vu les plaques ? Corps Consulaire.

— Désolé, mademoiselle. Vous discuterez de cela à l'intérieur, avec l'inspecteur principal. »

Elle descendit. Ce n'était pas possible. Ils n'avaient pas le droit de fouiller sa voiture. A l'intérieur du poste de douane, un homme se leva et vint vers elle. Il y avait un bouquet de lilas sur le bureau et dans cette pièce de ciment et d'armoires de fer seul le bouquet avait l'air d'être là en contrebande.

« Bonjour, mademoiselle Donahue. Je ne sais si vous me reconnaissez... »

Elle le dévisagea. Le genre de Français qui plaît aux

putes. Du bon bifteck, le teint fleuri. Petite moustache de beau chauve.

« Non.

— J'étais là, le soir où Monsieur votre père... Vous étiez en état de choc.

— Bien sûr.

— J'ai quelque chose de très sérieux et d'un peu... pénible à vous dire. Asseyez-vous, je vous prie.

— Je n'ai pas l'habitude de m'évanouir. »

Il jouait l'embarras, pour bien marquer qu'il avait du sentiment.

« Je ne sais trop comment vous le dire...

— Le plus rapidement possible, inspecteur. Je suis pressée.

— C'est que, voyez-vous, j'ai une part de responsabilité dans la mort de Monsieur votre père. Nous savions qu'il avait de gros besoins d'argent, en raison de... de son état de santé, qu'il avait... hé — hum ! des dettes. Il venait de perdre son poste officiel. Bref, mes supérieurs hiérarchiques m'avaient autorisé à lui faire certaines... propositions. Avec l'immunité diplomatique dont il disposait encore... et nous avions pris des mesures pour qu'il pût conserver ses plaques CC indéfiniment... Vous savez peut-être qu'il y a dix pour cent de récompense sur toutes les prises. Bref... Il avait accepté de nous aider. »

Elle demeura un moment impassible, puis se mit à rire. L'inspecteur parut choqué. On était si près de l'air pur et hautement moral de la Suisse que même la police française était contaminée. Elle jeta un regard vers la fenêtre, où Lenny offrait son joli visage au soleil. Il avait changé de messie : il avait enlevé celui de Haendel et mis Bob Dylan à la place.

« Samson Dalila et ses pussy-cats, dit-elle.

— Pardon ?

— Je pensais à mon père, c'est tout. Ce furent sûrement ses derniers mots.

— Vous voulez dire qu'il connaissait ses assassins. Nous en sommes sûrs.

— ... Ou peut-être Les Chaussettes noires. Notez ce nom, inspecteur. C'est la clé de l'affaire. De *toute* l'affaire. Est-ce tout ce que vous avez à me dire et est-ce que je peux enfin rejoindre mon amant et aller danser ? »

Il devait penser : une piquée. D'ailleurs, elle était étudiante.

« Excusez-moi, inspecteur... »

Ah, tout de même.

« Mais je comprends, après un tel choc...

— ... Excusez-moi, je suis bourrée de L.S.D. Trois su-sucres ce matin. C'est l'université, que voulez-vous. Alors, mon père faisait la contrebande de l'or pour les douanes, en quelque sorte ? »

L'inspecteur avait un air « je ne comprends plus rien aux jeunes, plus rien ». Parce que tout le reste, tout, il l'avait pigé. Il n'y a plus au monde que les jeunes qui refusent de se laisser comprendre.

« Il y avait des mois que nous essayions de briser une organisation spécialisée dans le passage de l'or et des devises. Des milliards fuient l'instabilité politique et les révolutions pour se réfugier en Suisse. Les diplomates sont fréquemment contactés par ces bandes. Les difficultés dans lesquelles se débattait votre père étaient connues et, naturellement, on lui avait fait des " offres ". Il avait toujours refusé. C'était un homme d'honneur. Nous lui avions suggéré d'accepter et...

— Et de jouer les indicateurs. Un homme d'honneur, on ne peut pas trouver mieux comme indic. Ce sont les meilleurs. »

Cette fois, il lui jeta un sale regard.

« Je ne m'attendais pas à ce que vous preniez cela sur ce ton, mademoiselle.

— Excusez mon accent américain, inspecteur, mais je vous emmerde. »

Il s'attendait si peu à cela que d'abord il ne réagit pas. Ensuite, sa tête devint une espèce de ruche dans laquelle on entendait presque bourdonner les guêpes, et tout ça lui sortait par les yeux.

« Mademoiselle, si vous n'étiez pas manifestement en pleine dépression nerveuse, je...

— Vous ?

— Votre père était majeur. Il savait ce qu'il faisait. Sur une prise de cinq cent mille dollars, il en aurait gagné cinquante mille. »

J'ai opté pour l'humilité. Je vais devenir riche à puer. Qui suis-je, pour refuser de puer ? Et avec son sens pratique aigu habituel, il s'était fait tuer. Tant pis pour lui. La seule chose qui comptait à présent, c'était le fric. Et de le donner à ceux qui sauront l'utiliser pour nous foutre en l'air. Oui, *nous*.

« Il avait donc accepté notre proposition et...

— Ils l'ont su et se sont débarrassés de lui.

— Nous ignorons ce qui est arrivé. Nous avions pris toutes les précautions nécessaires. Il n'y avait pratiquement pas de risques. Il nous avait téléphoné pour nous indiquer le lieu de livraison, à Genève. Nous avions tendu une souricière, avec la coopération des autorités suisses. Mais votre père n'est jamais venu au rendez-vous. Ce qu'il y a de certain, c'est qu'il a bien traversé la frontière, une demi-heure avant, et ensuite, il est rentré. Ils avaient dû changer leurs plans. Ils avaient peut-être appris au dernier moment qu'il travaillait pour nous. Ils ont annulé la livraison, et l'ont abattu. Ou alors, ils lui avaient indiqué un faux rendez-vous, l'avaient intercepté et avaient déchargé l'argent. Mais c'est peu probable : ils n'auraient pas fouillé votre maison. En tout cas, il s'agit d'une véritable organisation. Rapide et efficace. »

Elle jeta un coup d'œil au-dehors. Il était très détendu, le visage offert au soleil, les yeux fermés. Blond de Botticelli. Petit côté saint Sébastien. Il était difficile d'imaginer *ça* avec un revolver dans la poche.

Bien trop flemmard pour tuer qui que ce soit, il n'allait pas se déranger. Il était plus probable qu'ils comptaient les tuer tous les deux, après la livraison. Ils ne pouvaient les laisser vivants, ils en savaient trop. Elle eut un élan d'exaltation, presque de triomphe. Ils avaient affaire à des assassins, mais c'étaient des professionnels. Les professionnels ne se méfient pas assez des amateurs. T'en fais pas, Lenny. Laisse faire maman.

« Tout cela est vraiment passionnant », dit-elle.

L'inspecteur parut profondément choqué. Ces gens-là ont horreur du cynisme. Un très haut sens moral, sinon il ne serait pas dans la police.

« Il y a autre chose, mademoiselle, dit-il sèchement.

— Ah ? »

Elle eut un petit moment d'inquiétude, cette fois. Pas pour elle. Pour l'or, dans le coffre de la Triumph. Cet or était destiné à de grandes et belles choses. Elle y tenait.

« En vérité, nous sommes un peu inquiets pour vous. Ils n'auraient pas fouillé votre maison avec une telle précipitation s'ils avaient su où était la... " marchandise ", comme nous disons... »

Ils n'ont rien fouillé du tout, mon vieux. C'est nous qui avons fait cette petite mise en scène. Pour sauver l'honneur...

« Ils semblent avoir agi sous l'effet de la panique, dès qu'ils eurent appris que votre père les trahiss... Je veux dire, qu'il était du côté de la loi. Ce qui semblerait indiquer que la marchandise est encore de ce côté de la frontière. Nous aurons besoin de votre permission pour fouiller la maison. »

La « marchandise » est dans ma voiture là-bas, dans le coffre arrière, cher monsieur. Mais fouillez, fouillez.

« Fouillez, monsieur.

— Ils peuvent revenir. Ils peuvent s'imaginer que votre père vous avait mise au courant. Si quelqu'un essaye de vous contacter, par téléphone, ou autrement... Voici ma carte. N'hésitez pas à m'appeler.

— Je vois que vous êtes vraiment pour la famille, dans la police. »

Interrogation muette, un peu méfiante. Il avait des yeux de cafard chaud. Méridional.

« Oui, vous avez déjà causé la mort du père, maintenant vous faites donner la fille. Au revoir, inspecteur. Je n'y manquerai pas. »

Elle regagna la Triumph, se mit au volant et demeura un moment écrasée par *tout*, essayant seulement de survivre. Allons, idiote, un peu de courage, c'est seulement la fin du monde, ça arrive tout le temps. Allan Donahue, indicateur et agent provocateur. Tout ça pour reconquérir l'estime de sa fille et devenir un homme à part entière à ses yeux. Le dernier gentilhomme sudiste reconnaissant enfin que ce temps, c'est l'argent. Faisant face à la réalité, en quelque sorte, mais avec une haine intérieure qu'elle n'avait jamais soupçonnée et qui devait pourtant être là depuis toujours, de cloche de verre en cloche de verre, d'un poste diplomatique à l autre, jusqu'à l'alcoolisme scorpionesque... *et ça*. Elle ne l'avait jamais vraiment connu. Elle n'avait pas eu le temps. Elle ne pensait qu'à elle-même.

Mais qu'est-ce qu'elle a, bon Dieu ? En morceaux. Il croyait que les douaniers allaient fouiller la voiture, mais non, c'était pas ça.

« Jess.

— Ferme-la, Lenny. »

Elle le regarda. Elle avait ses lunettes. Ça voulait dire qu'elle s'en foutait vraiment. Elle les enlevait toujours, pour moi.

« Tu veux me faire plaisir, Lenny ? »

Il attendit. Une vacherie.

« Enlève ton putain de sourire.

— Peux pas, Jess. Il est coincé. Parole d'honneur. Une paralysie, ça s'appelle. Qu'est-ce qu'ils t'ont dit ?

— Ils m'ont exprimé leurs condoléances. Pour papa. »

Elle démarra. Les douaniers côté suisse les regardaient même pas.

« La Buick est passée ?

— Non.

— Tiens, comment ça se fait ? La confiance règne, tout à coup ? »

Il s'inquiétait. Sa voix s'était cassée. Ça tremblait partout, là-dedans. A l'intérieur. Il restait pas une pierre debout.

Cent vingt à l'heure, de nouveau. Cent cinquante. Bon. On a encore une chance de rester ensemble.

« Jess.

— Ferme ton claquemerde, Lenny. C'est pas le moment. Je suis enterrée sous les débris. Mets *Le Messie.* »

Il mit le disque. Les chœurs angéliques. C'était tout à fait ça. On allait tout droit au ciel à cent soixante à l'heure.

« Alleluiah. L'or arrive. Combien il y en a, là-dedans ?

— Il y a rien dans cette voiture, Jess. La valise est vide. Ils sont pas fous. »

Elle freina à tout casser. Le Messie se cassa la gueule. Elle avait les mains moites. Il l'avait dit juste à temps. Encore trois cents mètres et tout était raté. Elle s'arrêta.

« Qu'est-ce que c'est encore que cette histoire ? »

Il riait. Il paraissait heureux, comme si elle lui avait prouvé quelque chose. Et des taches de rousseur autour du nez. On peut être un salopard odieux et avoir quand même des taches de rousseur.

« Ils sont pas fous, Jess. Ils voulaient vérifier.

— Vérifier ? Vérifier quoi ?

— Que tu allais pas nous donner. Moi et le messie... Le pognon, je veux dire. Alors, ils ont décidé de faire un passage à vide. Pour voir.

— Et tu as vu ?
— J'ai vu, Jess. Tu m'aimes d'amour. Oh là, dis donc... Des poignards dans les yeux. Tu devrais m'aimer un peu moins. Comme ça, j'aurais une chance de m'en tirer. »
Elle regardait droit devant elle. Un pincement au cœur, un tout petit petit. Des scrupules exquis. Tu parles d'une révolutionnaire. Mais il était désarmant, et désarmé. Complètement désarmé, à part le sourire. Qu'est-ce que ça va devenir, sans moi ? Elle se ressaisit. Il ne s'agissait plus ni d'elle ni de lui ni de personne, à présent. Il s'agissait de l'argent. Un million de dollars, pour le donner à ceux qui vont peut-être réussir enfin à *nous* éliminer.
« Bon. Et maintenant ?
— On recommence. Cette fois, c'est pas bidon. »
Elle revint lentement vers la frontière et traversa. Je suis une garce, idéalisme ou pas. Des remords, toujours des remords. Allan a dû se tromper. Nous ne sommes pas catholiques. Nous sommes sûrement protestants.
La Buick était sous le Cinzano et ils étaient tous dehors, cette fois, et il y avait une troisième saloperie, ou une quatrième, si on comptait Lenny, qui se tenait le dos à la grange, et elle n'avait jamais vu une armoire blindée avec une tête pareille, c'était à croire qu'elle avait sous-estimé les possibilités des têtes. Pas croyable. Elle alluma une cigarette et l'observa avec un sourire amusé, pendant qu'ils chargeaient la valise. Le type en eut assez, à la fin, de ce regard moqueur, il était habitué à ce qu'on évite soigneusement de le regarder. Il s'approcha.
« Je vous plais ?
— Je suis contente de ne pas être enceinte, c'est tout.
— Tu veux une baffe ?
— Où est votre bouche ?
— Petite pu... »

Ange gueula quelques mots en arabe. Un beau blond qui sait l'arabe, c'est toute une vie. Trop jeune pour un nazi. Il a dû apprendre ça dans les livres.

Lenny sauta à côté d'elle.

« Ils te disent d'aller lentement. Il leur faut le temps pour les formalités à la frontière. »

Elle fit miauler les pneus. Il se tenait à côté d'elle. Décomposé.

« Bon Dieu, mais qu'est-ce que je fous ici ? Qu'est-ce que j'ai à en foutre, de tout ça ? Jess, tu peux pas me dire ce que je fous, moi, là-dedans ?

— L'amour, Lenny.

— Mais j'ai rien à en foutre, de l'amour ! J'ai rien demandé, moi ! Ça m'est tombé dessus, comme ça, tiens, pan ! en pleine gueule !

— Formidable, Lenny. Un vrai poète.

— Tu sais, la première fois, dans ta maison ? Je voulais même pas coucher avec toi, j'ai tout de suite senti que c'était miné. Comme le Taos.

— Laos.

— Merde. Dès que je t'ai vue, j'ai senti que c'était mauvais pour mon horoscope, Madagascar.

— Qu'est-ce que tu racontes ?

— Mon horoscope, je te dis. Madagascar, c'est tout ce qu'il y a de plus dangereux pour mon horoscope. Un vrai désastre. On m'a dit : Lenny, mets-y jamais les pieds, à Madagascar. Mais comme je savais pas où c'est, je me suis trouvé dedans sans le savoir. Je t'aime, Jess. C'est le vrai merdier. »

Désarmant. L'espace d'une seconde, elle hésita. Il ne soupçonnait rien, ne se doutait de rien. L'impression d'emmener un veau beau comme un dieu à l'abattoir.

Cent cinquante.

« Nom de nom, Jess, fais attention, on a un million de dollars dans la bagnole ! »

Cette fois, elle faillit vraiment emboutir un arbre. Ce n'était pas le moment de rire.

« Lenny, je te l'ai déjà dit, rentre en Amérique. Tu manques au folklore, là-bas.

— Je voulais même plus faire le coup, après. C'est pour ça que je me suis taillé à l'aube. Mais ils m'attendaient dehors, avec leur camelote, et ils m'ont dit... Enfin, tu vois ça d'ici. Tu as vu le gars. Je me suis assis sur ma valoche, et je t'ai attendue. Trois fois, j'ai essayé de me tailler. Rien à faire. C'est le vrai truc grec.

— Quel truc grec ?

— Le destin. Je sais même pas, si c'est de naissance, cette gueule qu'il a, ou la guerre, ou quelque chose. Mais comme destin grec, on fait pas mieux. Sauf qu'il est même pas grec, il est américain ou allemand.

— Mais qu'est-ce que tu racontes ? »

Il était complètement affolé. Même ses yeux verts étaient devenus verdâtres. Il se mit à gueuler.

« Je veux savoir qu'est-ce que je fous ici à cent cinquante à l'heure, amoureux d'une pierre et avec un million de dollars et un Grec au cul ? Voilà ce que je veux savoir. Ils sont en train de nous tuer, Jess !

— Tu as peur de mourir ?

— J'ai pas peur de mourir, mais la mort, j'ai rien à en foutre, et puis, je veux comprendre ! Comprendre, tu comprends ? Comprendre quelque chose ! N'importe quoi, pourvu que ça tienne debout ! Je te dis, c'est ce type qui a tout préparé, il a lui-même trafiqué mon horoscope, cette ordure-là !

— Qui ça ?

— Ce Grec de malheur ! Ce type-là, c'est de naissance ! Il joue au con avec vous, dès que vous mettez un pied dehors ! Il y a qu'à voir sa gueule. Il a tué père et mère. Le destin, moi j'ai rien à en foutre, c'est pas un truc pour moi ! »

Elle ralentissait.

« Tu es sûr qu'ils vont nous tuer et tu le fais tout de même ? »

Lorsqu'il ne souriait plus, son visage ne cachait plus

rien. Mais peut-être cette extraordinaire pureté n'était-elle que de la beauté.

« Il y a des millions et des milliards de mecs sur la terre et chacun de ces connards peut vivre sans toi, Jess, mais pourquoi pas moi ? Qu'est-ce que c'est que cette vacherie, pourquoi Lenny ? Je peux pas vivre sans toi. Un truc que n'importe qui peut faire, un enfant de cinq ans peut, mais non, pas Lenny. Tu peux comprendre ça, toi ? »

Elle avalait ses larmes. Elle avait l'impression qu'il y avait assez de pierres sur son cœur pour bâtir encore quelques cathédrales. Elle dit d'une toute petite voix :

« On se retrouvera peut-être un jour, Lenny, qui sait. »

Il se retourna. La Buick était derrière.

« Tu parles. On va pas se retrouver parce qu'on va plus jamais se quitter, toi et moi. Ils vont nous tuer, comme ton père. C'est la Mongolie extérieure, cette fois. Enfin, il paraît qu'ils ont les neiges éternelles. »

Côté français. Elle freina.

« Démoralisé, Lenny ? »

Il rit.

« Tu peux le dire. Même que je pense à mon père, tout à coup. On peut pas être plus démoralisé que ça. »

Il y avait trois voitures qui attendaient devant eux. La Buick s'arrêta à cinq mètres derrière.

« Tu devrais regarder ton saint, Lenny. Ça te remonterait le moral.

— Quel saint ?

— La photo. Gary Cooper.

— Je l'ai déchirée. »

C'était pas vrai, il allait tout de même pas déchirer le gosse qu'il avait été, il y a dix ans. Le gosse était déjà assez déchiré comme ça.

« Alors, cette fois, c'est vraiment comme dans cette chanson ? Adieu, Gary Cooper ?

— C'est adieu, Jess. Ça, c'est sûr. »

Deux voitures étaient passées. Elle ne songeait même pas à tout dire aux flics, cette dingue. C'est pas qu'il y songeait, lui, non, on pouvait pas dire ça vraiment, mais c'était quand même rassurant, leurs putes d'uniformes. Ils étaient même beaux, voilà. Ils avaient quelque chose qu'ils avaient jamais eu avant, les uniformes des flics. Il les avait jamais bien regardés avant, voilà. Quant à la dingue, elle était gonflée à mort. Calme. Décontractée. Sans même un regard pour ce Madagascar grec, derrière.

La troisième voiture démarrait devant eux. Il essuya la sueur sur son front.

« Tu parles jamais aux flics ?

— Seulement lorsque j'ai quelque chose à leur dire. »

Quelque chose à leur dire, sainte merde !

« J'ai jamais vu une môme aussi gonflée que toi, ça, jamais.

— C'est le matriarcat.

— Qu'est-ce que c'est encore, comme cochonnerie ?

— Tu verras. »

Elle avait qu'un mot à leur dire, aux flics, bon Dieu. Un petit mot. Mais non, rien. Un sourire un peu vache, c'est tout. Une vraie sadique.

Les flics leur faisaient signe de passer.

Foutus.

Il se sentit mieux, tout à coup. Soulagé. On discute pas avec le Grec. C'est de naissance.

C'est quand même quelque chose, il y a pas moyen de déserter. Quand c'est pas le Vietnam, c'est Madagascar.

Elle passa le côté suisse sans ralentir, parmi les signes de main amicaux. C'est à se demander pourquoi on les paye, les flics.

Elle fonça. Mais alors, vraiment. En trombe.

La Buick était encore en France.

« Ils t'ont dit d'aller lentement. Tu veux qu'ils nous torturent un peu, avant ?

— Où est le rendez-vous ?
— Derrière le château.
— Bien choisi. Il n'y a jamais un chat.
— Tout à l'heure, il y aura deux chats. Morts. »

Cent quarante. Ils avaient au moins huit minutes d'avance sur la Buick. Elle commença à ralentir, elle avait peur de manquer le tournant. Elle vit le panneau, le bébé Nestlé, avec de belles joues Blédine. Maintenant.

D'abord, il crut qu'elle avait perdu le contrôle du volant. Il gueula, vit arriver un arbre, se protégea le visage des bras, ferma les yeux, attendit le choc, mais la Triumph continuait à rouler, il ouvrit les yeux, une piste cycliste à travers la forêt, voulut saisir le volant, reçut un coup de coude dans l'œil, vit deux soldats suisses en uniforme, dit sainte merde deux fois et prit le pare-brise en pleine gueule, quelque chose de maison. Il entendit les freins qui hurlaient, comme si on leur arrachait les tripes, et puis ce fut le silence, sauf qu'un réveille-matin sonnait dans sa tête, il sentait le sang qui lui coulait sur la bouche. Il regarda, mais d'abord, ce fut comme s'il avait quatre yeux. Puis il vit qu'ils étaient pas cent, mais une douzaine, dont cinq ou six semblaient des soldats suisses, avec des fusils, sauf qu'ils avaient des espèces de brassards noirs avec des lettres dessus, et des bérets, il y avait aussi une Packard jaune modèle grand-père, une Mini, une Porsche, mais qu'est-ce que c'est bon Dieu que ce bordel-là ? Il entendit une voix rageuse derrière son dos qui disait : « Descends, salaud ! » et vit un des mectons à brassard noir qui lui foutait le canon d'un fusil en pleine poire. Le réveille-matin sonnait toujours dans sa tête, mais il avait plus besoin d'être réveillé. Il essaya son sourire, mais il avait dû le perdre en route. Il avala du sang, enfin quelque chose de chaud, ça vous remonte, et resta un moment comme ça, rien, ça va, merci, sauf qu'on vit toujours trop longtemps, voilà. Il la chercha du regard, après tout, merde, c'était le grand amour, mais elle avait détourné la tête. Elle voulait pas voir ça. Comment c'était déjà, ce mot qu'elle avait dit tout à l'heure ? Le matriarcat. Ça devait être ça.

« Merci, Jess. »

Elle jeta les clés à un barbu. Celui-là, je le connais. Il faisait de la télé. Fidel Castro. Il rigola.

« Descends. »

C'était le cul à lunettes avec son flingue.

« Qu'est-ce que c'est, la baie des Cochons ? »

Il reçut un coup de crosse dans la gueule. Tous antiaméricains, ces Cubains. Ils étaient tous autour de lui, et il y avait même un Noir. Sainte merde, un nègre suisse. Je savais pas qu'ils avaient chopé ça, eux aussi. Ça le foutait par terre de voir un Noir contre lui. On peut plus compter sur rien. Il y avait aussi des jumeaux. Il crut d'abord qu'il voyait double, mais non, des jumeaux, et ça porte malheur, les jumeaux en Suisse, après trois heures, c'est connu. Tous ces Cubains le regardaient, et il s'était jamais senti aussi aimé, même qu'il en retrouva le sourire, le vrai, cynique.

Ils le poussèrent hors de la Triumph. Des coups de crosse de tous les côtés. La baie des Cochons, je vous dis. Avec des Viets dans tous les coins. Même qu'ils avaient leur barbu. Il portait une espèce de cape genre couverture militaire, genre Trésor de la Sierra Madre, avec Che Guevara dans le rôle principal.

« Dites donc, les gars, vous auriez pas le drapeau américain, par ici ? J' peux pas, sans ça. »

Ils disaient rien. C'était pas à cette heure-là qu'ils rigolaient. Un million de dollars, ça vous rend sérieux. Même le pape, ça le rendrait sérieux.

Ils avaient sorti la valise et ils l'avaient ouverte. C'était effrayant de voir tout ce pognon, on avait envie de crever de faim. De l'or. Des dollars. Des tas. C'était même pas du fric, c'était de la démographie. Ça valait le coup de voir ça. C'est pas quelque chose qu'on apprend dans les livres. Regarde bien, Lenny. Après, tu pourras vraiment dire que t'as été en Suisse.

« Lenny. »

Sans blague, elle versait une larme. Normal. C'était le pognon qui la faisait pleurer. L'émotion. Comment qu'il disait déjà, le grand Zyss, le seul et vrai Chinois, celui qui a tout prévu, dans ses perles ? Ah oui, voilà :

Pour changer vraiment le monde
Faut attendre que ça fonde.
Fahrenheit, cent mille degrés.
Il sera changé, après.

« Lenny.

— Oui, Jess. Merci, Jess. Moi aussi, je t'aime, Jess. Mais dis surtout rien. C'est déjà assez beau comme ça. »

Le cul à lunettes s'était approché. Méfiant. Jaloux. C'était personnel, avec lui. Il avait une thermos à la main.

« Bois ça, ordure.

— Paul, ça suffit comme ça. »

Paul. Il y avait qu'un seul vrai Paul, c'était Paul Desmond, le trompette de Dave Bruebeck. C'était pas Charlie Parker, mais Charlie Parker était mort, héroïne, sa trompette s'était tue. Sans lui, c'est foutu. Quand Charlie Parker soufflait dans sa trompette, on sentait que quelque chose allait enfin tomber, que quelque chose allait enfin s'ouvrir, et qu'il y aurait même enfin quelque chose à l'intérieur. Il but une gorgée. Du café.

« Qu'est-ce qu'il y a là-dedans, mecton ? De la mort-aux-rats ?

— Grouille.

— C'est seulement du somnifère, Lenny. »

Ah, seulement. Il but encore. Content, même. Anastasie. C'était exactement ce qu'il lui fallait, Anastasie. On dort dans ses bras. On sent plus rien.

« Jess, ils vont te tuer, pour ça. Aussi vrai que Dieu existe... enfin, tu vois ce que je veux dire.

— Ils ne peuvent rien faire. Ils sont foutus. Paul, fais-lui voir les photos. »

Bon. On va se montrer des photos, maintenant. Ça, c'est papa et maman et la tour Eiffel. Fais voir ton kiki, je te ferai voir le mien. Le cul à lunettes avec son album de famille.

« Ne m'appelle pas comme ça ou je te fous une balle dans la peau. »

Ça alors. Il savait même pas qu'il avait parlé. C'est Anastasie qui commence.

Il regarda les photos.

Sainte merde.

Il resta con, un moment.

Ange et le destin grec, devant le yacht. Ange devant la Buick, avec l'Élégant et la valise. Ange, le destin grec et l'Élégant, dans la Buick. Ange partout, avec Lenny, sans Lenny. Le destin grec, tout seul, téléobjectif, on voyait même les poils du nez. La Buick et la Triumph devant la grange Cinzano, tout le pique-nique.

« Sainte-Merde.

— Paul était dans la grange, la première fois. Avec un polaroïd. »

Ça alors. Ange l'avait dans le cul. L'Élégant l'avait dans le derrière, poliment. Le destin grec l'avait dans le cul. Foutu, le destin grec. A Madagascar. Tout ce qu'ils pouvaient faire, c'est rien. Dans l'album de famille. Identifiés. Photographiés. Étiquetés.

« Tu bois, oui ? »

Il avala encore une gorgée. Le café, c'est bon pour le moral. Anastasie, c'est encore mieux. Il la regarda. Tarzan. Voilà ce qu'elle était, cette môme. Tarzan, roi de la jungle.

Elle chialait tout de même, par politesse. Elle avait même enlevé ses lunettes, pour faire ça. Des fois qu'il verrait pas qu'elle pleure.

« Toi Tarzan, lui dit-il. Moi, Jane.

— Oh, Lenny... »

Ah non. C'était trop facile. On le fait marcher, on lui marche dessus, on le fait saigner, on l'Anastasie, et puis on dit : « Oh, Lenny », la larme à l'œil. Pute de matriarcat. Attends un peu.

« Je vais te dire, Jess. J'ai jamais baisé une fille qui baise mieux que toi. Tu vois ce que je veux dire ? »

Il prit un coup de crosse sur la tête, et puis encore un autre. Il ne l'avait pas volé. Voilà ce que c'est, Lenny, de venir traîner en bas, sur terre, zéro mètre au-dessus du niveau de la merde. Il s'écroula. Sa tête éclatait, un vrai Taos, mais c'était bon pour son aliénation. Il sentit des mains sur son visage, et puis, il resta sur le dos, la tête sur ses genoux. Ses genoux à elle. Elle le serrait dans ses bras. Il pouvait pas se défendre.

« Adieu, Lenny. »

Ça pleurait, sur son visage. Qu'est-ce qu'elle avait comme réservoir, celle-là. Pas croyable. Ça tournait, dans sa tête. Il tombait, tombait. Qu'est-ce qu'il foutait là, ce caniche ? Ils vous faisaient vraiment sentir que vous étiez pas un chien, ces salauds-là. Alors, ça vient, oui ? Le ciel. Bleu, la vache. Se fout du monde. Ça doit être plein de Grecs, là-dedans. M. Jones, on a pas idée de coucher avec sa mère, c'est déjà assez d'en avoir une, s'il faut encore se la taper... Le matriarcat. Anastasie arrivait au galop, maintenant. Il écarquilla les yeux, et chercha, là-haut, quelqu'un ou quelque chose, mais rien, du bleu, pas trace de Gary Cooper, l'autre, le vrai, je veux dire...

« Quand tu auras fini de jouer les Descentes de Croix, Jess. Il faut filer. »

Elle laissa deux photos dans la main de Lenny. Elle griffonna sur l'une : *Vous trouverez une dizaine d'autres photos de vous sur le yacht*, signé, *pour le Comité d'action, Jess Donahue.*

Ils étaient en train de charger le magot dans la

Packard des Gennaro. Elle monta dans la Porsche avec Karl Böhm, Jean et Chuck. Paul se mit au volant.

« Une seconde. »

Elle descendit, prit dans la valise dix billets de mille dollars et alla les mettre dans la poche de Lenny. Elle attendit, pendant qu'ils enlevaient les uniformes et cachaient les fusils. C'était bien la première fois que les armes individuelles que tout jeune Suisse doit garder chez lui après le service militaire participaient à la lutte contre le capital. Les fusils devaient rougir de honte, ils ne seront plus jamais les mêmes. Jean l'observait, en fumant une cigarette.

« Vous devriez rentrer en Amérique, tous les deux.

— Merci. C'est ce que tu appelles " il y a aussi un destin social ", je suppose. Ou est-ce le million que j'ai trouvé pour les Comités d'action ?

— Tu n'oublies jamais rien, Jess... Enfin. Tu l'aimes, non ?

— J'aimais mon père aussi. Je refuse de jouer les mémères. Je n'ai aucune intention de devenir une femme virile. Oui, je l'aime. Tout ce que cela veut dire, c'est que je ne veux plus entendre parler de l'amour. Je refuse d'avoir affaire à mon " Je " aussi. " Je ", il y en a marre. Je quitte le Royaume du " Je ". Fini, les donjons de luxe et les princesses qui rêvent du monde extérieur. Fini, le Royaume-merdier. Ça pue, là-dedans.

— Mes parents t'attendent. Tu seras tranquille, là-bas.

— Quinze jours, pas plus.

— Après ?

— Berlin. Il y a un gars que je connais, à la S.P.E. Je pars avec Karl Böhm. Si ça bouge, ce sera en Allemagne.

— Oui. Le plus haut niveau de vie du monde, ils n'ont plus où aller. Tiens, prends ça. »

Il fourra une liasse de billets dans la poche de son tailleur.

« Tu feras les comptes après, avec Karl. Tes dépenses. »

Elle ouvrit la portière de la Triumph.

« Okay !

— Non, Jess, monte avec eux. C'est plus prudent. Ils n'ont pas encore vu les photos, tu sais.

— Tu veux laisser la Triumph devant le Crédit Atlantique ? Je dois retirer les papiers de mon père.

— Vous venez, oui ou merde ? » gueulait Paul.

Elle monta dans la Porsche. Karl Böhm ressemblait à Radek, qui avait lancé en 1930 le fameux slogan révolutionnaire de la fin qui justifie les moyens : « Une bonne ménagère doit savoir utiliser tout, même les ordures. » Staline l'avait fusillé quand même, il devait se dire qu'il n'avait pas besoin d'autre ordure que lui-même.

La Porsche avait rejoint la route. Avec sa pèlerine kaki, ses cheveux faiblards de futur chauve, sa barbe châtain doré et ses lunettes métalliques, Karl Böhm avait ce physique « lucidité à toute épreuve » des intellectuels qui ont une immense expérience purement théorique de la réalité.

« Qui va faire la répartition ? demanda Paul.

— Le Comité de coordination. Priorité aux étudiants allemands. Ce sont les plus mûrs.

— A être cueillis ? Qu'est-ce que c'est, leur tendance, en ce moment ? Pékin ?

— Pas de tendance majoritaire.

— Ça promet, pour la répartition.

— Nous sommes tous d'accord sur le programme d'action.

— Et après ?

— Après, c'est de la métaphysique.

— J'ai loué trois coffres dans autant de banques, dit Paul.

— Je ne veux pas garder ça en Suisse.

— C'est une connerie. Un million de dollars bien investis, vous pouvez doubler ça en un an.

— Tu nous conseilles de nous reconvertir ? Le capitalisme ?

— La Chine populaire le fait, le Vatican, Cuba, l'U.R.S.S... Je peux te donner le nom d'un expert formidable.

— Ton père ?

— Con.

— On verra plus tard. »

Ils la laissèrent devant le Crédit Atlantique. Jean était déjà là avec la Triumph. Elle prit les clés.

« Je te verrai chez tes parents. A tout à l'heure.

— Pas question. Je t'attends. Avec ces cocos, on ne sait jamais.

— Ils vont m'enlever en pleine Corraterie ?

— On ne sait jamais. »

Elle présenta sa convocation au contrôle, reçut l'enveloppe cachetée à son nom avec la clé et pénétra dans le sous-sol des coffres-forts où régnait une atmosphère blindée de sous-marin en plongée et un silence extraordinaire : celui de la vraie foi. Le plus vieux rêve humain : la sécurité. La lumière électrique étincelait sur les blindages d'acier, on entendait presque la sourde palpitation des cœurs. Les cardiaques et les natures sensibles se faisaient toujours accompagner. Dans les grands coffres qui ressemblaient à des chaudières, il y avait des milliards en chefs-d'œuvre de peinture qui ne voyaient jamais le jour. La moisson des dictatures, des monarchies et des révolutions. Les plus beaux, les plus célèbres bijoux de l'Histoire, ceux d'Hélène de Troie et d'Anne Boleyn, d'Isabelle la Catholique, de tous les rois et de tous les empereurs, l'or des tyrannies et celui des libérations futures, où étaient fraternellement unis Mao et Trujillo, le Politbureau de l'U.R.S.S. et la C.I.A., les gangsters et les services d'espionnage, la Maffia, l'héroïne et les dynamiteros, la lutte des classes et la bourgeoisie. C'était la première fois qu'elle entrait là et, instinctivement, elle chercha Toutankhamon. Ils auraient pu tout de même mettre là quelques sarcophages, une momie, Nabuchodonosor ou Sardanapale. Elle s'aperçut qu'elle retenait sa respiration et qu'elle marchait sur la pointe des pieds. Après tout, ils étaient tous en train d'adorer l'Éternel.

Elle trouva le coffre et l'ouvrit.

Elle ne comprit pas tout de suite. Sa première pensée fut qu'elle s'était trompée de coffre, ce qui était absurde.

Il y avait là une quantité de pièces d'or, de lingots et de liasses de dollars au moins égale à celle que le commando du *Bouton rouge* avait trouvée dans la valise qu'elle avait transportée.

Elle regardait ce trésor fixement. C'était le coffre de son père. Il avait...

Elle s'appuya contre l'acier froid, ferma les yeux. Elle demeura un moment inerte. Puis son sang reprit le chemin de son cœur.

Il avait subtilisé cette fortune aux contrebandiers et aux douaniers, c'était l'argent disparu, celui qui « n'était jamais arrivé nulle part », ainsi que l'inspecteur le lui avait dit. Il avait roulé les contrebandiers et il avait roulé la police aussi. Au prix de sa vie.

Ses jambes cédaient, elle aurait voulu aller s'asseoir, mais elle n'osait pas fermer le coffre. Elle avait peur de ne plus pouvoir l'ouvrir, ou qu'il n'y ait rien à l'intérieur, — que la magie ne joue plus.

Elle vit des documents, et une enveloppe blanche, appuyée contre un lingot. Elle la prit. *Jess. En cas de ma mort.* Elle l'ouvrit.

Ma chérie, tout est à toi, là-dedans. Ce serait trop long à expliquer et ils doivent déjà me chercher partout. Au diable ma vie, au diable mes nostalgies, au diable ce Pierrot rêveur au clair de lune, Allan Donahue. Aucune intention de passer les années qui me restent chez les Alcooliques anonymes. Si on te dit que ton père « travaillait » pour des contrebandiers ou pour la police, contente-toi de sourire. Je t'ai aimée comme aucun homme n'a jamais aimé sa fille sans déshonneur. Il y a des problèmes intérieurs que l'on ne peut résoudre avec dignité. Mais j'ai résolu, comme tu vois, certains problèmes... extérieurs. Matériels. Je crois que j'ai racheté pas mal de choses. L'honnêteté ? On ne peut être honnêtement ni pour nous ni pour les autres. Tu l'as dit : on ne fait que changer de salauds et toutes les révolutions de l'histoire, toutes, sans exception, ont toujours trouvé leurs salauds, et elles n'ont jamais eu à chercher beaucoup. Si tu veux me savoir heureux — enfin, vengé — garde cet argent pour toi. Que cela ne t'empêche pas de garder la photo de Che Guevara sur ta table de chevet. Un jour, tu choisiras. Ne choisis pas encore, pas à vingt ans. A vingt ans, on ne choisit pas, parce que les idées sont neuves, irrésistibles. On voit une vérité, on ne s'aperçoit pas qu'elle n'est que de la beauté. Je sais, je sais : les feuilles d'automne... Mais ce n'est pas l' « expérience », ou la « maturité » qui parle : c'est mon amour. Garde cet argent. Sans cela, au purgatoire, je n'aurais pas de quoi vivre. Je t'aime, Jess. Je t'ai toujours aimée. J'espère que cette phrase n'ouvrira à tes pieds aucun abîme, car c'était un vrai amour, et le vrai amour, quel qu'il soit, reste toujours pur. Je t'aime, Jess. C'est tout. Adieu. Allan.

Elle ne pleura pas. Elle ne pensait même pas. Elle était au-delà de l'émotion, au-delà des pensées. C'était sa chair et son sang qui parlaient. Elle obéissait. Une autre main, une autre force, une vraie virilité, celle de l'homme qui fut aussi son père, agissaient à sa place. Il y avait un destin. Elle commença à refermer le coffre, mais l'ouvrit à nouveau, prit dix billets de mille dollars et laissa la lettre à l'intérieur. Elle ferma le coffre soigneusement. Elle revint au contrôle, loua un petit coffre, y déposa la clé du premier. Elle exigea trois clés. Elle en garda une, laissa une autre à son nom à la banque, adressa la troisième à son nom aux bons soins de l'Hôtel Gritti, à Venise. Elle laissa les deux enveloppes au contrôle, l'une pour être conservée, l'autre pour être expédiée. Elle sortit.

Jean était debout devant la Triumph.

« Eh bien, tes cinq minutes... Quelque chose d'important ?

— Rien. Des papiers personnels.

— Tu as l'air bouleversée.

— Vraiment ? Je me demande pourquoi.

— Qu'est-ce qu'il y a, Jess ? On dirait que tu m'en veux. »

Elle évitait son regard. « Il y a aussi un destin... *social.* » Combien de fois le lui avait-il répété ? Bon, et alors ? Une voix venait de lui parler du fond de ce tombeau babylonien bourré de Toutank-Mammon. Un homme, un vrai, un vrai amour d'*homme*... Allez donc tous vous faire voir. Je vous ai procuré une fortune pour vos Comités d'action. Agissez. Foutez-nous, foutez-moi en l'air. Mais vous êtes des purs. Vous ne réussissez rien, sans quelques grands salauds. Vingt millions de morts, sans compter ceux de la guerre, sous Staline. Vous serez écrasés dans quelque nouveau Budapest. Che Guevara, oui. Un pur. Combien de temps va-t-il mettre à se faire fusiller ?

« Jess, mais enfin, où es-tu ?

— Je ne sais pas où je suis, Jean. Mais j'y suis, j'y reste. »

Elle hésita.

« J'ai une course à faire. Tu veux bien prendre un taxi ?

— Je te dis que c'est dangereux de te balader seule.

— Pas plus dangereux qu'autre chose, Jean. Il y a un destin, tu sais. »

Elle le regarda avec rancune.

« Un destin... *social.*

— Je retire ma phrase. Je t'avais mal jugée. Une idée toute faite de la femme américaine. Je te fais mes excuses. Tu sais, quand une femme vous échappe... »

Elle l'embrassa.

« Tu m'as très bien jugée. Dès le début. Un jour, tu seras un écrivain célèbre.

— Merde, qu'est-ce que c'est, des vrais adieux ? Jess, pas de bêtises.

— Je te téléphonerai. Ah, oui, j'oubliais... »

Elle prit dans sa poche les dix mille dollars qu'il lui avait donnés.

« Tiens.

— Mais tu n'as pas un centime.

— Il y avait un peu d'argent, dans le coffre. Mon père l'avait mis de côté pour moi. Donne ça à Karl Böhm. Je n'en veux pas. *Ciao.* »

Elle monta dans la Triumph et démarra.

Lorsqu'il ouvrit les yeux, elle conduisait.

Quand il la vit, à côté de lui, au volant, il poussa un hurlement épouvantable, et puis il se calma ; c'était pas le matriarcat, c'était seulement un cauchemar. Ouf. Il voulut se réveiller, ouvrir les yeux, mais ses yeux étaient déjà ouverts, il dormait pas. Il dit sainte merde, trois fois, comme à l'église, pour implorer la protection, et puis il se couvrit de sueur froide et se mit à gueuler c'est ici que je descends merci je suis arrivé, mais elle prit sa main dans la sienne, et il voulut sauter en marche, mais fut incapable de bouger, elle lui avait attaché les jambes, même qu'il se tâta, mais non, c'était seulement encore un peu d'Anastasie.

« Je t'aime, Lenny. »

Il dit très vite :

« Moi aussi, je t'aime, Jessy, j'ai jamais aimé quelqu'un ou quelque chose comme toi Jess je te le jure. »

Il avait tellement peur d'elle, que c'était sorti sincère, la pétoche, il y a rien de tel, pour la sincérité. Il avait vraiment mis tout ce qu'il avait, là-dedans. Sainte merde, ça venait vraiment du cœur. Il crut même bon d'ajouter : « Je t'aimerai toute ma vie », et il se dit j'en mets trop, mais non, c'était sorti sincère, aussi, tellement sincère, qu'il eut encore plus peur. Sainte merde, c'est peut-être vrai.

« Je sais, Lenny. »

Ouf. Fallait surtout pas la contrarier. L'amour. Il essuya sur sa gueule les caillots de sang. L'amour. Quand je pense que j'aurais pu être tranquillement au Vietnam... Tout ça, c'est la faute de ce bifurqué de Bug, avec son horoscope. Ça ne m'a attiré que des emmerdements. La prochaine fois qu'un type me propose un horoscope, je lui fous sur la gueule. Ça porte malheur, cette cochonnerie-là.

Il regarda autour de lui. Rien, du noir. Ça sentait bon, même. Des mimosas.

« Je pensais vraiment que c'était fini, toi et moi, Jess », dit-il en soupirant, et il faillit se mordre la langue, mais c'était déjà parti, merde, c'est pas des choses à dire à une môme, quand même, c'est pas poli. Il loucha vers elle avec inquiétude, mais non, rien, elle avait pas compris.

« Je veux dire...

— Je sais, Lenny. Moi aussi, j'avais cru que c'était fini. Mais il y a un destin. »

Il regarda vite par-dessus son épaule, mais non, pas trace de la Buick. Et puis, avec les photos, c'était vrai qu'il pouvait rien leur faire, le destin.

« Nous sommes enfin libres, Lenny. »

Libres, mon œil. Elle savait même plus ce qu'elle racontait. Tantôt, c'est l'amour, et aussitôt après, c'est la liberté. Ça va pas du tout ensemble. Faut choisir. Moi, c'est tout choisi. Je choisis l'amour, parole d'honneur, Jess... Il fallait être prudent, même quand il pensait. Ils ont maintenant des moyens terribles. Électroniques. Ils entendent tout.

« Qu'est-ce qui s'est passé, Jess ?

— Je suis revenue te chercher. »

Merci.

« Où c'est qu'on est ?

— L'Italie. »

Ah, bon. L'Italie, maintenant. Il avait rien à en foutre, de l'Italie. Tout ce qu'il voulait, c'était le Vietnam. Quelque part, dans les rizières, avec les Viets partout. Pour être enfin tranquille.

« Je ne peux pas vivre sans toi, Lenny.

— C'est marrant, j'allais justement te dire ça, moi aussi, Jess. Parole d'honneur.

— Tu m'aimes ?

— Je t'aime, Jess.

— Tu m'aimes vraiment ?

— Je t'aime vraiment, Trudi, je... »

Sainte merde.

« Trudi ? »

Il fit un effort d'imagination absolument sans précédent, de quoi tuer un mec.

« J'ai dit Trudi ?

— Tu as dit Trudi. Qui est Trudi ?

— Ça alors, c'est vraiment marrant. Trudi, c'est le prénom de ma mère. Ça alors ! »

Ouf. Il s'essuya le front. Des efforts comme ça, ça peut vous casser une jambe.

« Ma mère, oui. Ça se mélange un peu, dans ma tête. Anastasie. »

Elle se pencha vers lui et l'embrassa. Trendrement. Gentiment. Il se sentit beaucoup mieux. Il reprenait confiance dans ses moyens. C'était pas encore la forme olympique, mais ça allait. Les mensonges, il y a que ça de vrai.

« Qu'est-ce qu'on va foutre en Italie, Jess ?

— On va vivre, Lenny. Vivre enfin comme des êtres humains. »

Si seulement elle roulait moins vite, il pourrait sauter en marche, trouver des braves gens qui le cacheraient dans leur cave, pendant quelques jours. L'été allait bientôt finir, il pourrait donner des leçons de ski, et Bug, notre père à tous, serait revenu. Vivre. Et comme des êtres humains, encore. Cette fille-là, c'est bien simple, c'est le genre des bonnes femmes qui ont bâti l'Amérique. Ça recule devant rien.

Mais il n'avait même pas envie de sauter. Le cœur y était pas. Il allait pas se battre. Il y avait pas une chose au monde qui en valait la peine. Pas même l'amour. Il allait pas se battre contre l'amour. Il avait rien à en foutre, de l'amour, mais ça vous tombe dessus, eh bien, ça vous tombe dessus. Vous recevez une avalanche sur la gueule, qu'est-ce que vous pouvez y faire ? C'était même mieux, il commençait à se sentir heureux, apaisé, comme lorsque c'est vraiment foutu.

« On va se marier, Jess ? »

C'est toujours plus facile de plaquer une bonne femme une fois que vous vous êtes marié avec elle. Vous avez vraiment une raison. Personne ne peut rien dire.

« Tu es gentil, Lenny. Mais non. Il vaut mieux patienter un peu. »

Patienter, ha, ha. Même qu'elle regardait déjà autour, pour voir s'il y avait pas une église qui traînait.

« Marions-nous, Jess. Ça sera plus facile, après.

— Comment, plus facile ? »

Il en mettait trop, dans sa voix. Trop de rancune. C'était pas la peine de se faire une ennemie de plus, de cette môme. Une, ça suffit. Après, elle va encore croire que je suis cynique. Je suis pas cynique, moi. Je voudrais seulement choper la maturité, comme les mecs qui se foutent enfin une balle dans la tête.

« Je sais pas, moi, Jess. Après, quand on rentre et qu'on se regarde, et qu'on se dit, ça y est, je suis marié, ça doit être quelque chose. »

Il en avait des espèces de tremblements, sur la figure. Même que ça lui faisait un effet érotique, cette idée de mariage. Ça se rétrécissait, ça rentrait à l'intérieur, comme le doigt d'un gant qu'on retourne.

« On verra ça, Lenny.

— C'est comme tu voudras, Jess. On pourrait même avoir des enfants. »

Il se foutait pas du tout d'elle, pas vraiment. Avec une môme comme ça, qui avait bâti l'Amérique et qui vous gouvernait, il fallait les grands moyens. Le mariage d'abord, trois gosses, pan, pan, pan, et alors là, rien ne peut vous retenir. C'est comme si vous aviez bouffé du lion. Vous êtes sûr de déserter, sainte merde. Peut-être même un joli petit boulot, une pompe à essence, pour que ça vous fasse foutre le camp plus loin.

Il avait envie d'être vache avec elle, de lui dire des vacheries. Ça lui était encore jamais arrivé avec une autre fille. Ça voulait dire qu'il était kayo. Qu'il avait envie de se débiner, mais qu'il avait pas envie de la quitter. Mais il faisait gaffe de les camoufler, ses vacheries. Sans ça, elle était capable de le plaquer. C'était une vraie peau de vache, cette fille. Et dure, avec ça. Entêtée. Le genre qui va jusqu'au bout et bâtit l'Amérique. Si vous croyez que je sais pas ce que je veux, c'est que vous avez jamais aimé une bonne femme que vous pouviez pas piffer, voilà. Elle ferait une femme formidable, pour quelqu'un. Le genre tigresse qui bouffe ses petits. Qui défend ses petits, je veux dire.

Il se mit à rire. Elle rit aussi.

« Tout ira bien, tu verras », dit-elle.

L'Italie.

La lune.

Le matriarcat. L'amour.

Sainte merde. On est en train de tuer un homme.

Elle prit sa main. Elle avait un petit visage d'une douceur extraordinaire. C'est quand même pas croyable où l'acier va se fourrer.

« Tu as un peu peur, Lenny. Je sais. Je comprends. »

Un peu. Avec un peu comme ça, on peut attraper un infrarusse.

« Non, Jess, c'est pas ça. Je sais plus où j'en suis, voilà.

— En Mongolie extérieure. »

Il aimait pas ça. La Mongolie extérieure, elle avait pas à y toucher.

« Je comprends pas.

— La Mongolie extérieure, c'est toi et moi. Un monde à nous. C'est la seule vraie Mongolie extérieure, Lenny. »

Ouais, seulement après, il faut revenir.

Il la regarda du coin de l'œil. C'était pas croyable ce qu'elle était jolie, cette môme, même après quinze jours. Elle vieillissait pas, enfin, vous voyez ce que je veux dire. Aussi belle que s'il la connaissait pas.

Il se laissa aller. Les principes, il en avait marre. On peut pas vivre tout le temps, il faut se laisser aller, parfois. Bon, il l'aimait. Ce sont des choses qui arrivent aux meilleurs. Il y a des types qui se font écraser même sur des passages cloutés. Un homme, c'est un homme, on peut pas faire mieux tout le temps. Il y avait un clair de lune formidable, ça sentait bon, l'Italie, c'était le moment, quoi. L'Italie. Il avait toujours voulu voir les pyramides. Et puis, c'est quand même pas une raison parce que votre mère vous a plaqué quand vous aviez huit ans, pour s'imaginer qu'elle seule était capable de ça et que les autres femmes, c'est pour la vie. Celle-là, elle va te plaquer aussi, Lenny. T'as pas à t'en faire.

Il se mit à fredonner. Il mit les mains dans ses poches et il sentit quelque chose qui était pas là avant. Il sortit ça. Sainte merde. Des dollars. Une chiée de dollars.

« Qu'est-ce que c'est que ça, bon Dieu ? D'où ça sort ?

— Mes camarades t'ont mis cet argent dans la poche, Lenny. Pour te dépanner. »

Il compta les billets.

« Dix mille dollars », dit-il d'une voix étranglée.

Il demeura pétrifié, un moment. Le piège. Le vrai.

« Dix mille. Je peux pas vivre avec ça, Jess. Non, c'est pas la peine de rigoler, c'est pas pour moi. Dix mille... J'oserais même plus bouger, de peur de leur faire mal.

— Laisse ça, va.

— Je te dis que ça me fout les jetons.

— Tu t'habitueras.

— C'est bien pour ça que j'ai peur. Tu t'habitues à quelque chose ou à quelqu'un, et puis, il vous plaque. Il reste rien. Tu vois ce que je veux dire ? »

Elle freina. Sa voix tremblait.

« Lenny, mais qu'est-ce qu'ils t'ont fait, tous ? Je ne vais pas te quitter.

— Ils m'ont rien fait, Jess. Absolument rien. Ils sont deux cents millions, alors, tu parles... Ils s'occupent pas. Ils m'ont pas regardé. La démographie, quoi. Des fois, tu as une mère qui fout le camp, c'est tout.

— Je ne foutrai pas le camp.

— Je cherche pas une mère. Les mères, j'ai rien à en foutre. La mienne, elle a même bien fait de foutre le camp. Avant, elle se faisait sauter à la maison, quand mon père était pas là. Oui chéri ah oui chéri ah oui c'est bon chéri donne-moi tout ça oui oui chéri. J'avais quoi, sept, huit ans. Je savais même pas compter. Tu parles. »

Elle arrêta l'auto, se jeta vers lui, le serra dans ses bras.

« Lenny. Lenny.

— C'est pas la peine de chialer, Jess. Tout ce que je disais, c'est que j'aime pas les trucs qui foutent le camp. Alors, je fous le camp le premier. C'est plus sûr.

— Je te promets, Lenny, que tu seras le premier à foutre le camp. C'est toi qui me plaqueras.

— Promis ?

— De tout mon cœur.

— Alors, ça va. Et on aura pas de gosses. Pas la peine de leur faire des vacheries.

— C'est toi qui décides.

— Et encore une chose. Ton père, j'y suis pour rien. Je savais rien. Rien, tu m'entends ?

— Lenny, je sais tout cela, maintenant. Il m'a laissé une lettre. C'était une autre bande. Ce n'était pas Ange.

— Ouf, j'aime mieux ça. J'aime mieux ça, vraiment. Ange, c'est un type bien. Je veux dire, c'est pas un type qui tue à droite à gauche. Il se dérange pas.

— Un gentleman.

— C'est ça. Comment il s'appelle déjà, l'autre, tu sais, celui avec le destin, le Grec ?

— Œdipe.

— Non. Ah, oui. Jones. M. Jones. Celui-là, c'est un vrai tueur. C'est quand même marrant, Jess, quand on dit " c'est le destin ", ça veut toujours dire quelque chose de dégueulasse. C'est comme le pressentiment. T'as déjà entendu parler d'un bon pressentiment ? »

Il sentait qu'il allait s'endormir. Anastasie. Ils ont plein de bons trucs, en Asie, ça, c'est sûr. Anastasie. Euthanasie. La Mongolie extérieure. Et puis c'est loin, loin de tout. Pas de destin, pas de Grecs, pas de pressentiment, pas de maman qui se fait sauter oh oui oh c'est bon donne-moi bien tout mon chéri oui oui oui aou miau auau...

« Il faudra qu'on aille faire un tour là-bas, Jess.

— Où cela, Lenny ?

— Là-bas, tu sais... Là-bas. Loin, quoi. Très loin. Peut-être que ça existe. Du solide. Ça doit exister quelque part, Jess... »

Elle sanglotait, serrant contre elle dans le clair de lune cette tête ensoleillée.

« Ça existe, Lenny. Ça existe. Mais c'est encore loin.

— Il doit bien y avoir quelque chose quelque part, Jess. Remarque, on peut pas vivre dans une trompette.

— Dors, mon amour. Dors.

— Charlie Parker, je veux dire. Quand il joue, ça

existe. On l'entend, c'est là, ça vous parle. Quand il soufflait dans sa trompette, on avait l'impression... ça s'ouvrait... tu vois ce que je veux...

— Je vois, Lenny. Dors, mon amour. Dors, mon bébé. Je ne te quitterai jamais. Jamais. C'est toi qui me quitteras. N'aie pas peur. Dors, mon enfant. Dors.

— Quand il soufflait dans cette trompette, Jess... On avait l'impression que... quelque chose allait tomber... que quelque chose allait s'ouvrir... et qu'il y aurait même quelque chose à l'intérieur... Tu vois ce que...

— Je vois ce que tu veux dire.

— On ira là-bas un jour, tous les deux...

— On ira, Lenny. On y arrivera. Dors. Mets ta tête là. Oui, comme ça. Là. Tu es toute ma vie, maintenant.

— Ça doit être formidable, là-bas, quelque part... Je sais pas où... Ailleurs, quoi... Tu vois...

— Je vois, Lenny. Oui. Je vois ce que tu veux dire.

— On peut pas vivre... dans une trompette. Jess... Tu vois ce que... »

Baja California, novembre 1963.
Paris, mars 1968.

DU MÊME AUTEUR

Aux Éditions Gallimard

LE GRAND VESTIAIRE, *roman.*

LES COULEURS DU JOUR, *roman.*

ÉDUCATION EUROPÉENNE, *roman.*

LES RACINES DU CIEL, *récit.*

LA PROMESSE DE L'AUBE, *récit.*

TULIPE, *récit.*

JOHNNIE CŒUR, *théâtre.*

GLOIRE À NOS ILLUSTRES PIONNIERS, *nouvelles.*

LADY L., *roman.*

FRÈRE OCÉAN :

I. POUR SGANARELLE, *essai.*

II. LA DANSE DE GENGIS COHN, *roman.*

III. LA TÊTE COUPABLE, *roman.*

LA COMÉDIE AMÉRICAINE :

I. LES MANGEURS D'ÉTOILES, *roman.*

II. ADIEU GARY COOPER, *roman.*

CHIEN BLANC, *roman.*

LES TRÉSORS DE LA MER ROUGE, *récit.*

EUROPA, *roman.*

LES ENCHANTEURS, *roman.*

LA NUIT SERA CALME, *récit.*

AU-DELÀ DE CETTE LIMITE VOTRE TICKET N'EST PLUS VALABLE, *roman.*

CLAIR DE FEMME, *roman.*

CHARGE D'ÂME, *roman.*

LA BONNE MOITIÉ, *théâtre.*

LES CLOWNS LYRIQUES, *roman.*

LES CERFS-VOLANTS, *roman.*

VIE ET MORT D'ÉMILE AJAR.

L'HOMME À LA COLOMBE, *roman.*

Au Mercure de France, sous le pseudonyme d'*Émile Ajar :*

GROS CALIN, *roman.*

LA VIE DEVANT SOI, *roman.*

PSEUDO, *récit.*

L'ANGOISSE DU ROI SALOMON, *roman.*

Impression Bussière à Saint-Amand (Cher),
le 20 décembre 1991.
Dépôt légal : décembre 1991.
Numéro d'imprimeur : 3279.
ISBN 2-07-038452-7./Imprimé en France.

54696